民國文化與文學^{研究}^{文叢}

民國文化與文學研究文叢

七 編

第 12 冊

現代詩學探索之二脈
——胡適、胡懷琛比較研究

余薔薇 著

國家圖書館出版品預行編目資料

現代詩學探索之二脈——胡適、胡懷琛比較研究／余薔薇 著
-- 初版 --- 新北市：花木蘭文化事業有限公司，2017〔民
106〕
目 2+158 面；19×26 公分
（民國文化與文學研究文叢 七編；第 12 冊）
ISBN 978-986-485-055-6（精裝）
1. 胡適 2. 胡懷琛 3. 比較詩學
820.9   106013218

民國文化與文學研究文叢
七 編 第十二冊   ISBN：978-986-485-055-6

現代詩學探索之二脈
——胡適、胡懷琛比較研究

作　　者　余薔薇
總 編 輯　杜潔祥
副總編輯　楊嘉樂
編　　輯　許郁翎、王　筑　美術編輯　陳逸婷
出　　版　花木蘭文化事業有限公司
社　　長　高小娟
聯絡地址　235 新北市中和區中安街七二號十三樓
　　　　　電話：02-2923-1455／傳真：02-2923-1452
網　　址　http://www.huamulan.tw 信箱 hml 810518@gmail.com
印　　刷　普羅文化出版廣告事業
初　　版　2017 年 9 月
全書字數　138156 字
定　　價　七編 31 冊（精裝）新台幣 58,000 元

現代詩學探索之二脈
——胡適、胡懷琛比較研究

余薔薇　著

作者簡介

余薔薇，(1980～)，女，湖北荊州人，文學博士，武漢大學文學院講師。主要從事寫作學、新詩研究，發表專業論文 20 餘篇，其中在《文學評論》等 CSSCI 來源期刊發表論文 11 篇，部分論文被人大複印資料全文轉載。主持一項國家社會科學基金項目、一項中國博士後科學基金特別資助項目、一項中國博士後科學基金面上資助項目等。博士論文獲湖北省優秀博士論文獎。

提　　要

　　對於早期中國現代詩學探索這個問題，研究者通常關注新詩人胡適們響亮的高音，而忽略了歷史深處被壓抑下去的低音。該著試圖在早已被過度關注的胡適之外，尋找、發掘出另一個現代詩學探索的重要人物——胡懷琛，作為早期新詩學探索者，他不僅與胡適一樣對新詩進行理論與實踐的探索，並提倡和踐行了一條不同於胡適的白話詩學路徑，屬於在當時風生水起卻被後來歷史所忽視的中國現代詩學探索之重要一脈。以胡適、胡懷琛為個案，通過考察現代詩學這二脈的關聯，從中辨析新詩確立的價值邏輯預設與日後新詩發展中起支配作用的詩藝觀念、問題模式，甚至標準、慣例之關係，在新的語境下重新發掘胡懷琛為代表的詩學流脈，並通過分析其與胡適詩學探索之理念、創作的差異，探究胡懷琛被埋沒與遮蔽的原因，並進一步探究兩者背後殊途同歸的根源，以此尋繹百年漢語詩學的現代建構之中／西向度的局限性與可能性。

中國現代文學史研究中的「民國文學」概念——《民國文化與文學研究文叢》第七編引言

李　怡

與政治意識形態淵源深厚的文學學科

　　大陸中國現代文學研究，最近 10 來年逐漸失去了 1980 年代的那種「眾聲喧嘩」、「萬眾矚目」的熱烈景象，進入到某種的沉靜發展的狀態，如果說，在這種沉靜之中，有什麼值得注意的現象的話，那就是「民國文學」概念的提出以及引發的某些討論。

　　對於海外中國文學研究者而言，現代中國很自然地分作「民國時期」與「人民共和國時期」，這是一種相當自然的歷史描述，作為文學史的概念，也完全有理由各取所需地採用不同的概念：現代中國文學、中國現代文學、中國文學（民國時期）、中國文學（中華人民共和國時期）等等，這裡有思想的差異或者說審美意識形態的分歧，但是卻基本不存在嚴重的政治較量和衝突。站在海外漢學的立場上，人們難免困惑：現代文學也好，民國文學也罷，不過就是一種文學史的稱謂而已，是不是有如此鄭重其事地加以闡發、討論的必要呢？

　　這裡就涉及到對大陸中國現當代文學學科存在格局的認識。其實，嚴格的學科意義上的「中國現當代文學」並不是在 1949 年以前的民國時期建立的，儘管那時已經出現了「中國現代文學」的大學教育，也誕生了為數可觀的「中國現代文學史」著作，但是主要還是講授者（如朱自清）、著作者的個人選擇，體系化的完整的知識格局和教育格局尚不完整。真正出現自覺的「學科建設」的意識是在 1949 年中華人民共和國成立以後，各學科教育大綱的編訂、樣板

式教材的編寫出版乃至「群策群力」的從思想到文字的檢討、審查，都意味著「中國現代文學」學科由此納入到了政治意識形態的一體化架構之中，因此，討論「中國現代文學」學科的任何問題——從內容、結構到語言、概念都是非同小可的「國家大事」，在此基礎上的任何一次新的概念的設計和調整，都不得不包含著如何面對政治意識形態以及如何回答一系列「思想統一」的結論的問題，這裡不僅需要學術思想創新的智慧，更需要政治突圍的勇氣和決心。

回頭看大陸新時期以來的每一次文學史概念的提出，都兼有如此的「智慧」和「勇氣」：例如最有影響的概念——二十世紀中國文學。提出這一概念，其意義主要不是重新劃分晚清——近代——現代——當代的文學史時間，不在於從過去的歷史分段中尋找歷史的共同性；而是為了從根本上跳脫政治化的「現代」概念對於文學的捆綁。

作為學科史意義的「中國現代文學」的「現代」概念，其實已經與它在五四文壇出現之初就有了巨大的差異，完全屬於一種政治意識形態的產物。眾所周知，最早的「現代」概念與「近代」概念一樣都來自日本，最早用「近代」更多，到 1930 年代以後「現代」的使用頻率則超過了「近代」——在那時，中國的「現代」基本上匯通著世界史學界的理解框架，將資本主義發展、傳統世界自我封閉格局得以打破的「現時代」當作「現代」；但是，1949 年以後作為學科史意義的「中國現代文學」的「現代」概念卻又不同，它更多地師法了前蘇聯的歷史觀念：由斯大林親自審查、聯共（布）中央審定、聯共（布）中央特設委員會編的《聯共（布）黨史簡明教程》和由蘇聯史學家集體編著的多卷本的《世界通史》重新認定了歷史的意義和分段方式，〔註1〕馬列主義的五種社會形態進化論成為劃分歷史的理論基礎，1640 年英國資產階級革命由於「階級局限性」屬於不徹底的「現代」，只能稱作是「近代」的開始，而「現代」演進關鍵點是十月社會主義革命的重大勝利，中國的歷史劃分是對蘇聯思維的仿傚：1840 年的鴉片戰爭被當作「近代」的開端，而標誌著「工人階級登上歷史舞臺」、「馬克思主義開始傳播」的「五四」運動則被當作了「現代」，後來考慮到「五四」之時，中國共產黨尚未成立，無法認定

〔註 1〕《聯共（布）黨史簡明教程》於 1938 年在蘇聯出版，人民出版社 1975 年正式出版中譯本。《世界通史》於 1955～1979 年出版，全書共 13 卷。中譯本《世界通史》（1-13 卷）於 1978～1987 年分別由三聯書店、吉林人民出版社和東方出版社出版。

其十月革命式的政治勝利，所以又在「現代」之外另闢 1949 年以後爲「當代」，以彰顯社會主義與共產主義社會的到來，由此確定了中國文學近代／現代／當代的明確格局──這樣的劃分不僅時間分段上不再模糊，而且更具有明確的思想的內涵與歷史文化質地：資產階級文學（舊民主主義革命文學）、新民主主義革命文學與社會主義文學就是近代──現代──當代文學的歷史轉換。

「二十世紀中國文學」是中國文學研究界學術自覺，努力排除前蘇聯「革命」史觀影響、尋求文學自身規律的產物。正如論者當年意識到的那樣：「以前的文學史分期是從社會政治史直接類比過來的。拿『近代文學史』來說，從一八四〇年鴉片戰爭到一八九八年戊戌變法，半個多世紀裏頭，幾乎沒有什麼文學，或者說文學沒有什麼根本的變化。」「政治和文學的發展很不平衡。還是要從東西方文化的撞擊，從文學的現代化，從中國人『出而參與世界的文藝之業』，從文學本身的發展規律，從這樣的一些角度來看文學史，才比較準確。」「『二十世紀中國文學』這一概念首先意味著文學史從社會政治史的簡單比附中獨立出來，意味著把文學自身發生發展的階段完整性作爲研究的主要對象。」〔註 2〕

自「二十世紀中國文學」開啓歷史性的「重寫文學史」以來，中國現代文學的研究一直是富有勇氣地走在這一條「學術創新──政治突圍」的道路上，力圖讓文學回歸文學，歷史還原給歷史。可以說，「民國文學」也屬於這樣的努力，是「重寫文學史」的一種方式。

可疑的「現代性」

當然，這種方式也體現出了對既往文學研究的一種反思。

「二十世紀中國文學」這一歷史架構顯然具有重大的學術價值，直到今天依然是影響最大的文學史理念。然而，在「民國文學」的視野之中，它也存在著需要克服的問題：「二十世紀中國文學」這一概念是否已經具備了學科的穩定性？例如，在「二十世紀」業已結束的今天，它是否能有效地參照當下文學的異質性？如果說，「二十世紀中國文學」曾經闡發過的諸多概念都依然適用於今天，如果「新世紀文學」的基本性質、使命、遭遇的問題等等幾

〔註 2〕黃子平、陳平原、錢理群：《二十世紀中國文學三人談》36 頁、25 頁，北京：人民文學出版社 1988 年。

乎都與「舊世紀」無甚區別，那麼這一概念本身的內涵和外延至少也是不夠確定，需要我們重新推敲的了。對於「二十世紀中國文學」而言，其擺脫政治意識形態束縛的核心理念是文學的現代性（當時提出者稱之為「現代化」）追求。但是，隨著 1990 年代中期以來，「現代性」話語逐漸演變成了我們文學研究的基本語彙，它內在的一系列矛盾困擾也日顯突出了。

在新時期，「現代化」與「現代性」主要指代我們打破封閉、「走向世界」的強烈渴望，在那時，「現代」的道義光芒與情感力量要遠遠重於其知識性的合理與完整，或者說，呼喚文學的現代性就如同建設「四個現代化」一樣天經地義，我們根本無暇追問這一概念的來源及知識學上的意義和限度，所以才會出現如汪暉所述的「現代」之問。在 1980 年代，汪暉曾就何謂「現代」向唐弢先生質詢，而作為學科泰斗的唐先生也只是回答說，這是一個「很複雜」的問題。〔註 3〕到了 1990 年代，中國學術界開始惡補「現代」課，從西方思想界直接輸入了系統而豐富的「現代性知識」，先是經過了短時間的「現代性終結」之論，接著便是在西方學術的鼓勵之下，迅速舉起「未完成的現代性」旗幟，對各種文化現象展開檢視分析，我曾經借用目前收錄最豐富、檢索也最方便的中國期刊網 CNKI 對 1979 年以後中國學術論文上的一些關鍵詞作數理統計，下面就是「現代性」一詞在各年的出現情況：

	79	80	81	82	83	84	85	86	87	88	89	90	91	92
按篇名統計	0	0	0	0	0	0	0	0	0	2	0	0	0	0
按關鍵詞統計	0	0	0	0	0	0	0	0	0	0	0	0	0	0

	93	94	95	96	97	98	99	00	01	02	03	04
按篇名統計	4	16	26	28	48	60	108	128	166	213	268	381
按關鍵詞統計	0	0	5	11	11	20	69	109	165	225	287	443

表格說明：

1. 統計單位為「篇」。

2. 檢索的學科涵蓋「文史哲」、「經濟政治與法律」、「教育與社會科學」。

3. 自動檢索中有極少數詞語誤植的情形，如「現代性愛小說」「現代性」統計，另外個別長文（如高遠東《未完成的現代性》分上中下發表，被統計為三篇，為了保證檢索統計的統一性，以上數據有意識忽略了

〔註 3〕汪暉：《我們如何成為「現代」的？》，《中國現代文學研究叢刊》1996 年 1 期。

這些情形。

研究一下以上的表格我們就可以知道，從 1979 年到 1987 年整整九年中，中國人文社科的學術論文中沒有出現過一篇以「現代性」為題目的文章，1988 年出現了兩篇，但很快又消失了，直到 1993 年以後才連續出現了「現代性」論題。這些論文的代表作包括張頤武的《對「現代性」的追問——90 年代文學的一個趨向》（《天津社會科學》1993 年 4 期）、《「現代性」終結——一個無法迴避的課題》（《戰略與管理》1994 年 3 期）、《重估「現代性」與漢語書面語論爭——一個 90 年代文學的新命題》（《文學評論》1994 年 4 期），韓毓海的《「現代性」與「現代化」》（《學術月刊》1994 年 6 期），韓毓海與李旭淵《第三世界的現代性痛苦與毛澤東思想的雙重含義——兼說中國當代文學》（《戰略與管理》1994 年 5 期），汪暉的《傳統與現代性》（《學術月刊》1994 年 6 期），彭定安《20 世紀中國文學：尋找和創造現代性》（《社會科學輯刊》1994 年 5 期），文徵《後現代性與當代社會思潮》（《國外社會科學》1994 年 2 期），趙敦華《前現代性、現代性與後現代性的循環關係》（《馬克思主義與現實》1 年 4 期）等。

對概念的提煉和重視反映的是一種學術目標的自覺。當然，按照中國學術期刊的學術規範，由作者列舉「關鍵詞」的慣例是 1992 年以後才逐漸推行開來的，整個 20 世紀 80 年代的中國學術論文之前都不存在這樣的標誌性的「關鍵詞」，這也給我們通過統計來顯示中國學者概念的提煉製造了難度，不過即便如此，分析表格中作為「篇名」的「現代性」話題的增長與作為關鍵詞的現代性概念的增長，我們也依然可以十分清晰地看出：隨著 1993 年以後中國學者對「現代性」話題的越來越多的關注，「現代性」理念作為重點闡述的對象或立論的主要依託才逐漸堂皇地進入學術文本，構成其中的關鍵詞語，大約在 1995 年以後開始「傲然挺立」起來。到新世紀第一個十年的中期，無論是作為論題還是語彙的「現代性」都達到了空前的規模，對西方文化意義的「現代性」含義的追溯和「考古」業已成為了我們的學術「習慣」。同時，在中國文化範圍之內（包括古代與現代）所進行的「現代性闡釋」更層出不窮，幾近成為了現代中國文學與文化研究的基本語彙。到 2004 年，我們的統計已經可以見出歷史的重要轉變。可以說至此，「現代性批評話語」真的正在實現著對於 20 世紀 80 年代一系列基本概念的置換。

這樣的置換當然首先還是得力於同一時期西方文學理論與文化理論的引

入，1990 年代中期以後，活躍在中國理論界的主流是後現代主義、解構主義、後殖民批判理論與西方馬克思主義，而「現代性」則是這些理論的核心概念之一，正是借助於這些西方理論的輸入，中國現代文學界可以說是獲得了完整的「現代性知識」。在這個知識體系中，人們對現代、現代性、現代化、現代主義的辨析達到了前所未有的深入和細緻，對文學的觀照似乎也獲得了令人激動不已的效果和不可估量的廣闊前程，中國現代文學史至此有望成為名副其實的「現代性」或「現代學」意義的文學敘述。

應當承認，1990 年代對「現代」知識的重新認定的確是為我們的文學史研究找到了一個更具有整合能力的闡釋平臺，借助福柯式的知識考古，我們固有的種種「現代」概念和思想得到了清理，現代、現代性、現代化，這些或零散或隨意或飄忽的認識都第一次被納入到了一個完整清晰的系統當中，並且尋找到了在人類精神發展流程裏的準確的位置。最近 10 年，「現代性」既是中國理論界所有譯文的中心語彙，也幾乎就是所有現當代文學史研究的話語支撐點。

但是，從另一方面來看，我們的「現代」史學之路卻難以掩飾其中的尷尬。追溯「現代性」理論進入中國的歷史，我們都會發現一個有趣的轉折：在 1990 年代初期，恰恰也是其中的一些論斷（後現代主義對社會現代性的批判）導致了我們對現代文學存在價值的懷疑和否定，而到了 1990 年代中後期，當外來的理論本身也發生分歧與衝突的時候（例如哈貝馬斯對現代性的肯定），我們竟又神奇地獲得了鼓勵，重新「追隨」西方理論挖掘中國文學的「現代性價值」——中國文學的意義竟然就是這樣的脆弱和動搖，只能依靠西方的「現代」理論加以確定？！這足以提醒我們，中國學者對「現代性」理論的理解和運用在多大的程度上是以自身的文學體驗為依據的？同樣，在「現代性」視野下的中國現代文學研究當中，中國現代文學的種種現象也一再被納入到全球資本主義時代的共同命題中，例如「兩種現代性」、「民族國家理論」、「公共空間理論」、「第三世界文化理論」等等……跨越了歷史境遇的巨大差異，東西方文學的需要是否就這麼殊途同歸了？他者的理論是否真讓我們的文學闡釋一勞永逸？中國文學的現代之路難道就沒有自成一格的更豐富的細節？

較之於直接連通西方「現代性」闡釋之路的言說，「民國文學」這一概念首先試圖表達的就是擺脫先驗的理論、返回歷史樸素現場的努力。

　　1997 年，陳福康借助史學界的概念，建議中國文學的現代／當代之名不妨「退休」，代之以中華民國文學／中華人民共和國文學之謂。後來，張福貴、湯溢澤、張中良、李怡等人都先後提出這一新的命名問題，〔註4〕我將這樣的命名方式稱之為「還原」式，就是因為它所指示的國家社會的概念不是外來思想的借用——包括時間的借用與意義的借用——而是中國自己的特定生存階段的真實的稱謂，借助這樣具體的國家社會形態框架，我們的文學史敘述有可能展開為過去所忽略的歷史細節，從而推動文學史研究的深入。

　　在多少年紛繁複雜的理論演繹之後，中國文學研究需要在一種相對樸素的歷史描述中豐富起來，自我呈現起來。

「民國文學」研究的幾種可能

　　當然，「民國文學」概念提出來以後，各方面也不無爭論和質疑，這些爭論和質疑的根本原因有二：長期以來「民國」概念的陰影不去，至今仍然以各種「成見」干擾著我們的思想，或者對我們的自由探索構成某種有形無形的壓力；新概念的倡導者較長時間徘徊在概念本身的辨析之中，文學史的細節研究相對不足，暫時未能更充分地展示新研究的獨特魅力，或者其他的同行業也未能從林林總總的研究中發現新思路的廣闊空間。

　　關於「民國文學」研究，有這樣幾個方面的問題可以澄清和深發。

　　一、「民國文學」是民國時期的現代文學，可以涵蓋絕大多數的現代文學現象。不僅可以對傳統的新文學傳統深入解釋，而且可以將舊體文學、通俗文學等等「新文學」之外的文學現象有效納入，在一個更高的精神性框架中理解古今中西的複雜對話關係；不僅可以包括從北洋政府到國民黨政府控制區域的文學現象，而且也能有效解釋紅色蘇區文學、抗戰解放區文學，因為後兩者也發生在民國歷史的總體進程當中，民國文學的概念不僅可以解釋後

〔註 4〕參看張福貴《從意義概念返回到時間概念——關於中國現代文學的命名問題》（香港《文學世紀》2003 年 4 期）；湯溢澤、郭彥妮《論開展「民國文學史」研究的必要性與可行性》（《當代教育理論與實踐》2010 年 2 卷 3 期）；湯溢澤、廖廣莉：《論開展「民國文學史」研究的迫切性》（《衡陽師範學院學報》2010 年 2 期）；趙步陽、曹千里等：《「現代文學」，還是「民國文學」？》（《金陵科技學院學報》2008 年 1 期）；張維亞、趙步陽等：《民國文學遺產旅遊開發研究》（《商業經濟》2008 年 9 期）；楊丹丹《「現代文學史」命名的追問與反思》（《長春師範學院學報》2008 年 5 期）。

者，甚至是擴大了後者研究的新思路，解放區文化不是靠拒絕「人民之國」（民國）的理想而生存，它恰恰是以民國理想真正的捍衛者自居，最終通過批判了國民黨政權贏得了在「全民國」範圍內的聲譽；對於投降賣國的汪偽政權，它也不敢輕易放棄「民國」之號，在這裡，民國的「名與實」之間存在一個值得認真分析的張力，並影響到南京偽政府統治下的寫作方式；到華北、蒙疆特別是東北淪陷區，日本文化與偽滿洲國文化大行其道，但是，我們能不能斷定淪陷區文學就理所當然屬於滿洲國文學、蒙古文學或者日本文學呢？當然也不能，近幾年的淪陷區文學研究，相當敏銳地發掘出了存在於這些殖民地的「中華情結」，而民國文化作為現代中華文化的一種形態，依然對人們的精神發揮著根深蒂固的作用——雖然不是名正言順的「民國文學」，但是「民國文學」研究的諸多視角卻依然有效。

二、「民國文學」本身不是一個政治性的概念，就如同「民國」本身既有政權性含義，但同時也有政權政治所不能涵蓋的民族、社群等豐富的內涵一樣，而作為精神文化組成部分的「民國文學」更具有超越政治的豐富的意義空間。我同意張中良先生的分析：「民國作為一個國家，在政黨、政府之外，還有軍隊、司法機關、民間社團等社會組織，除了政治之外，還有新聞出版、學校教育、宗教信仰、民族傳統、地域文化、文學思潮、百姓生活等等，民國文學是在多種因素交織的社會文化背景下發生、發展起來的，因而其歷史化研究的空間無比廣闊。」〔註5〕事實在於，越是在一個現代的形態中，國家政權的強制力越有限，而作為社會文化本身的力量卻越大，包含文學藝術在內的社會精神文化，恰恰努力在民國時期呈現出了自己的獨立性和自主性。所以，「民國文學」並不等於就是國民黨的文學，自由主義文學與左翼文學都是民國文學的主體，而且由左翼文學所體現的反抗、批判精神也可以說是民國文學主要的價值取向，「民國批判」恰恰是「民國文學」的基本主題。曾經有大陸學者擔心「民國文學」研究會重新推動中國現代文學研究走入政治的死胡同，相反，也有臺灣學者對大陸「民國文學」研究刻意切割文學與政權制度的關係有所不滿，〔註6〕我覺得這兩方面的意見雖然有異，但都是出於對民國時期文學獨立性、自主性的認知不足。民國文學本身就是知識分子追求

〔註5〕張中良：《民國文學歷史化的必要與空間》，《文藝爭鳴》2016 年 6 期。
〔註6〕王力堅：《「民國文學」抑或「現代文學」？——評析當前兩岸學界的觀點交鋒》，《二十一世紀》2015 年第 8 期。

政治自由的體現，對政治自由的嚮往當然是將我們的精神帶離了專制政治的陷阱；而民國政權在文學政策上的某些讓步和妥協從根本上講並不來自統治者的恩賜，恰恰也是民國的社會力量、民間力量蓬勃發展、持續抗爭的結果，現代國家出現之後，其文化發展最可寶貴之處就是「明君」與「賢臣」文化的逐步消失（雖然政治家的開明和理性依然重要），同時社會性力量不斷加強、民間力量日益發展，後者才是最值得我們注意和總結的文化傳統，只有在後者被充分發掘的基礎上，政治制度的種種歷史特徵才有可能獲得眞實的把握。

　　三、「民國文學」研究其實有別於隸屬於大眾文化、流行文化的「民國熱」。作爲對長期以來「民國史」的粗暴化處理的背棄，「民國熱」已經在大陸中國流行有年，民國掌故、民國服飾、民國教育，還有所謂的「民國範兒」等等，這本身不難理解，而且我以爲在「各領風騷三五年」的各種「熱」當中，「民國熱」依然保留了更多的自我反省的因素，因而相對的「健康性」是明顯的。儘管如此，我認爲，當代中國社會出現的「民國熱」歸根結底屬於大眾文化潮流，而「民國文學研究」則是中國學術多年探索發展的結果，是文學研究「歷史化」趨向的表現，兩者具有根本的不同。其實，「民國文學」研究雖然與當今的「民國熱」差不多同時出現，但中國學界本著實事求是的精神，努力救正「以論代史」的惡劣現象、盡可能尊重民國史實的努力卻是由來已久了。在大陸中國，雖然因爲政治原因，「民國」一詞一度包含了某種政治禁忌，需要謹愼使用，但總體來看，除了「文化大革命」這樣的極端的文化專制時期之外，對「民國史」的關注和研究一直有學人勉力進行。從新中國成立到1980年代初，「民國史」的考察、研究一直都得到來自國家層面的高度重視，並不斷被納入各種國家級的科研計劃與出版計劃。《中華民國史》的編修工作早於《劍橋中國史》的編寫計劃，「民國史」的研究也早在1956年就已經列爲了國家科學發展十二年規劃，民國史的出版也在1971年就進入了國家出版規劃。呼籲「民國史」研究的既包括董必武、吳玉章這樣的「民國老人」，又包括周恩來總理這樣的黨和國家領導人。「民國文學」的研究借概念之便，當更能夠順理成章地汲取「民國史」的研究成果，以大量豐富的歷史材料爲基礎，對中國現代文學研究的「歷史化」進程作出堅實的貢獻。

　　當然，民國文學研究，一方面固然應當強調加強學術研究的自覺性，與大眾文化的趣味相區分，但是，也不是要刻意區隔和拒絕那些來自社會民間

的寶貴情懷，相反，有價值的研究總能從現實關懷中汲取力量，讓學術事業擁有的豐沛的社會情懷，本身也是在健康和積極的方向上爲中國的當代文化貢獻自己的智慧和力量。

四、「民國文學」研究可以形成與華文文學研究諸多問題的有益對話。當「民國文學」這一概念的使用跨出中國大陸，尤其是與海峽對岸學界形成對話之時，可能就會遇到嚴重的困擾：在我們大陸學界的立場來看，它理所當然就是一個歷史性的概念，「民國」在 1949 年已經結束，我們的「民國文學」研究如果不加特別說明，肯定是指 1912 民國建立到 1949 年中華人民共和國成立這一段歷史時期的文學，使用「民國文學」概念，存在著一個嚴肅的政治的界限；但是，繼續沿用著「民國」稱號的對岸，是否就是大張旗鼓地書寫著「民國文學史」呢？弔詭的現實恰恰是，當代臺灣學界似乎比我們離「民國」更遠！在經過了日本殖民文化——國民黨統治——解嚴後思想自由——政黨輪替、「去中國化」思潮這樣一系列複雜過程之後，在一個被稱作「後民國」的時代氛圍中，「民國」論述照樣承受了「政治不正確」的壓力，其矛盾曖昧之處，甚至也不是「一個民國，各自表述」就能夠概括得了的。也就是說，在海峽兩岸這最大的華人世界裏，「民國文學」都存在相當的糾纏矛盾之處。如何解決這樣的尷尬呢？如何在兩岸學術界，建立起彼此都能夠接受的論述呢？我覺得這裡有兩個可以展開的思路。

首先是集中研討那些沒有爭議的時段。例如民國成立到 1949 年中華人民共和國成立這一歷史時期，我稱之爲民國文學的典型時期，對臺灣而言，1945年光復之後，特別是國民政府遷臺之後，民國文化與文學當然也完成了移植與建構，不過解嚴以來，本土化傾向日益強化，與「典型時期」比較，情況已經大爲不同，固有的「民國文化」發生了變異、轉換與遮蔽，只有首先清理那些「典型」的民國文化，才最終有助於發掘現存的「民國性」。目前，對於研討「民國文學典型時期」的設想，在兩岸學界已經有了基本的共識。

其次是通過凸顯「民國文學」研究方法的獨特性與華文文學的其他學術動向形成有益的對話。所謂「民國文學」研究不過是一個籠統的稱謂，指一切運用「民國文學」概念創新解釋現代文學現象的嘗試，它至少包括兩個大的方向，一是對民國時期文學發展的種種問題進行新的梳理和闡述；二是通過對於「民國是中國的現代形態」這一思路的認定，生發出關於如何挖掘、描述中國知識分子「現代追求」的種種學術思路，進而對現代中國文化獨創

性問題作出令人信服的闡發，借助這一的闡發，「現代性」視野才不至於單純流於西方的邏輯，而成爲中國現代精神生產的一種獨特形式，這些努力的背後，樹立著發現現代中國精神主體性與學術主體性的深遠目標，這可謂是「民國作爲方法」的特殊價值。對於這種「文化主體性」的重視，我們同樣可以從作爲臺灣學術主流的「臺灣文學」以及史書美、王德威等人倡導的「華語語系文學」那裡看到，彼此對話的空間值得開拓。

「臺灣文學」一度有意識與中華文學相區隔，尋求自己的獨立空間，然而身居「民國」卻是寫作者不能不面對的事實，「民國」與「臺灣」在現實中相互糾纏，在歷史中前後延續、滲透、轉化、變異，無論從哪一個方向來看，離開「民國文學」的歷史與現實，都無法清晰道出現代「臺灣文學」的脈絡與底蘊，這一理念，似乎已經爲越來越多的臺灣學者所認可，臺灣文學研究者如陳芳明、黃美娥都多次出席兩岸舉辦的「民國文學研討會」，發表了梳理民國文學與臺灣文學關係的重要論文。

「華語語系文學」（Sinophone literature）是當今華文文學界的最有代表性的命題。儘管其倡導者史書美、王德威、石靜遠等人的具體觀念尙有不少的差異，但是突破華文文學的「中國中心」立場，在類似於英語語系、法語語系、西班牙語系的多樣化格局中建立各華人世界的文化獨立性和主體性，確實是他們的共同追求：「中國內地各種討論海外華文文學的組織、會議、出版，其實存在著一個不可摒除的最後界限，即要歸納在一個大中國的傳承之下，成爲四海歸心的一個象徵。很多海外學者會覺得這種做法是過去的、老派的、傳統的帝國主義的延伸，於是提出華語語系文學，使之成爲對立面的說法。」〔註7〕擺脫「西方中心主義」來談論「全球文學」，去「中心」、解「權力話語」，不再將華語文學當作某種「中國」本質的「離散」，而是始終在流動性、在地化、變異與重構中生成，這是「華語語系文學」的基本追求。應當說，「民國文學」的研究理念剛好可以與之構成有趣的對話：作爲文化主體性與學術主體性的建構，兩者顯然有著共同的意願，

不過，在不斷表述擺脫西方理論模式束縛的同時，「華語語系文學」卻將主要的批判矛頭對準了「中國性」與「中國文化」，史書美甚至爲了執著地對抗「中國」，將中國文學排除在「華語語系文學」之外。這裡就產生了一個需

〔註7〕李鳳亮：《「華語語系文學」的概念及其操作——王德威教授訪談錄》，載《花城》2008年第5期。

要認眞探討的問題：阻擾現代華語世界精神主體性建構的力量是否就主要來自「中國」，而非實力更爲強大的歐美？或者說，在普遍由歐美文化主導的「現代性」格局中，各種現代中華文化形態的經驗更缺少相互啓迪、相互借鑒與相互支撐的可能？如果考慮到「現代性」的言說模式迄今基本還是爲歐美強勢文化所壟斷，「大華文區域」依然共同承受著這些文化壓力之時。以「在地」華文世界各自的經驗獨特性構製各自的「主體性」固然重要，在華文世界與其他世界的比照中尋找我們共同的經驗、重建華文文學本身的認同和主體價值，同樣不可或缺。而「民國文學」的經驗梳理，也就是華文世界的「現代認同」的基礎，也是華文文學主體性的主要根據，「作爲方法的民國」需要在這樣共同的文化經驗的基礎上加以提煉。

這裡具有中華文化的共同傳統與民族記憶，又都在不同的條件下融入了全球現代化的過程。文學發展的背景同樣經歷了農業文明到工業文明、後工業文明的歷史過程，同樣遭遇了從威權專制到現代民主的轉變。

就文學本身而言，同樣具備了中國古典文學的修養和基礎的積澱，同樣進入到現代白話文學的時代，雖然因爲政治意識形態的介入，中國新文學傳統的理解和繼承方式有別，彼此有過對新文學傳統的不同的認識——大陸以左翼文學爲正統，臺灣等區域可能更認同以胡適爲代表的自由主義，但是作爲大的現代文學經驗依然具有相當的同一性。〔註8〕

對主體性的任何形式的尋找最終都不是爲了將自身的族群從周遭的世界中分裂出來，而是爲了更深刻地認識自我，發現自我的價值，最終也可以與「他者」更好地溝通與共存。大陸「中國中心」意識值得警惕和批判，但是與其徑直將大陸中國的華文文化視作對立的「他者」，毋寧將其當作既挑戰自我又激發自我的「他者」，而且這樣的「他者」也不能取代我們從歐美強勢文化的「他者」中承受的壓力，換句話說，大陸中國的華文世界並不是包括臺灣在內的華文世界的唯一的壓力，各區域華文文學的成長同時也不斷感受著來自其他文化力量的持續不斷的擠壓和挑戰。如果我們能夠面對這樣的事實，那麼，就會發現，華文文學世界的「共同經驗」的分享依然有效，依然重要，依然值得進一步挖掘和發揚，而在民國——這樣一個由華人所建立的現代意義的文化形態中，存在著值得我們共同珍惜的精神遺產。正如王德威

〔註8〕 參見李怡：《命運共同體的文學表述——兩岸華文文學視野中的「民國文學」》，《社會科學研究》2013 年 6 期。

所意識到的那樣：「在我看來，將海外與中國內地相對立，是另一種劃地自限的做法……如果只強調海外的聲音這一面，就跟大陸海外華文文學各種各樣的做法沒有什麼兩樣，只不過站在反面而已。」「對於分離主義者來說，我覺得華語語系文學這個概念也適用……如果你不知道中國是什麼樣子的話，你有什麼樣的能量和自信來聲明你自己的一個獨立自主的自為的狀態（不論是政治或是文學的狀態呢）？〔註9〕

〔註 9〕 李鳳亮：《「華語語系文學」的概念及其操作——王德威教授訪談錄》，載《花城》2008 年第 5 期。

目

次

引言　現代詩學探索二脈

　　對於早期中國現代詩學探索這個問題，研究者通常關注新詩人胡適們響亮的高音，而忽略了歷史深處被壓抑下去的低音。從古典文言詩歌向現代白話詩歌的轉型蘊含無限複雜性與可能性，但它們大多隨著新文化的勝利以及此後主流文學史對新詩生成與發展過程的簡化敘述，而被掃落到邊緣地帶。新詩的歷史只是在主流「新詩」的框架內選取自己的材料並賦予其意義的歷史，那些框架之外的聲音，則被消解與壓抑。然而，這並不意味著它們不曾存在，從某種意義上可以說，正是它們使得歷史的層次更加豐富。這些不同的層次相互角力，無論是新的、舊的、抑或半新不舊的，在各種力量的競合與糾纏中，新詩才得以生成。本書試圖在早已被過度關注的胡適之外，尋找、發掘出另一個現代詩學探索的重要人物——胡懷琛，將兩者進行對比研究，以期拓展我們審視現代詩學探索方面的諸種困惑與問題的視野。

　　迄今為止，大陸尚無人將胡適與胡懷琛二人的詩學創作、理論批評作為中國現代詩學探索的兩種流脈進行系統的對比研究。

　　其主要原因之一是目前大陸對胡懷琛的研究比較薄弱。近年來，也有一些學者開始關注胡懷琛，出現了一些介紹和研究胡懷琛的論文，涉及胡懷琛的新詩批評、修辭學研究、小說文體研究、寓言研究、新文學教育以及與柳亞子、南社、商務印書館之關係等諸多方面。總體而言，研究涉面廣而表皮化。最早關注胡懷琛的一篇論文是陳福康的《胡懷琛論譯詩》（《中國翻譯》，1991），只是譯學視角的一般介紹性文章；新世紀以後，始有一些學者從簡單介紹轉而進入學理層面的研究。這些研究主要立足於兩個方面：一是在論述新詩生成或經典化問題時，將胡懷琛「改詩」及其「新派詩」理論做為反面

例證，秉承胡適所謂「守舊的批評家」的評價，在新舊之爭的格局裏進行討論。比較重要的如姜濤的《「爲胡適改詩」與新詩發生的內在張力——胡懷琛對〈嘗試集〉的批評研究》(《北京大學學報》哲學社會科學版，2003)，以胡懷琛爲胡適「改詩」事件爲切入點，還原新詩發生期新舊詩壇碰撞的複雜格局，論述其「改詩」背後對詩歌之「新」的發明權的爭奪及「音節」問題所呈現出來的新詩發生期的基本困境，具有一定的啓發意義。二是立足於重新發掘胡懷琛的文學史價值與意義，如周興陸的《胡懷琛的「新派詩」理論》(《漢語言文學研究》，2013)，簡單梳理出胡懷琛詩集與詩論著述編年情況，對其新詩理論略有論述；盧永和先後發表關於胡懷琛的論文 9 篇，所涉面包括胡懷琛的詩學、修辭學、與南社的關係等方面，試圖對胡懷琛的學術研究進行一個全面的評價，但缺乏文本細讀和問題深究的興趣，顯得零散、平面而缺乏系統性建構。大多數文章未超出「生平簡介——著述介紹——價值意義」的淺表性結構模式。

作爲曾風雲一時的文學批評家、創作家，試圖對胡懷琛予以重評的呼聲已然出現，尤其是近年來，南社研究漸入佳境；但作爲南社的重要份子，有關胡懷琛的研究卻始終還處於一個有待發掘的階段。與南社相關的博士論文（河北大學2010年賀瑩的《南社文學活動與新文學發生研究》、浙江大學2012年潘建偉的《對立與互通——新舊詩壇關係之研究》）雖然也爲胡懷琛安排了一定篇幅的文字，後者更是設立了專節，但也只是簡要而平面地介紹其生平著述。胡懷琛始終被南社的整體性研究及其他重點個案研究所覆蓋和遮蔽，處於一個相對沉默寂靜的角落，這對於一個存目一百餘種一千餘萬字的早期文學創作者、批評家，不能不說是一個遺憾。

其主要原因之二是大陸學術界一方面對胡適存在過度闡釋，另一方面卻又忽視、遮蔽了許多問題。比如胡適一生的新詩創作 200 餘首，研究者通常只關注《嘗試集》，而忽略了其《去國集》、《嘗試後集》，以及其他散落的詩作。當這些詩作的全部呈現在還原胡適整體詩貌的時候，由《嘗試集》所刻意凸顯的新詩進化史迹，會變得模糊起來，尤其是《嘗試後集》所凸顯的漢語詩美氣質，更是顛覆了我們對「嘗試者」形象的刻板印象。作爲新的時間的起點，《嘗試集》的面貌是通過胡適編選修剪出來的，其編選、修剪的眼界、原則、邏輯、理念等，是如何既講述新詩的起源故事，又確立新詩的「合法」依據，還規定了新詩的基本走向的？《嘗試後集》的編選與內容又與《嘗試

集》形成一種什麼樣的關聯？這些重要問題尚未引起學界關注。

　　1920 年代出現的研究新詩的單篇論文並不多，除了胡適的《談新詩》等詩論頗具規模，其他很少有完整成熟的體系；而胡懷琛此期就陸續出版了多部新詩論著。胡適以第一部新詩集《嘗試集》榮膺新詩首創之功；而胡懷琛創作的《大江集》是繼《嘗試集》之後問世的第二部個人白話詩集，具有不容忽視的史料價值，但迄今爲止尚無人問津。新詩發生之初的這一代詩人及批評家，在現代詩學探索中做出了各種努力和嘗試，使新詩衍生出種種可能性；但在歷史的後視鏡中，新詩走了如今這一條，而不是當初的種種，其中關涉的因素有哪些；其他可能性何以消失，它們是否有存在的價值……解答這些問題，可以更好地梳理漢語詩學之現代建構所沉澱的歷史經驗，以及這些歷史經驗爲漢語詩歌的現實發展帶來的新的可能性。基於此，本書的研究意義體現在：

　　第一、通過對比研究胡適與胡懷琛的新詩創作、批評及理論，可能挖掘出歷史轉折處新詩發展的其他路徑。第二、重訪胡適、胡懷琛的詩歌活動及其新詩創作、理論與批評之關係，考察胡懷琛所代表的詩學力量如何與胡適等主流進行角逐並最終消失於歷史的來路，能夠更加完整清晰地揭示新詩合法性確立的歷史過程，更好地理解中國新詩藝術的一些重要理念和行走路向的來龍去脈。第三、重新審視、客觀評價胡懷琛在新舊詩轉型期間對新詩所作的貢獻及其文學史價值，有助於我們拓展文學史視野，更好地理解百年現代詩學作爲漢語詩歌在現代漢語階段的詩學建構的一些貫穿性的主題、問題及其癥結，對當下新詩創作與批評應該具有重要的參照與啓示意義。

　　綜之，研究以胡適與胡懷琛爲代表的現代詩學探索的兩條流脈，有利於從這一特殊視角對百年新詩發展之走向西化與回歸傳統的螺旋運動考鏡源流，從而更好地梳理漢語詩學之現代建構的歷史經驗與新的可能性，這不僅對於新詩研究具有非常重要的意義，還能由發掘胡懷琛爲代表的詩學探索流脈推及更深廣的面相，有可能在被遮蔽的問題中，敞開歷史的多元性與開放性。

　　本研究立足於胡適與胡懷琛的比較，主要著眼於以下六點：第一、胡適的詩學探索，除了《談新詩》等論文，主要通過《去國集》、《嘗試集》的編選及其自序、再版自序、四版自序的自我闡釋來進行，它通過這種編選及相關工作爲新詩發展路向確立了合法性依據。這個依據就是以進化論爲基石建

構舊／新、中／西、傳統／現代的二元對立，並確立了以「新」、「西」、「現代」三位一體互證價值的邏輯，這樣一種互證邏輯構成爲新詩的合法性依據，而且制導了百年新詩發展的主流走向。第二、胡懷琛通過大量新詩批評、理論著作如《白話文談及白話詩談》（上海廣益書局，1921）、《新文學淺說》（上海泰東圖書局，1922）、《嘗試集批評與討論》（泰東書局，1923）、《新詩概說》（商務印書館，1923）、《詩學討論集》（上海曉星書局，1924）、《小詩研究》（商務印書館，1924）、《中國民歌研究》（商務印書館，1925）、《中國文學辨正》（商務印書館，1927）等闡發了其「中國本位」的現代詩學主張，並輔以《大江集》、《江村集》、《胡懷琛詩歌叢稿》等詩集佐證與踐行其詩學探索路徑，而此路徑與胡適所代表的主流新詩價值邏輯大相徑庭，卻在全球化的歷史視野裏，與胡適代表的主流新詩價值邏輯構成了必要的對話性。第三、1920年代胡懷琛《嘗試集批評與討論》引發的詩學論爭，作爲對新詩發展路向的另一種可能性思考與探索，看似被當年誤判爲新舊之爭而被忽略，實際上構成了理解胡適《嘗試後集》創作轉向的一段必不可少的語境。胡適作爲詩人地位在這一時期的日益邊緣化，是導致這另一新詩源頭被忽視的重要原因。第四、《嘗試後集》在詩體形式上以化用詞曲小令爲主，改變了《嘗試集》所確立的白話自由體新詩的價值邏輯，走向了傳統詩體的現代漢語轉化之路。將《去國集》、《嘗試集》、《嘗試後集》作爲一個整體來考察，在這種整體觀照中，胡適嘗試新詩所選擇的路向，雖然有力倡西化的一面，但他創作的主線則始終糾纏著傳統，或借助西化詩體掙脫傳統，或立足新詩語言而歸化傳統詩體，即「傳統詩體的現代漢語轉化」（以白話，或者說，以現代漢語的語言屬性來解放進而轉化誕生於文言屬性的傳統詩體）。這種詩學路徑，與1920年代胡懷琛重視新詩與傳統的血脈關聯的詩學路徑形成了某種時空上的呼應。第五、從晚清黃遵憲等的「詩界革命」，到「五四」時期胡適的「放腳」白話詩、胡懷琛的「新派詩」，再到新中國毛澤東的新詩道路論，以及郭小川的「新辭賦體」，直至今天一些人倡導和實踐借助古典詩詞資源重鑄漢語詩性魅力，均可謂是傳統詩體的現代漢語轉化這條路徑上一脈相承的節點。第六、胡適的整體詩學探索既建構了立足於西化的新詩現代性體系，也質疑了這種體系，而這種質疑，正與胡懷琛的詩學探索產生了某種意義上的殊途同歸的效果。後來新詩發展在走向西化與回歸傳統兩極之間徘徊、左右搖擺的運動也可以說是在胡適與胡懷琛所倡兩種詩學探索路徑之間的徘徊與搖擺。

　　以胡適、胡懷琛爲個案，通過考察現代詩學之二脈的關聯，從中辨析新詩確立的價值邏輯預設與日後新詩發展中起支配作用的詩藝觀念、問題模式，甚至標準、慣例之關係，在新的語境裏重新發掘胡懷琛爲代表的詩學流脈，並通過分析其與胡適詩學探索之理念、創作的差異與交集，探究胡懷琛被埋沒與遮蔽的原因，並進一步思考兩者背後殊途同歸的根源，以此尋繹百年漢語詩學的現代建構之中／西向度的局限性與可能性。

　　基於此，本文的具體體例安排爲：

　　第一章從白話入詩方面比較二胡在詩學理論上的相通與相異。二胡均承認「白話」爲詩的合法性與「文言」詩語的生命力；在詩歌風格取向上也都棄雅趨俗，以明白易懂爲核心；因爲這樣的一種白話理念，胡適進行了打油詩的嘗試，胡懷琛進行了禽言詩的嘗試。這種起點上的共識何以走向新詩的兩種不同路向，是本文的一個要點。

　　第二章從詩體探索方面比較《嘗試集》與《大江集》的分歧。胡適通過詞曲體的破格律化嘗試與古詩體的破格律化嘗試，最終在《關不住了！》這首西詩中找到了白話新詩成立的依據，並確立了中國新詩西化的路徑；而胡懷琛的創作在詩體上顯示出雜陳感，既有俗言易懂的白話詩，也有古雅精緻的白話詩，尤其通過嘗試譯詩來傳承漢語的詩性之美，再由《胡懷琛詩歌叢稿》中各種類型詩作的編排，彰顯出其通過「體式」的傳承與拓新，堅持語意淺白、典雅精緻、富含詩性、能唱能誦的本土性漢語詩學理想。

　　第三章從自然音節方面論述二胡關於《嘗試集》的論爭。胡懷琛的《嘗試集批評與討論》看似瑣碎的音節論爭，似乎沒有多少詩學價值，但認眞梳理其論爭焦點，具體發掘胡懷琛的詩學主張及創作，會發現二胡的分歧正在於「新」與「美」的衝突。胡適要掙脫傳統，爲中國詩歌建立一種新的價值邏輯，這種價值邏輯，建構了舊／新、中／西、傳統／現代的對立，並以「新」「西」「現代」三位一體互證價值的邏輯開啓新詩的歷史紀元。它使「新詩」成其爲「新」而產生了與舊詩本質的不同並獲得優於舊詩的價值。而胡懷琛卻是想在「唯西是新」之外探索新詩的可能性，即在傳承傳統的基礎上創造新詩，使新詩葆有漢語幾千年來積澱的詩性魅力。

　　第四章論述二胡詩學探索的不同命運。胡適從西化建構了中國新詩的起點，並影響了百年新詩的發展流脈；但其晚年編選《嘗試後集》所倡之來源於中國傳統詞曲體的「胡適之體」，側重於開掘豐富的傳統資源的詩體嘗試，

這種路徑與當年的胡懷琛所倡導的新詩路向在漢語詩性上產生交集，只是這時的胡適已然不再是主流詩人，其「嘗試者」的文學史形象已經先入為主地紮根於既有的新詩史，由《嘗試後集》所形成的對於《嘗試集》建構的新詩現代性的質疑，只成為一種被新詩主潮忽略的個人詩學。胡懷琛終其一生以傳統為依託試圖建構新詩的漢語詩性，但最終並未能成就漢語詩美的守護者，而成為歷史塵滓中的守舊批評家，長期不入主流新詩研究者和文學史家的法眼。

結語部分通過梳理胡懷琛生前的經歷，時人對胡懷琛的評價，胡懷琛死後的紀念性文字，以及文學史著對胡懷琛的敘述，總結其被忽視的事實，強調在新的語境裏重新發現和釐清傳統詩體的現代漢語轉化這條詩學脈絡的必要性。

第一章　白話入詩：胡適與胡懷琛
詩學理論的相通與相異

　　胡適圍繞他的白話詩實驗及其成果《嘗試集》發表的一系列言論：《談新詩》(1919)、《〈嘗試集〉自序》(1919)、《〈嘗試集〉再版自序》(1920)、《〈嘗試集〉四版自序》(1922)等，構成其白話詩學的主要文獻。通常認為，胡適的白話詩學是百年中國新詩發展的理論起點。在這個起點上，胡適為文學史呈現的是一種「有什麼話，說什麼話；話怎樣說，就怎樣說」的「詩體的大解放」的新詩文體學。他以內容明白清楚，用字自然平實，節奏自然和諧，詩體自由無拘來想像新詩的理想摸樣。

　　《嘗試集》出版一年後，胡懷琛的《大江集》問世，並冠以「模範的白話詩」之名：這個歷史事件，在今天看來，早已湮沒無聲。「模範的白話詩」這種命名，顯然意味著作者試與胡適的「嘗試」及其所宣稱的「『新詩』成立的紀元」一比高下。站在今天回望歷史，如果說胡適編選《嘗試集》有著為一個時代「立碑」的宏遠志向，這種志向是通過其反覆自我言說、自我回顧、自我塑造而彰顯出來的，那麼胡懷琛想要為新詩樹立白話典範的野心，則是從《大江集》的副標題中顯赫地標榜出來。胡懷琛為何在《嘗試集》已廣為普及時，在新文化派集中的場域裏，響噹噹地甩出這麼一本「重磅炸彈」式的詩集刺激人眼球——當然，在我們所熟知的知識結構中，這本詩集顯然沒有在當初帶來任何影響，新文化派也應該是以蔑視乃至無視的態度對之。然而，站在今天反思過去，我們似乎應該重新認識這本「模範的白話詩集」何以被著者稱為「模範」，又何以堂而皇之在不被新派認可的狀況下稱之為「白

話詩集」。

至少我們可以這樣認爲，當是時也，試圖與胡適的「嘗試」並肩的，還有其他不同的「白話詩」的「模範」形態。在白話新詩的堅定擁護者胡懷琛那裏，白話入詩顯然不僅僅是「新文化陣營」的故事。

第一節　「白話」爲詩的合法性與「文言」詩語的生命力

胡適白話作詩的動機，是爲了造就「文學的國語」而創造「國語的文學」所必須發起的攻堅戰。在胡適看來，造就「國語的文學」的語言資源不外乎來自這樣幾個方面：古白話、今日用的白話、歐化語、文言的補充〔註1〕。這些語言資源裏，文言看似並未被完全排斥，只是作爲一種補充，來造就新的國語。但是，從權力場域來看，文言由傳統的中心位移到了邊緣，而原本處於邊緣的白話位移到了中心，這貌似不大的變革卻顛覆了幾千年文言本位的傳統。那麼接下來問題在哪裏呢？我們知道，散文的文體特性比較注重日常本色，詩歌比較注重非日常態的修飾。從這個角度來說，白話與文言的區別之一在於，白話較之於文言的日常本色特質似乎是天然的散文語言，而不適合於作詩。這就意味著，胡適要以「白話作詩」取代「文言作詩」的正宗地位，首先遇到的必然是「白話」的合法性以及「文言」的生命力的問題；而舊詩淵源深厚的審美成規、慣例又必然會導致新舊文體學範式的衝突。《嘗試集》出版以前，胡適就是在與論敵的多次論爭中才逐漸形成其基本的「白話」詩學觀。他倡導「作詩如作文」，以俗話俗語入詩，清除舊詩根基，從某種意義上切斷縱的繼承，力圖打破整個古典詩歌體系。

胡適在留美朋友圈中關於「白話作詩」的大討論，以及後來所發表的關於白話的諸種主張，只能說是一種倡導，其實並不能代表當時中國社會的普遍現象。胡懷琛在胡適之後，提出了一套甚至比胡適更爲全面的建設新文學的方案。首先，胡懷琛意識到對文字與語言概念的界定與分類。他歸納「語言」包含普通語言、高等語言、特別語言、古語、方言五類，「文字」包含普通文字、高等文字、特別文字、古文、方文五類。姑且不論其劃分是否科學，

〔註 1〕參見胡適：《中國新文學大系・建設理論集・導言》，上海良友圖書印刷公司1935年版。

從這種劃分可以看到，他與胡適最大的區別是，古語也好，方言也罷，胡懷琛規避了白話與文言的輕重地位，而在用另外一套標準來看待語言文字問題。當然，胡氏並不是沒有看到古文勢必滅亡的命運，對於將來的趨勢，胡氏指出：第一，古語，古文，不合時勢，必將完全廢棄。（現在有一部分已廢棄，還有一部分沒廢去）。第二，方言，方文，將漸漸統一。統一之後，方言、方文的名詞，便可廢去。第三，科學日精，世事日繁，特別言語文字將要增多。第四，人的程度，一時不能相齊，所說普通語言文字和高等語言文字的界限，也不能泯滅。〔註2〕這個論述不可謂不具有一定的遠見卓識，它涉及到方言與普通話的統一問題，口語與書面語的問題，以及隨著時代變化而出現的新興詞彙問題。他明確指出其著書旨在讓人「能徹底明白文言和白話的關係」，但在系統而具體的論述中，他其實並未專門或者明確地釐清文言與白話的關係，二者實際上交錯地隱含在其整體論述之中。比如，他辨析：「中國今日以前，所有的文字，十分難讀，有四個原因：（一）是高等文字，（二）多半是古文，（三）間或有特別文字，（四）間或有方文。」他並給出改良方法：「（一）廢古語，古文，（二）不用方語，方文，（三）劃清普通和高等和特別的界限，（四）規定普通的模範語言文字。（高等的由各人自己變化，決無一定的格式）。」〔註3〕在規範漢語這一點上，胡懷琛比胡適走得更遠。胡適要證明白話作詩的合法性，其最終目的是實現「中國的文藝復興」的偉業；胡懷琛卻或者只是專在漢語問題上深入思考。在胡懷琛的《新文學建設的根本計劃》中，他承認「舊文學總算已破敗了」，但「新文學還沒有建設」。他認為這種建設，第一步需要「組織機關」對於文字制定統一的規定，譬如「的」與「底」的統一。第二步將文學分為兩大部——古文和今文：「原有的文字為古文，用一種規定的白話文為今文」。第三步出兩部字典，分別為古文字典與今文字典。古文字典暫用原有的字典，不必再編；今文字典，便是在原有的字裡選出二千字（此數是假定的），此外通行刪去，不認做今文。凡遇一字兩解或數解的，只取他常用的，至多以三個為止（假定的），以外通不認為今文，此外再加入若干字，（便是以前字典裏所沒有的），共編成一部字典。第四步分今文為兩部——用文和美文。第五步依次編相應的文法。第六步編輯教科書，按著今文字典裏的字，和用文、美文的方法，編一套各科的中小學教科

〔註2〕胡懷琛：《白話文談及白話詩談》，上海廣益書局1921年版，第4～7頁。
〔註3〕胡懷琛：《白話文談及白話詩談》，上海廣益書局1921年版，第7頁。

書。第七步實行遵守無論學生作文、商人寫信和報紙公文等，用字都要照今文字典，措詞都要照新編的文法（除了專門文學不算）。第八步，清理古書。將今日以前所有的書籍，清理一番；編一目錄，供人家查考，認爲沒價值的不必編入。第九步翻譯古書。將有價值的古書，次第翻成今文，如周秦諸子，只要譯他大意，不能一句一字的照譯。除此九步依次執行外，胡懷琛還強調相輔助的步驟：注音字母和符號的規定與應用。〔註4〕看來，在胡懷琛新文學的建設中，統一的漢語（普通話）乃爲根本，而且其「漢語」是以今文字爲主，包含古代常用的漢字，雖然他刪除了大量不實用的古字，但仍然有所保留，且保留的是常用古漢字（如三個以上意思的取其常用意義）；對於用今文字翻譯古文，用意也在用今文普及傳統文學，使傳統文學以現代的方式仍爲人所用。在胡氏這裡，雖也贊成白話爲文，但並未完全排斥文言的內容，而是強調轉化、兼收並蓄，創建新的「漢語文」體系。

當然，胡適與胡懷琛的不同是，胡適作爲白話詩文運動的倡導者，早在1915 年夏到 1916 年秋，當他還在與其留美朋友梅光迪、任鴻雋發生論辯時，已然談到白話能否入詩的問題，而胡懷琛對白話的系統闡釋已是五年之後。1915 年至 1916 年間的胡適已經主張用白話做一切文學的工具，而梅光迪認爲「小說詞曲可用白話，詩文則不可」，任鴻雋也認爲「白話自有白話的用處（如作小說演說等等），然不能用之於詩」。〔註5〕當胡適提出「詩國革命何自始？要須作詩如作文」時，梅光迪用「詩之文字」與「文之文字」的區別予以反駁。他認爲用「俗語白話」入文，「似覺新奇而美，實則無永久價值」，因爲這種日常口語「未經美術家鍛鍊」，缺乏凝煉精緻的美感，而「徒諉諸愚夫愚婦無美術觀念者之口」，「鄙俚乃不可言」。〔註6〕在梅氏看來，文言是詩性語言，白話是日常語言，非詩性語言不可能詩性化，不能用於詩歌創作。而胡適堅持「詩味在骨子裏，在質不在文」〔註7〕，他相信清晰與透明的白話同樣能創造詩意。這場論爭的結果是促成了胡適對白話詩的實驗。顯然，能夠與辯友達成一致的是，白話作爲一種工具，在小說這種文體中得到運用已然有

〔註 4〕 胡懷琛：《新文學建設的根本計劃》，《白話文談及白話詩談》，上海廣益書局
　　　　1921 年版，第 8～13 頁。
〔註 5〕 胡適：《逼上梁山》，《胡適全集》（18），安徽教育出版社 2003 年版，第 120 頁。
〔註 6〕 胡適：《逼上梁山》，《胡適全集》（18），安徽教育出版社 2003 年版，第 116 頁。
〔註 7〕 胡適：《嘗試集·自序》，《胡適全集》（1），安徽教育出版社 2003 年版，第 184
　　　　頁。

一段不短的歷史，但它擴展到新的文學體裁——詩歌，則是一個頗具新意與爭議的問題。一個已經建立的語言體系擴張其體裁範圍是一個重要的現象，雖然這種現象還不足以「革命」到產生一個「大寫日期」的程度。〔註8〕但胡適力圖通過建構新詩，完全去掉其「古典」性質，運用白話創作適應現代生活的詩歌，其目的在於產生「革命」的效果，「破」重於「建」。當胡懷琛給出一整套新文學建設方案時，已是 1921 年，這時的「文學革命」已經轟轟烈烈地發生，《嘗試集》已正式出版，白話作為現代漢語的主體，取代文言的正宗地位，已成為不言而喻、不證自名的事實。這時對於胡適及其新文化派而言，所面臨的問題是在白話詩語中有沒有文言的位置，亦即白話詩語的資源問題。其實，胡適最初是想將文言也作為一種詩學資源的。《新青年》1917 年 3 卷 4 號上發表了胡適的四首白話詞，隨後在 1918 年與錢玄同的通信中，他曾表示自己最初不願雜入文言，後忽然改變宗旨，不避文言。並且認為詞近於自然詩體，主張「各隨其好」。胡適的這種曖昧態度表明他並不想對文言「趕盡殺絕」，並不願在白話與文言之間形成完全徹底的「斷裂」，他力圖在白話語言系統中仍然保存文言的活力部分。但錢玄同當時絕然反對填詞似的詩歌，強調「今後當以白話詩為正體」。〔註9〕在新文學強大的權力場域中，錢玄同二元對立的思維堅定了胡適摒棄文言的決心，於是他絕然放棄文言，在追述自己白話作詩歷程時，認定了一個「主義」，即「充分採用白話的字，白話的文法，和白話的自然的音節」。「詩體的大解放」主張也由此而來。

儘管如此，新詩能否用文言仍然有所爭議。朱經農認為「文言文不宜全行抹殺」，他並不反對白話，但認為「要兼收而不偏廢」。〔註10〕任鴻雋提出「詩心」問題，認為「用白話可做好詩，文言也可做好詩，重要的是『詩心』」。〔註11〕學衡派的吳芳吉認為：「非用白話不能說出的，應該就用白話；非用文言不能說出的，也應該就用文言；甚至非用英文不能做出的，應該就做英文。總之，所謂白話、文言、律詩、自由詩等，不過是傳達情意之一種方法，並

〔註 8〕　此說出於宇文所安《過去的終結：民國初年對文學史的重寫》，田曉菲譯《他山的石頭記·宇文所安自選集》，江蘇人民出版社 2003 年版。
〔註 9〕　《論小說及白話韻文·胡適——致玄同，附錢玄同覆信》，《新青年》1918 年第 4 卷第 1 號。
〔註 10〕　《新文學問題之討論·朱經農——致適之，附胡適覆信》，《新青年》1918 年第 5 卷第 2 號。
〔註 11〕　《任鴻雋——致胡適，附胡適回信》，《新青年》1918 年第 5 卷第 2 號。

不是詩的程度。美的程度，只為一處。至於方法，則不必拘於一格。」〔註12〕
這種主張新詩可以摻入古詩文言提升詩性的觀點，在胡懷琛的詩學主張裏得
到了更不證自明的回應。

　　1920 年代初胡懷琛在對新詩的構建中，首先也是對舊詩進行批判。在《白
話文談及白話詩談》等著中，他多次談及舊詩為什麼要破壞，大致說來三點
原因：第一、為時勢所逼近，不得不變。做詩人的環境都已變遷了，他做的
詩，怎能不變？如要不變，便違背發表自己感情的本旨，便不是真詩。第二、
被做的人做壞了，自然不能支持。就中國文學史而論：這個已成了定例。「迨
胡適之新體詩出，乃如摧枯拉朽，片刻便倒了。胡適之所處的地位好，這是
機會問題。他有具體的改造辦法，這是我欽佩他，旁人所做不到的」。第三、
凡事窮則變，也是一定的道理。譬如四言變五言，古詩變近體，詩變詞，詞
變曲，都是合著窮則變的一句話。〔註13〕這裡的「時勢」之「變」，固然有時
代氛圍的變遷，也自然包含文化語境的變化，比如舊詩滅亡、白話詩普及的
必然趨勢。值得提出的是，第三點「窮則變」中的具體論述，如古詩變近體，
詩變詞，詞變曲等，顯然與胡適的論斷在表面上有一致之處。胡適說：「文學
革命，在吾國史上非創見也。即以韻文而論：《三百篇》變而為騷，一大革命
也。又變為五言，七言，古詩，二大革命也。賦之變為無韻之駢文，三大革
命也。古詩之變為律詩，四大革命也。詩之變為詞，五大革命也。詞之變為
曲，為劇本，六大革命也。何獨於吾所持文學革命論而疑之？」〔註14〕這裡
對於「變」的合法性的論述看起來是來自於對中國詩歌流變進行的梳理，但
這種流變的動力學何在？胡適沒有說，因為對於他而言，在西方進化論傳播
中國的時代，這是不言而喻的。而胡懷琛所謂的「窮則變」的核心思想，則
來源於《周易》之「易，窮則變，變則通，通則久」。〔註15〕這種變化是周而
復始的，而非線性進化的。也就是說，在胡懷琛看來，當世的生活變了，舊
的文學已經無法適應新生的社會，唯有改變才能適應現代生活。這是一種變
化——變化——變化的循環往復、生生不息的「易」。

〔註12〕吳芳吉：《談詩人》，賀遠明等選編《吳芳吉集》，巴蜀書社 1994 年版，第 422
　　　頁。
〔註13〕胡懷琛：《詩的前途·白話詩談》，《白話文談及白話詩談》，廣益書局 1921 年
　　　版，第 18 頁。
〔註14〕胡適：《胡適留學日記》（下），安徽教育出版社 1999 年版，第 284 頁。
〔註15〕《周易·繫辭》（下）。

　　其次，在胡懷琛的諸多論著裏，很難找到其專門論述白話與文言入詩的問題，這給我們的表象是，似乎胡懷琛並未關注白話入詩與文言詩語的生命力問題。但事實上，我們從胡懷琛對於新的「漢語」體系的想像性建構中可以看到，胡懷琛並未關閉文言入詩的大門，相應的，在他的詩學著作中，他似乎理所當然地將白話與文言放入一個平臺，整體性地看待中國詩歌的發展以及新詩建構問題。他從精神與形式兩個方面界定「詩」的概念，強調「詩言志，歌永言，聲依永，律和聲」，將詩歌理解爲「有音節能唱歎的文字」〔註16〕，特別看重音節與唱歎的功能。胡適在論述詩歌情感時，也非常肯定「情動於中而形諸言。言之不足，故嗟歎之。嗟歎之不足，故詠歌之。詠歌之不足，不知手之舞之，足之蹈之也」這樣的傳統觀點，特別強調詩歌要表達「情感」，闡發「情感者，文學之靈魂。文學而無情感，如人之無魂，木偶而已，行尸走肉而已」。並補充：「今人所謂『美感』者，亦情感之一也。」（《文學改良芻議》之一，須言之有物）這一點上二胡觀點很一致。在詩歌的組織上，胡懷琛強調，「內容是意」，「外表是聲和色」。其所謂「聲」包括「調」和「韻」兩種：「調是平、上、去、入，四聲的配置；喉、齒、牙、唇、舌各音的調和。韻是句尾的押韻。」單有了韻沒有調，聲音必不和諧，單有了調沒有韻，聲音和諧不和諧，也是一個問題。所以，兩者相輔相承，互爲依存。〔註17〕在這一點上，胡適並未糾纏於韻調之說，因爲其目的正是旨在掙脫傳統，爲了避免落入傳統窠臼，胡適闡發了更「新」的觀點，比如他提出用「內部的組織」取代字句層面包括靠節奏、音調和押韻的整齊律一來營建詩歌音樂美。雖然胡懷琛在是否押韻上也比較寬容，秉持可押也可不押的態度，然而他卻特別在意音調和節奏，這勢必促使其將重心放到詩歌的音樂性上，反而未專門考慮白話與文言在詩性上的區別，因爲在他的新詩學建構中，詩歌的語言是一種全新的「漢語」體系，沒有文白之分，這意味著這個體系的龐大與包容，使得文言詩語的生命力不成其爲一個問題，詩性本身既包容偏於日常性的白話，也自然涵納偏於詩性的文言。在胡適的新詩學建構中，文言詩語的生命力就成爲了一個問題，因爲新文學要將「白話」這個工具擴展到小說之外的其他文體，尤其是詩歌這種講求詩性的文體，以此

〔註16〕　胡懷琛：《新詩概說》，商務印書館1923年版，第4頁。

〔註17〕　胡懷琛：《無韻詩的研究‧白話詩談》，《白話文談及白話詩談》，廣益書局1921年版，第1頁。

完成「白話」取代「文言」的任務，這種二元對立的思維，預示著文言必須被消除，而如果完全袪除文言，那麼如何營造詩歌的詩性？在從古代漢語詩歌向現代漢語詩歌嬗變的過程中，胡適提出用白話語結構層次的音節流轉取代傳統文言詩性的音韻來創造音樂美，這實際上是一種「西化」的肇始，也是其與胡懷琛產生相異的根本點。

其實，我們回過頭來閱讀胡懷琛的詩學論著，發現，對新生事物特別敏感的胡懷琛也對「無韻詩」進行過研究。他還指出，無韻詩的做法需遵循四點：第一、無韻詩可以偶然做，並不須專門做這一種的詩。第二、要極自然。第三、要有調。第四、宜乎做短詩，不能做長詩。〔註18〕胡懷琛自己的創作實踐也充分遵循了這種標準，後文有詳細論述，此處不必贅述。強調「自然」與「調」，與胡適強調新詩的「自然」與「音節」之美，略乎一致。胡懷琛對於新詩的建構想像裏，似乎一直未刻意去談論文言是否可以入詩，其著眼點乃中國詩歌的整體發展，即便是新近的「新體詩」也只是幾千年中國詩歌在新時代的新表現，似乎並未與傳統詩歌有一個徹底的了斷。更毋庸文言詩語的生命力問題，在他那些明白淺俗的歌謠體新詩之外，還有更多古雅的新詩嘗試，使用了大量的詩性文言語彙，這在後文的創作實踐論中會有更全面的闡述。

第二節 棄雅趨俗、明白易懂的核心

在「白話入詩」這個問題上，二胡雖有差異，但大致來說也有更多的相通之處，那麼接下來需要思考的是二胡所謂「白」的具體所指，以及由白話入詩而來的詩歌美學觀問題。

二胡所理解的「白話」都乃古已有之，具有一個悠遠的傳統。不同的是，胡懷琛並未將它從中國詩歌傳統中分離出來，構成與文言傳統的二元對立敘事，他只是將這個傳統視為整個中國詩歌千年傳統中的一條源遠流長的脈絡，並不因它而否定另一條文言傳統。比如，他會認為文言詩中有好詩，白話中有壞詩，舊詩裏他就很推崇作詩老嫗能解的白香山；新詩裏他就認為有些詩由於音節不自然而解放得太過份了。也可以這樣說，其持之以恒的衡量

〔註18〕胡懷琛：《無韻詩的研究·白話詩談》，《白話文談及白話詩談》，廣益書局1921年版，第11頁。

標準乃爲詩性。他眼中的「新詩」與「舊詩」只是時間上的差別。他從精神與形式兩個方面來整體性定義中國詩歌：精神上情爲主、智爲輔、意爲輔，形式上聲爲主、詞爲輔。民國以後出現了新詩，新詩既出，以前的詩，都名爲舊詩。〔註19〕所以，在胡懷琛那裏，中國詩歌是一個整體，新詩相對舊詩，只是時間問題。儘管如此，胡懷琛仍然還是敏銳覺察出新舊詩的一些差別。比如，他認爲新詩可以掃除舊詩的種種流弊，「由特別階級的解放到普通社會的」、「由雕飾的解放到自然的」、「由死文學的解放到活文學的」〔註20〕。但他也補充了新詩同樣可能存在的流弊：「然我以爲活文學的注解，不專是指現代的文學，也兼指自己的文學；在詩裏便是有自己的感情。倘然沒自己的感情，硬學胡適之、沈玄廬……便是死文學。」〔註21〕

　　與胡懷琛不同的是，胡適勢必要梳理出一個獨有的、未受重視，而實質上卻根深蒂固且意義遠遠大於文言傳統的白話傳統，這種二元對立的思維與胡懷琛將白話傳統視爲中國詩歌整體傳統中的一條流脈，是大相徑庭的。胡適曰「然以今世歷史進化的眼光觀之，則白話文學之爲中國文學之正宗，又爲將來文學必用之利器，可斷言也。（此『斷言』乃自作者言之，贊成此說者今日未必甚多也。）以此之故，吾主張今日作文作詩，宜採用俗語俗字。與其用三千年前之死字（如『于鑠國會，遵晦時休』之類），不如用二十世紀之活字。與其作不能行遠不能普及之秦漢六朝文字，不如作家喻戶曉之《水滸》、《西遊》文字也」。（《文學改良芻議》之八，不避俗語俗字）按胡適所說，他最初倡導之「白話」與《水滸》、《西遊》之「俗語」沒有什麼差別。其所謂詩中之「俗語俗字」，與古白話的界限模糊不清，與後來「白話」相比，還是比較含混和缺乏規範的。1917 年（11 月 20 日），胡氏在《白話解》中，這樣解釋「白話」的「白」：

　　　　白話的「白」，是戲臺上的「說白」的白，是俗語「土白」的白。
　　故白話即是俗語。

　　　　白話的「白」，是「清白」的白，是「明白」的白。白話但須要「明白如話」，不妨夾幾個文言字眼。

　　　　白話的「白」是「黑白」的白。白話便是乾乾淨淨沒有堆砌塗

〔註19〕胡懷琛：《詩與詩人・大江集》，崇文書局 1921 年版。
〔註20〕胡懷琛：《詩與詩人・大江集》，崇文書局 1921 年版。
〔註21〕胡懷琛：《詩與詩人・大江集》，崇文書局 1921 年版。

飾的話 ，也不妨夾入幾個明白易曉的文言字眼。〔註22〕

在十年後回顧新文學運動時，胡適仍然強調：

> 《紅樓夢》、《兒女英雄傳》的北京話固然是好白話，《儒林外史》
> 和《老殘遊記》的中部官話也是好白話。甚至於《海上花列傳》的
> 用官話敘述，用蘇州話對白，我們也承認是很好的白話文學。甚至
> 於歐化的白話，只要有藝術的經營，我們都承認是正當的白話文學。
> 這二十年的白話文學運動的進展，把「國語」變豐富了，變新鮮了，
> 擴大了，加濃了，更深刻了。〔註23〕

相對於十年前將「俗」幾乎等同於「白」，此時的胡適，在白話經歷了十
年的發展後，已開始用寬容、寬泛和標準的「國語」概念來取代「白話」這
個說法。但在詩歌的寫作與評論中，我們可以看到，由於「俗」的根深蒂固
的影響，胡適由此而形成的白話詩學觀中，棄繁趨簡、棄雅趨俗、明白易懂
成為其本質內核。

胡適在評論新詩時，一向持「讀來爽口聽來爽耳」的口語化節奏標準
〔註24〕，他認為白話「既可讀，又聽得懂」〔註25〕，「今日所需，乃是一種可
讀，可聽，可歌，可講，可記的言語」，使「誦之村嫗婦孺皆可懂」。〔註26〕
所以，用白話入詩，「有什麼話，說什麼話；話怎麼說，就怎麼說」，包孕著
其對詩歌要求明白易懂的取向。1920 年在《什麼是文學》一文中，胡適強調
了「明白清楚」對文學的重要性。1922 年胡適在《評新詩集》中說，論詩的
嘗試有三個階段：「淺入而淺出者為下，深入而深出者勝之，深入而淺出者
為上。」〔註27〕他認為康白情的好詩「讀來爽口，聽來爽耳」〔註28〕；而俞
平伯所謂有「平民風格」的詩，「差不多沒有一首容易懂得的」。〔註29〕在《北

〔註22〕 胡適：《答錢玄同書》，《胡適文存》（1），上海書店出版社 1989 年版，第 54
　　　　～55 頁。
〔註23〕 胡適：《中國新文學運動小史》，歐陽哲生編《胡適文集》（1），北京大學出版
　　　　社 1998 年版，第 132 頁。
〔註24〕 胡適：《評新詩集》，《胡適全集》（2），安徽教育出版社 2003 年版，第 806 頁。
〔註25〕 胡適：《逼上梁山》，《胡適全集》（18），安徽教育出版社 2003 年版，第 113
　　　　頁。
〔註26〕 胡適：《逼上梁山》，《胡適全集》（18），安徽教育出版社 2003 年版，第 114
　　　　頁。
〔註27〕 胡適：《評新詩集》，《胡適全集》（2），安徽教育出版社 2003 年版，第 821 頁。
〔註28〕 胡適：《評新詩集》，《胡適全集》（2），安徽教育出版社 2003 年版，第 806 頁。
〔註29〕 胡適：《評新詩集》，《胡適全集》（2），安徽教育出版社 2003 年版，第 807 頁。

京的平民文學》裏，他高度評價民間歌謠，批評白話詩人「寧可學那不容易讀又不容易懂的生硬文句，卻不屑研究那自然流利的民歌風格」〔註30〕。1924年胡適在《胡思永的遺詩‧序》中詳細提出關於「明白清楚」的「胡適之派」。可見，「明白易懂」是胡適基於白話的詩歌觀念中極爲重要的審美標準。

　　這種審美標準，與胡懷琛趣味一致，但在胡懷琛這裡，它只是新詩多種可能性中的一種，即使是極重要的一種，也不應以此封殺其他可能性。所以，胡懷琛批評胡適過於獨斷，抹殺了新詩的其他可能性：「胡適之的新體詩，我也承認他是各派詩裏頭一派。若說有了他的一種詩，旁人的詩都不算詩，這句話我不贊成。」「因爲他雖有他的好處，旁人也有旁人的好處。」〔註31〕這裡，胡懷琛的眼光是包容的，容納多元的。早期新詩在形成與發展中，應該並且實際上也確實存在著多種可能性，胡適及其新文化陣營在權力場域中擁有雄厚的文化資本，在新詩構建中掌握了話語權，從而形成了以《嘗試集》爲中心的所謂「嘗試派」。而返觀與胡適同時代的胡懷琛之言論，一方面，在新文學的建設方面，胡懷琛曾明確指出新文學的精神：「第一在老老實實說話；不說一句空話，不說一句粉飾妝點的話。第二在明明白白，人人都懂。第三在先有了意思，然後做文；不是先要做文章，然後四處搜羅意思。」〔註32〕這是白話爲文而產生的明白易懂的審美原則。另一方面，對於白話入詩，胡懷琛認爲：現在的新體詩，是要普及到一般社會；所以要人人做得到，人人看得懂。他進一步論述，這話須分做兩層說：「一層是人人看得懂；一層是人人做得到。人人看得懂，是我所極端贊成的，便是要我們做的詩，叫人家易讀易懂，我便是本著這個條件而行；但是人人看得懂裏頭，仍舊有一個好字；倘然只顧了人人能懂，卻不管好不好，這詩就可以不必做。『若說到實用，只須文已夠了，何必要詩。且詩的實用，便是比文更能感動人；倘然不好，便不能感人；不能感人，便失了詩的效力；人說是實用，我說這正是不能實用。』」〔註33〕可見，胡懷琛在明白易懂的基礎上，還注入更深的一層——詩美原則。其所謂「好」，是明白易懂基礎上的保持漢語詩性之美。這個問題正顯示出早期白話入詩帶

〔註30〕胡適：《北京的平民文學》，《胡適全集》（2），安徽教育出版社2003年版，第833頁。

〔註31〕胡懷琛：《新派詩話》，《白話文談及白話詩談》，廣益書局1921年版，第33頁。

〔註32〕胡懷琛：《白話文談及白話詩談》，廣益書局1921年版，第14頁。

〔註33〕胡懷琛：《新派詩話》，《白話文談及白話詩談》，廣益書局1921年版，第34頁。

來的詩性缺失的困擾。

當胡適將詩歌從傳統高雅文學的頂峰降到通俗明白、「老嫗能解」，強調與平民百姓的溝通與交流時，這一方面正是「五四」時期文化啓蒙主義在詩歌觀念上的反映；但另一方面，現代漢語勢必會從初期的「白話」向著更爲精緻的文人書面語發展，新詩的語言美學也必然會開啓新的探索路向，胡適基於新文化運動初期的「白話」而建立的白話詩「明白易懂」的語言美學在能否成爲超歷史的普遍性詩學上會成爲一定的疑問。白話之較於文言，一方易於交流，使人人能懂；而另一方則可能缺乏詩性造成「詩」與「非詩」的矛盾。這一點在後來新詩的發展史中，不斷引起各種爭議。

二胡較爲一致的棄雅趨俗、明白易懂的詩學觀，不僅來自於「白話」本身所具有的俗白特點，而且還在於二者對建構白話新詩所擇取的傳統資源的一致性。1931 年胡適在北大國文系做演講時，指出中國文學的來源中，最重要的是「民間文學」，認爲新文學的來路也將是「民間文學」〔註34〕。他對當時大規模的搜集民間歌謠故事很是讚同，認爲它有益於幫助新文學的開拓，並非「淺鮮」。他曾經提出在歌謠基礎上，「根據在人民的眞感情之上，一種新的『民族的詩』也許能產生出來」〔註35〕。他還提出「中國新詩的範本，有兩個來源：一個是外國的文學，一個就是我們自己的民間歌唱。二十年來的新詩運動，似乎是太偏重了前者而太忽略了後者」。〔註36〕最後，他提到一首明末流寇時代民間的革命歌謠時說：「眞不能不誠心佩服三百年前的『普羅文學』的技術的高明！現在高喊『大眾語』的新詩人若想做出這樣有力的革命詩，必須投在民眾歌謠的學堂裏，細心靜氣的研究民歌作者怎樣用漂亮樸素的語言來發表他們的革命情緒！」〔註37〕由於政治立場與文化背景的不同，胡適與「大眾化」詩歌運動並沒有歷史交集。但從胡適的詩學主張可以看到，胡適對早期詩歌平民化的要求在 30 年代語境中仍然有所堅持，對民間白話資源的重視更是借「大眾化」詩歌而極力張揚。

〔註34〕胡適：《中國文學過去與來路》，《胡適全集》（12），安徽教育出版社 2003 年版，第 221 頁。

〔註35〕胡適：《北京的平民文學》，《胡適全集》（2），安徽教育出版社 2003 年版，第 833 頁。

〔註36〕胡適：《〈歌謠〉復刊詞》，《胡適全集》（12），安徽教育出版社 2003 年版，第 329 頁。

〔註37〕胡適：《〈歌謠〉復刊詞》，《胡適全集》（12），安徽教育出版社 2003 年版，第 331 頁。

胡懷琛之所謂「白話詩」，其「白話」的資源來於民間：「古時候抄寫的工具不發達，印刷更談不到，要緊的語言，全要記憶在腦子裏，然而語言甚冗繁，記憶起來，很不容易，不得不用口念熟了，幫助記憶。要能夠念熟而便於記憶，那就不得不編成整齊而有韻的詩歌式了。謠諺就是這樣。」〔註 38〕在胡懷琛的思想中，詩歌從根源上就來自民間易記的傳統，俗字俗語入詩自成為必然。所以，胡懷琛認為「詩的自身，便是和白話接近」，而且這白話是「里巷歌謠的本來面目」。〔註 39〕胡懷琛在 1930 年代有專著《中國民歌研究》問世，這也是其從 1920 年代初期開始就對白話新詩進行思考的結晶。與胡適從西化轉向民間的變化或者說對新詩資源持中西雙重性態度不同的是，胡懷琛一以貫之地強調白話新詩的民間傳統。他認為，民歌即「流傳在平民口上」，「歌詠平民的生活」〔註 40〕；而一切詩皆發源於民歌，因為它們都有著「真情流露」，「純任自然，不假修飾」〔註 41〕的特點，且均以白話入詩，形成的是明白易懂的美學風格。

第三節　胡適的打油詩嘗試與胡懷琛的禽言詩嘗試

白話入詩在二胡詩學理論中呈現為相通與相異，這在二者的實踐中也有所體現。在胡適的種種嘗試中，打油詩曾是其構建理想新詩的一條路向；而在胡懷琛的種種嘗試中，禽言詩曾是其構建理想新詩的一條路向。打油詩與禽言詩有相似處，它們都是舊有詩體，語言俗白，活脫自然，富於口語化，充滿意趣。基於白話入詩的原則，二胡在構建理想新詩時，都選擇了棄雅趨俗、明白易懂的美學原則，然而在具體選詩時，兩者卻表現出不同的眼光。從嘗試到成集，寫詩的實踐與選詩的結果，均體現出二胡一致詩學趣味追求下的不同新詩探索之路。那麼，打油詩與禽言詩可以說是二胡嘗試新詩中曾經偶然出現過的某種交集。

一

在胡適的「嘗試」〔註 42〕期間，胡適曾集中創作打油詩，這個時間集中

〔註 38〕 胡懷琛：《中國民歌研究》，商務印書館 1935 年版，第 5 頁。
〔註 39〕 胡懷琛：《文學短論》，梁溪圖書館 1926 年版，第 22 頁。
〔註 40〕 胡懷琛：《中國民歌研究》，商務印書館 1935 年版，第 6 頁。
〔註 41〕 胡懷琛：《中國民歌研究》，商務印書館 1935 年版，第 121 頁。
〔註 42〕 還原《嘗試集》初版代序《嘗試篇》的時間，以《孔丘》（1916 年 7 月 29 日）

在 1916 年 8 月至 1916 年 12 月三個月，尤其是 10 月底至 11 月上旬間：10 月 23 日作《打油詩一束》4 首，11 月 1 日作《打油詩又一束》4 首，11 月 3 日～4 日又作《打油詩》2 首，11 月 7 日作《紐約雜詩（續）》。

在《嘗試集》初版自序中，胡適回顧美洲的筆墨官司，提及長達百餘行的《答梅覲莊——白話詩》（1916 年 7 月 22 日），稱其為「白話遊戲詩」，「一半是朋友遊戲，一半是有意試做白話詩」。此詩模擬梅光迪與胡適的語氣，描述二人進行文白爭論的過程，其對話與神情描摹得惟妙惟肖。無論是狀寫兩人論爭的場面，還是討論具體的詩學問題，都用通俗明白的方言口語，不講平仄對仗，通俗粗淺，生動風趣，幽默詼諧，以至梅光迪稱其如兒時所聽的「蓮花落」。「蓮花落」是一種地方戲，也稱「瞎子戲」，是宋明清盲人乞討唱的民間曲藝，內容多為勸世揚善懲惡，使用方言說唱，通俗易懂，生動風趣。這種地方曲藝與打油詩一樣是不為正統文人重視的。任叔永與梅光迪均認為胡適的試驗完全失敗，皆因其語言俚俗，非「高美芳潔之文學」。在梅、任二氏眼中，白話缺乏詩性，以白話作詩必然盡失詩意。但胡適堅持不再作文言詩詞，那麼以白話入詩如何著手嘗試呢？這時，他選擇了打油詩這種詩體。

在「白話遊戲詩」之後，胡適開始嘗試創作了一系列幽默詼諧的打油詩。如《打油詩寄元任》，這是送給患闌尾炎的趙元任的：「聞道先生病了，叫我嚇了一跳。『阿彭底賽梯斯』，這事有點不妙！依我仔細看來，這病該怪胡達。你和他兩口兒，可算得親熱殺：同學同住同事，今又同到哈佛。同時『西葛嗎鰓』，同時『斐貝卡拔』。前年胡達破肚，今年『先生』該割。莫怪胡適無禮，嘴裏夾七帶八。要『先生』開口笑，病中快活快活。更望病早早好，阿彌陀佛菩薩！」未再像《答梅覲莊——白話詩》那樣討論詩國革命之事，或者表達白話詩文之爭的思想與情緒，胡適乾脆直接取名為「打油詩」。從語風上看，口語色彩強烈，不避俗語俗字，還嘗試將外語音譯詞運用到打油詩裏。再如 8 月 22 日所作《打油詩戲柬經農杏佛》：「老朱寄一詩，自稱『仿適之』。老楊寄一詩，自稱『白話詩』。請問朱與楊，什麼叫白話？貨色不道地，招牌莫亂掛。」由此詩可見，在當時留美朋友圈中，分行創作打油詩的不止於胡適一人。然而朋友多為嘲諷與戲謔之作，對白話作詩仍然持否定與懷疑態度，只有胡適是帶著新詩理想堅持創作。

為起詩，以《晨星篇》為結詩，那麼在這個「嘗試」期間，胡適共創作詩歌 136 首，入選《嘗試集》共 73 首，餘下詩作中，打油詩有 14 首。

其中《答胡明復》一詩頗有嘗試特點：

答胡明復

咦

希奇！

胡格哩，

勿要我做詩！

這話不須提

我做詩快得希，

從來不用三小時。

提起筆何用費心思？

筆尖兒嗤嗤嗤嗤地飛，

也不管寶塔詩有幾層兒！

　　這首詩作是胡適回覆胡明復所作的寶塔詩。寶塔詩是雜體詩的一種，原稱「一七體詩」，從一字至七字詩，從一字句到七字句，首句爲一字，一韻到底。第一字，也是第一句，既是題目，又是音韻，規定全詩描寫的對象和範圍。胡明復10月23日寄打油詩二首給胡適，前一首爲：「紐約城裏，有個胡適，白話連篇，成倍樣式！」第二首是「寶塔詩」：

癡！

適之！

勿讀書，

香煙一支！

單做白話詩！

說時快，做時遲，

一做就是三小時！

　　二胡都是以吳語方言語彙入詩，不可不謂之一種嘗試。胡明復前首詩中「倍」爲吳語的「什麼」之意，後首詩中「書」在吳語中讀如「詩」。胡適詩中的「格哩」在吳語中「稱人之姓而繫以『格哩』兩字，猶北人言『李家的』『張家的』」，「勿要」在吳語中兩字合讀成一音（fiao），「猶北京人言『別』」。〔註43〕比較兩首寶塔詩，胡適的詩更有嘗試與突破。胡明復的寶塔詩嚴守「一七體」，第一個字「癡」既是詩題，又是整首詩的韻腳，在此方面，胡適以語

〔註43〕胡適：《胡適留學日記》（下），安徽教育出版社1999年版，第418～419頁。

氣詞開篇，並沒有嚴格遵守押韻規範。

《再答陳女士》是胡適回覆陳衡哲的詩，陳詩爲：「所謂『先生』者，『密斯忒』云也。不稱你『先生』，又稱你什麼？不過若照了，名從主人理，我亦不應該，勉強『先生』你。但我亦不該，就呼你大名。『還請寄信人，下次寄信時，申明』要何稱。」該詩乃是回覆此前胡適所作《寄陳衡哲女士》：「你若『先生』我，我也『先生』你。不如兩免了，省得多少事。」胡適又回詩：「先生好辯才，駁我使我有口不能開。仔細想起來，呼牛呼馬，阿貓阿狗，有何分別哉？我戲言，本不該。『下次寫信』。請你不用再疑猜：隨你稱什麼，我一一答應響如雷，決不敢再駁回。」可見，發端於留美朋友圈內的打油詩，曾一定程度被認同，並且陸續在胡適及其朋友手中有過塗鴉。但這種創作只限於朋友之間酬唱，除胡適，其他人並未通過認可打油詩來認可白話詩的合法性。

這從胡適另一首打油詩《寄叔永、觀莊》後所作附言可以看出。這首詩爲：「居然梅觀莊，要氣死胡適。譬如小寶玉，想打碎頑石。未免不自量，惹禍不可測。不如早罷休，遲了悔不及。」後附言曰：「觀莊得此詩，答曰：『讀之甚喜，謝謝。』吾讀之大笑不可仰。蓋吾本欲用『雞蛋殼』，後乃改用『小寶玉』。若用『雞蛋殼』，觀莊定不喜，亦必不吾謝矣。」〔註44〕「小寶玉」與「雞蛋殼」二詞的區別在於書面語與口語、詩性化的文言與大眾化的口語、雅與俗之間的分歧。梅、任諸人反對白話作詩正在於他們強調詩之文字與文之文字的區別，打油詩的粗淺與直白雖合於胡適白話作詩的構想，但仍然因爲不合「詩之文字」而得不到朋友的認可。胡適與朱經農的通信中曾經討論過打油詩與白話詩的問題，朱經農在8月2日的信中曾說：

> 弟意白話詩無甚可取。吾兄所作「孔丘詩」乃極古雅之作，非白話也。古詩本不事雕斲。六朝以後，始重修飾字句。今人中李義山獺祭家之毒，弟亦其一，現當力改。兄之詩謂之返古則可，謂之白話則不可。蓋白話詩即打油詩。吾友陽君有「不爲功名不要錢」之句，弟至今笑之。〔註45〕

胡適8月4日回複道：

〔註44〕胡適：《胡適留學日記》（下），安徽教育出版社1999年版，第417頁。
〔註45〕胡適：《答朱經農來書》，《胡適留學日記》（下），安徽教育出版社1999年版，第387頁。

足下謂吾詩「謂之返古則可，謂之白話則不可」。實則適極反對返古之說，寧受「打油」之號，不欲居「返古」之名也。古詩不事雕斫，固也，然不可謂不事雕斫者皆是古詩。正如古人有穴居野處者，然豈可謂今之穴居野處者皆古之人乎？今人稍明進化之迹，豈可不知古無可返之理？今吾人亦當自造新文明耳，何必返古？……〔註46〕

從時間來看，朱氏所指「白話詩」當屬《答梅覯莊——白話詩》一詩。朱氏認為白話詩不重視修飾，不講格律，與六朝前的古詩相似，譏之為「返古」，並且得出「白話詩即打油詩」之結論。而胡適寧受「打油」之號，也不願背負「返古」之名，實受進化論影響而強調創新。胡適「八事」主張的提出緣起於白話詩的嘗試，而這種嘗試，胡適首肯打油詩。「八事」主張提出後，胡適更創作大量打油詩，似有互證「八事」之意。

在此信件往來 17 天之後，胡適在 8 月 21 日的日記中提出文學革命八條件：

> 新文學之要點，約有八事：
>
> （一）不用典。
>
> （二）不用陳套語。
>
> （三）不講對仗。
>
> （四）不避俗字俗語。（不嫌以白話作詩詞）
>
> （五）須講求文法。
>
> ——以上為形式的方面。
>
> （六）不作無病之呻吟。
>
> （七）不摹倣古人。
>
> （八）須言之有物。
>
> ——以上為精神（內容）的方面

胡適還指出：「能有這八事的五六，便與『死文學』不同，正不必全用白話。」〔註47〕「八事」主張提出之前，在與朋友討論白話詩與打油詩區別時，胡適乃有維護打油詩之意，而當這「八事」主張提出之後，至 12 月 20 日，

〔註46〕 胡適：《答朱經農來書》，《胡適留學日記》（下），安徽教育出版社 1999 年版，第 387～388 頁。

〔註47〕 胡適：《胡適留學日記》（下），安徽教育出版社 1999 年版，第 392 頁。

期間共創作詩歌 29 首，其中打油詩就有 13 首，幾占一半。朱經農致信胡適以打油詩之名批判白話詩當天，胡適還創作有《打油詩寄元任》。寫下這「八事」的第二日，胡適所作《打油詩戲柬經農、杏佛》一詩，「老朱寄一詩，自稱『仿適之』。老楊寄一詩，自稱『白話詩』」，胡適所指乃為楊杏佛所作送任叔永的詩句「瘡痍滿河山，逸樂亦酸楚」、「畏友兼良師，照我暗室燭。三年異邦親，此樂不可復」，楊氏認為這些詩句「皆好」，並自跋云：「此銓之白話詩也。」朱經農和此詩寄給任叔永及胡適，有「片鴻金鎖縮兩翼，不飛不鳴氣沉鬱」之句，並自跋云：「無律無韻，直類白話，蓋欲傲尊格，畫虎不成也。」而胡適在詩中反問二君「請問朱與楊，什麼叫白話？」楊、朱二人的詩句，滿目山河空望遠的酸楚，或是征鴻寄遠的悲涼，在情感態度上與主張樂觀進取的胡適不相合，在形式上意象落傳統窠臼，無甚創新，語言仍然是詩性的書面文言語，雖然沒有嚴格押韻，但如「楚」、「師」、「燭」、「復」，「翼」、「鬱」等詞皆有押尾韻，實在與胡適所認可的自然清淺的白話詩相去甚遠，所以胡適譏諷他們「貨色不地道」，叫他們「招牌莫亂掛」。胡適在 10 月 23 日作《打油詩一束》時，在日記中寫道：「打油詩何足記乎？曰：以記友朋之樂，一也。以寫吾輩性情之輕率一方面，二也。人生那能日日作莊語？其日日作莊語者，非大奸，則至愚耳。」〔註48〕從白話語言觀上來看，打油詩實在符合「八事」所提出的「不用典」、「不用陳套語」、「不講對仗」、「不避俗字俗語」、「講求文法」這些形式上的要求；而此處所記打油詩的功能，又實為胡適在從詩歌的功能上為打油詩尋找合法依據。胡適還曾在此期 12 月 21 日的日記中專作《「打油詩」解》，將唐人張打油的《雪詩》作注：「故謂詩之俚俗者曰『打油詩』。」〔註49〕可見其對打油詩的重視。

由上述論析可以看到，「八事」的緣起、遵行與密集地創作打油詩之間，不能不說沒有緊密關聯。我們不難依此判斷，在胡適曾經的構想中，打油詩的語言活脫自然，富於口語化，充滿意趣，用白話打油詩來取代傳統文言詩的正宗地位，以此構建理想的新詩，從而實現其白話試驗的目的，曾是其所嘗試的一條路向。我們還可以從胡適的《白話文學史》來印證其從打油詩起步嘗試新詩的想法。胡適在《白話文學史》中追溯唐初的白話詩來源時曾指出，除了民歌之外，「第二個來源是打油詩」，他對打油詩的界定是：「文人

〔註48〕 胡適：《胡適留學日記》（下），安徽教育出版社 1999 年版，第 417 頁。
〔註49〕 胡適：《胡適留學日記》（下），安徽教育出版社 1999 年版，第 439 頁。

用詼諧的口吻互相嘲戲的詩。」〔註50〕胡適之所以青睞打油詩，是因爲「嘲戲總是脫口而出，最自然，最沒有做作的；故嘲戲的詩都是極自然的白話詩」。〔註51〕其所欣賞的王梵志與寒山拾得都是「走嘲戲的路出來的，都是從打油詩出來的」；〔註52〕論及杜甫時，胡適特別欣賞其詩「往往有『打油詩』的趣味」，說「這句話不是誹謗他，正是指出他的特別風格」。〔註53〕胡適認爲打油詩雖然「往往沒有多大的文學價值」，「卻有訓練作白話詩的大功用」，〔註54〕「凡從遊戲的打油詩入手，只要有內容，只要有意境與見解，自然會做出第一流的哲理詩的」。〔註55〕可見，胡適從打油詩入手嘗試白話新詩，與其白話語言觀是一脈相承的。

二

與胡適嘗試打油詩類似，胡懷琛曾嘗試過禽言詩。「禽言」本爲鳥類啼叫，據說宋代詩人曾豐曾寫過一首《禽言》，後成爲了詩體名，以禽鳥爲題，將鳥名隱入詩句，象聲取義，以抒情寫態。宋代梅堯臣有《禽言》詩四首，蘇軾有《五禽言》詩五首，晚清黃遵憲也有《五禽言》詩。胡懷琛稱「新禽言詩」自然是有別於「舊」，意在強調雖采其詩體，但非摹倣古人。

先看蘇軾的《五禽言》，其「並敘」中稱：

> 梅聖俞嘗作《四禽言》。余謫黃州，寓居定惠院，繞舍皆茂林修竹，荒池蒲葦。春夏之交，鳴鳥百族，土人多以其聲之似者名之，遂用聖俞體作《五禽言》。

蘇軾指出乃用梅堯臣的「體」作詩，雖未名言何體，但此體顯然非傳統詩歌慣用的體式：

> 南山昨夜雨，西溪不可渡。溪邊布穀兒，勸我脫破袴。不辭脫袴溪水寒，水中照見催租瘢。

蘇軾在詩中注道：土人謂布穀爲「脫卻破袴」，雖爲戲寫布穀鳥，但詩中「溪水寒」「催租瘢」顯然隱射官府對百姓的剝削。此詩語言頗顯俗白，體式上四句五言後面加上兩句七言，兩兩相對，在傳統格律基礎上有一定的突破。

〔註50〕胡適：《白話文學史》，嶽麓書社1986年版，第217頁。
〔註51〕胡適：《白話文學史》，嶽麓書社1986年版，第218頁。
〔註52〕胡適：《白話文學史》，嶽麓書社1986年版，第223頁。
〔註53〕胡適：《白話文學史》，嶽麓書社1986年版，第319頁。
〔註54〕胡適：《白話文學史》，嶽麓書社1986年版，第218頁。
〔註55〕胡適：《白話文學史》，嶽麓書社1986年版，第223頁。

胡懷琛也有《脫卻破袴》：

> 脫卻破袴！拿上當鋪；一家米糧，希望這條袴。怎奈當鋪主人，搖頭不顧。

雖爲「禽言」，卻與「脫破袴」的布穀鳥沒有什麼關係，實爲表現詩人貧困生活，頗有打油詩意趣。體式和語言上來看，完全打破了古詩體式，幾乎全用白話。

蘇軾另一首《姑惡》：

> 姑惡姑惡，姑不惡，妾命薄。君不見，東海孝婦死作三年乾，不如廣漢龐姑去卻還。

蘇氏在詩中注：「姑惡，水鳥也。俗云婦以姑虐死，故其聲云。」「姑惡」本是一種野鳥，其名源自它的叫聲，《本草綱目》中記載：「今之苦鳥，大如鳩，黑色。以四月鳴，其鳴曰苦苦。又名姑惡，人多惡之，俗以爲婦被其姑苦死所化。」「姑惡」後成爲中國古代詩詞、小說描寫婆媳關係中常常出現的母題。姑指婆婆，姑惡就是描寫婆婆嫌棄、虐待媳婦甚至令「出」兒媳，最後遭受報應或痛悔前非。「東海孝婦死作三年乾」出於《列女傳》的典故，「廣漢龐姑」出自二十四孝之《湧泉躍鯉》的典故。蘇氏用此典故顯然是爲媳婦鳴不平，認爲媳婦之冤死是因姑兇惡所致。一般認爲東坡此處以鳥入詩，引事自比，慨歎命運不公而無可奈何之意。

胡懷琛也有《姑惡》：

> 姑惡姑惡！幾時才得解放，脫離束縛？姑也是人，婦也是人，姑見了婦，爲何要惡？試看他，小家庭，自由自在，何等快樂！

與蘇氏不同的是，胡氏未用典故，也未表現對「妾」薄命的同情，或對「姑」兇惡的譴責，而是站在中間立場，勸解姑不應該惡，媳婦小家庭自由自在如此快樂，爲何還要對其兇惡？在傳統「姑惡」詩中加入了自己的思考，具有了一些現代意涵。

如果說蘇軾所處年代甚遠，對比二者，胡懷琛對「禽言詩」所做之突破尚不足以表現 1920 年代新詩發生場域中的「新」，那麼試以對比黃遵憲與胡懷琛「禽言詩」之不同。

黃遵憲的《五禽言》分別爲《不如歸去》（杜鵑）、《姑惡》、《泥滑滑》（竹雞）、《阿婆餅焦》（褐色鳥）、《行不得也哥哥》（鷓鴣）。黃遵憲晚年提出要創制一種「斟酌於彈詞粵謳之間」的「雜歌謠」體，創作了《幼稚園上學歌》、

《五禽言》等這類形式自由的歌謠雜詩，雖然內容顯得淺薄，但做為一種嘗試，實質上也體現出舊體詩向白話詩過渡的痕跡。胡懷琛的《新禽言詩》由《割麥插禾》、《得過且過》、《姑惡》、《行不得也哥哥》、《不如歸去》、《提壺廬》六首組成。其中有兩首題目相同，對比來看：

黃遵憲的《不如歸去》〔註56〕：

　　　不如歸去！不如歸去！伯勞無父鵙無母，生小零丁長艱苦。毛
　　羽雖成不自主，歸去歸去，歸何處？不如歸去！

此處「伯勞無父」化用伯勞「伯奇勞乎」的典故，為了保證和後一句「生小零丁長艱苦」相工整，「伯勞無父」後面對上「鵙無母」，再如「零丁」疊韻詞的運用，「母」、「苦」、「主」的押韻，這些都是典型的舊詩詞的寫法。但與傳統詩詞相比，詩人運用民謠打破了舊詩詩體，雖然句中有整齊的對句，但整首詩綜合運用了四言、七言、三言句式，也是對傳統詩詞的一種有意識的突破。

再看胡懷琛的《不如歸去》：

　　　不如歸去！耕田種樹。自耕自食，無憂無慮。只要努力保汝國，
　　莫使欲歸不得！

如果說黃遵憲雖然試圖打破舊詩格律，綜合運用各言句式，但總體上仍然兩句對整，如四言對四言，重複「不如歸去」，七言對七言，表達孤苦無依、無處可歸的苦楚；那麼胡懷琛此首雖以四言為主，仍有對句，但「耕田種樹」、「自耕自食」、「無憂無慮」，皆為白話語詞，也少有押韻，表達自食其力、保衛國土的意願，情感上不再有傳統詩詞常有的「杜鵑啼血」的悲苦，更多的是自得其樂保衛祖國的樂觀情緒。

黃遵憲的《行不得也哥哥》：

　　　行不得也哥哥！行不得也哥哥！黑雲蓋野天無河，枝搖樹撼風
　　雨多，骨肉滿眼各自他。三年病損瘦得骨，還欲將身入網羅。一身
　　網羅不敢惜，巢傾卵覆將奈何？行不得也哥哥！

基本上與《不如歸去》類似，開首兩句六言重複，中間七句七言，分別為三句、兩句、兩句相對，可以看出詩人還是有意在打破古典詩詞的束縛，情感內容上卻依舊為傳統的行路艱難、離別惆悵之感。

再看胡懷琛的《行不得也哥哥》：

〔註56〕以下黃遵憲詩均引自陳錚：《黃遵憲全集》（上），中華書局 2005 年版。

行不得也哥哥！哥哥說：叫我做甚麼？我們要互助，你莫倚賴我。你如倚賴我，我倚賴哪個？

比黃氏有所突破的是，胡氏在句中採用擬人對話的形式，「哥哥說：叫我做甚麼」，不僅更顯俗白，也增加了一些反諷意味。「我們／要／互助」與「你／莫／倚賴／我」雖為五言，但句子的停頓完全打破了舊詩的規律。結尾「你如倚賴我，我倚賴哪個」，連用幾個「倚賴」，也屬舊詩的禁忌。詩歌整體上是對傳統「行不得也哥哥」表達行路艱難、離別惆悵之情的否定與反諷，頗具現代意識。

黃遵憲有《阿婆餅焦》：

阿婆餅焦！阿婆餅焦！阿婆年少時，羹湯能手調，今日阿婆昏且驕。汝輩不解事，阿婆手自操。大婦來，口譊譊；小婦來，聲囂囂：都道阿婆本領高。豆其然盡煎太急，炙手手熱驚啼號。阿婆餅焦！

胡懷琛的《大江集》再版時加入的《續新禽言詩三首》中，也有類似題材的詩作《婆餅焦》：

婆餅焦！媳婦喚婆婆來瞧。婆罵媳婦，媳婦心焦。我吃慣牛肉與麵包，山東大餅不會烤！

兩詩對比，都具有民間歌謠的幽默風趣。黃詩有「譏諷那拉氏的昏驕」之說〔註 57〕，胡詩顯然未有隱射，單純表現婆媳之間發生的趣事，媳婦「吃慣牛肉與麵包」，不會烤「山東大餅」導致餅焦，風趣地表現出西式媳婦與傳統婆婆的矛盾，具有喜劇色彩，也折射出當時新文學在傳統文化場域中的尷尬境地。

胡懷琛除了作「新禽言詩」，還自創了「蟲言詩」。在《蟲言詩》系列的序中，詩人云：

我前幾天，曾做了幾首新禽言詩。近來夜涼人靜的時候，常聽見唧唧的蟲聲，鳴個不住。因想起秋蟲春鳥，各鳴其時；鳥既有禽言詩，蟲也應該有蟲言詩。我因此便做了這幾首。

其中包括《促織》、《知了》、《叫哥哥》。比如《知了》：

─────────────

〔註 57〕 如黃鈞、黃清泉主編：《中國文學史‧元明清時期》，華中師範大學出版社 1989 年版，第 372 頁；黃昇任：《黃遵憲評傳》，南京大學出版社 2006 年版，第 558 頁。

知了知了！實在可笑！傳說有言：知易行難，言多不如言少。

王陽明曰：知而不行，不是真知道。孫中山曰：行易知難，不行怎

說知了？如何論大家，只管開口亂叫！

不僅語言俗白，在思想內容上因蟲而論人生，引入了古時王陽明與近世孫中山不同時代的言論，討論知行問題。另一首《叫哥哥》：

叫哥哥！叫哥哥！哥哥說我親愛，嫂嫂嫌我話多；爺爺說我不

是，媽媽又說我不錯。一團閒氣，到底爭些甚麼？大家庭制度，不

如一拳打破！

通過「哥哥」這個稱呼帶來的家庭反應來表達反對封建制度的願望，符合「五四」反封建的時代主題。

綜之，胡懷琛的《新禽言詩》、《蟲言詩》系列語言俗白，句式上雜用三言、四言、五言、六言，句數不等，具有鄉野民謠的味道。與胡適最初嘗試打油詩類似，胡懷琛一度在歌謠體中尋找「新詩」資源，並大膽嘗試前人詩作體式，其《新禽言詩》之「新」，顯然已初步打破傳統詩詞格律的束縛，無論其詩深淺，至少在體式上做出了新的嘗試。

三

胡適的打油詩與胡懷琛的禽言詩，在白話入詩的原則上有相似之處，他們的嘗試意在肯定「白話」為詩的合法性，不排斥文言詩語的生命力，以棄雅趨俗、明白易懂為美學核心，各自嘗試構建理想的新詩模樣。然而，打油詩並未在《嘗試集》中出現哪怕一首，禽言詩在《大江集》中也只是蜻蜓點水，沒有成為詩集的主體力量。二者的嘗試在最後的詩集編選中產生了微妙的分歧。

首先來看，為什麼他們會選擇打油詩、禽言詩這些古已有之的詩體來建構新詩？胡適的白話詩嘗試，在他最初的想法中，就是嘗試用白話作詩，這在當時的胡適看來，似乎只是一個比較簡單的語言的替換問題。在與留美朋友圈的各種討論中，我們已然看到，打油詩雖曾風靡並不斷出新創作，但留美朋友圈尤其是任叔永、朱經農與梅光迪等論敵，始終否定白話詩的試驗。在他們看來，白話詩即打油詩，缺乏「古雅」的詩髓（朱經農之所以肯定「孔丘詩」也是因其古雅之意）；而在胡適眼中，打油詩語言俗白，生動風趣，不用典、不用陳套語、不講對仗、不僻俗字俗語、講求文法，未作無病呻吟、不摹倣古人、言之有物，無論是形式還是內容，都與其主張的八事相通。至

少在其大量創作打油詩的那段時間，胡適將之作爲心中理想的新詩形態而與
論敵進行論戰。另一方面，胡適作爲「五四」新文化運動的先驅者，身上有
著那一代文人共有的鮮明印記，他們在傳統文化的薰陶下成長，雖然接受新
式教育，到海外留學，但骨子裏仍殘留著根深蒂固的傳統血脈。胡適出身於
商人家庭，商人本性偏俗，留美期間學的又是農科專業，講求務實。特殊的
文化背景使得其不像書香子弟那樣，純以雅正爲文學趣味，其性格中有著更
多的反叛主流的因子，自然更有可能天然地傾向於打油詩這類非主流趣味。
而同在美留學的梅光迪、任叔永等人，出身於書香世家〔註58〕，他們身上更
多地保留著傳統文人的主流文化情懷。

　　胡懷琛的白話詩嘗試始終遵循於其對「詩性」的理解。他肯定「新體詩」
的白話特徵，並強調其「能偏及於各種社會；非若舊體詩爲特別階級之文學」
的這種普及性特點，〔註59〕但他非常反感「新體詩」繁冗、參差不齊、無音
節的弊端。在新詩詩體方面，胡懷琛主張要「自然」，認爲不管是古詩、律詩、
舊體、新體，自由詩、無韻詩，都要打破，「但有一件要緊的事，便是要能唱，
不能唱不算詩」〔註60〕，也就是說，無論是什麼體，只要依循自然、能唱之
原則，就能成新詩。這是一個非常抽象寬泛卻又實施起來非常困難的準則。
他自己主張的「新派詩」，首先是符合「詩」的五個特質：詩爲最古之文學；
詩爲最簡之文字；詩爲最整齊之文字；詩爲有音節之文字；詩爲最能感人之
文字。〔註61〕對於「新」與「舊」的理解，胡懷琛沒有那麼界限分明的劃分，
他認爲新體與舊體比較起來，新體詩具有「純用白話」、「能普及一般社會」
這兩個特點，但他也指出：「然舊體詩之中亦正不少白話詩」，「舊體白話詩，
亦幾乎人人能解；然其結構之整齊，聲調之悠揚，比新體詩爲優」，尤其是
「中國文字，天然簡潔明淨。故雖閭巷歌謠，亦自成節奏，可詠可歌」。所以
在胡懷琛的新詩嘗試中，白話、自然、音節是其重點。選擇什麼樣的體式，
按其新派詩的體例要求：以五言七言爲正體，亦作雜言。但以自然爲主。絕
對廢除律詩。〔註62〕在這樣一種新詩體的模糊標準中，舊式禽言詩語言俗白，

〔註58〕梅光迪出身安徽宣城，梅氏在宣城是望族，宋代文學家梅聖俞，清初數學家
　　　　梅文鼎等都是梅氏遠祖，學術相傳，是梅氏家風。任叔永生於重慶墊江，爲
　　　　晚清末科秀才。
〔註59〕胡懷琛：《新派詩說》，《大江集》，崇文書局1921年版。
〔註60〕胡懷琛：《詩與詩人》，《大江集》，崇文書局1921年版。
〔註61〕胡懷琛：《新派詩說》，《大江集》，崇文書局1921年版。
〔註62〕胡懷琛：《新派詩說》，《大江集》，崇文書局1921年版。

體式不拘一格，內容隱射現實，情感音節均自然樸素，被胡懷琛選來嘗試新體亦不足爲怪了。

然而，打油詩與禽言詩均爲舊體詩，古已有之，其存在已有千年歷史。比如關於打油詩，明代楊愼就曾記載：

> 覆窠、俳體、打油、釘鉸
>
> 《太平廣記》有優人伊周昌，號伊風子，有《題茶陵縣》詩云：「茶陵一道好長街，兩邊栽柳不栽槐。不聞更漏鼓，只聽鍾芒織草鞋。」時謂之「覆窠體」——江南呼淺俗之詞曰「覆窠」，猶今云「打油」也。杜公謂之「俳諧體」。唐人有張打油作《雪》詩云：「江上一籠統，井上黑窟窿。黃狗身上白，白狗身上腫。」《北夢瑣言》有胡釘鉸詩。〔註63〕

淺俗的打油詩，屬於俗文學之類。其語言是古白話的口語，俚俗曉暢，風趣詼諧，形式多爲五七言齊言句式，四句體或八句體，有時字數或句數可以有所增減，不受格律限制；內容上寫景、抒情、諷喻時事，寓莊於諧。歷來打油詩就有著反叛正統的思想傾向，打油詩的「油」是一種幽默與嘲謔的味道，玩世不恭，犀利刻薄，與傳統文言詩歌溫柔敦厚的詩教倫常、浮綺富麗的詩風辭藻相抗衡，表現詩人反抗正統、追求個性自由的心態。因此，打油詩雖稱「詩」，卻少被人當成詩看，因其「油」味而被正統文人認爲難登大雅之堂，歷代詩選、詩論或者詩史之類的古籍雅書，很少提到打油詩。胡適撰寫《白話文學史》，意在爲白話的正宗地位尋找歷史依據，挖掘民間白話資源，對抗與顛覆文言的正統地位，在這樣的情況下，打油詩才成爲其尋找民間文學、肯定白話文學合法性的重要資源。

禽言詩起源於宋代，是一種將鳥鳴或鳥名隱入詩句中，象聲取義，藉以抒情寫態的詩體，能展現民間傳說、俗語、風土人情與歷史傳統，然與詩之正體相比，仍屬雜體，是在正式詩體結構中，雜入其他體裁規範所形成的詩體。正式詩體包括那些聲律和諧、字數統一、平仄規範的詩歌，而雜體包括三言、五言、七言相雜。繼承下來的禽言詩，以禽言起興，模擬鳥叫，好用俗語，內容上多有諷諫功能。錢鍾書在《宋詩選注「周紫芝」》注：「在中國古代文學作品裏，『禽言』跟『鳥言』有點分別。『鳥言』這個名詞見於《周禮》的《秋官司寇》上篇，想像鳥兒叫聲就是在說它們鳥類的方言土話。像

〔註63〕　《楊愼詩話校箋》，四川人民出版社1990年版，第299頁。

《詩經》裏的《豳風》的《鴟鴞》，和皇侃《論語集解義疏》卷三所引《論釋》裏的『雀鳴嘖嘖喈喈』，不論是別有寄託，或者全出附會，都是翻譯『鳥言』而成的詩歌。『禽言』是宋之問《陸渾山莊》和《謁禹廟》兩首詩裏所謂：『山鳥自呼名』，『禽言常自呼』，也是梅堯臣《和歐陽永叔〈啼鳥〉》詩所謂：『滿壑呼嘯誰識名，但依音響得其字』，想像鳥兒叫聲是在說我們人類的方言土語。同樣的鳥叫，各地方的人因自然環境和生活情況的不同而聽成各種不同的說話，有的是『擊穀』，有的是『布穀』，有的是『脫卻破褲』，有的是『一百八個』，有的是『催王做活』等等（參看楊雄《方言》卷八，陳造《江湖長翁文集》卷七《布穀吟》，姚椿《通藝閣詩續錄》卷五《採茶播穀謠》）。」〔註64〕

　　將「打油詩」視爲「白話詩」的重要資源，並不意味著兩者可以對等。胡適最終明白，打油詩的語言雖然淺近俚俗，在對偶與平仄上打破了格律束縛，但其作爲舊詩體之一種，對於語言變革的意義，或者說實現讓白話完全取代文言的正宗地位這個大的詩歌項目來說，是無效的。這種舊詩體對於新詩體的創建沒有任何貢獻，不能稱爲「新」的「嘗試」。12月20日，胡適創作《打油詩答叔永》：「人人都做打油詩，這個功須讓『榨機』。欲把定庵詩奉報：『但開風氣不爲師』。任叔永的原詩爲：「文章革命標題大，白話工夫試驗精。一集打油詩百首，『先生』合受『榨機』名。」當天日記胡適在任詩前記下：「昨得叔永一片，言欲以一詩題吾白話之集。」可見，胡適朋友圈內雖盛行互贈打油詩，但其朋友並不認可胡適的白話詩，任氏甚至以「一集打油詩百首」來題胡適的白話詩集。但胡適卻認爲既然朱、任、楊、陳皆做打油詩，那這個功勞也應該讓給胡適的「榨機」，其宗旨是只求開創風氣而不求爲人師。但這個「但開風氣」究竟是否成立，其後胡適似有所思考。第二天，胡適在日記中記下《「打油詩」解》，對「打油詩」以「詩之俚俗者」進行界定，強調其語言的俚俗，也就是語言的白話化。自此至《嘗試集》成集，胡適幾不曾再作打油詩；並且，《嘗試集》裏未收錄一首打油詩。胡適敏銳地意識到，新詩應該具備一種「新」質，而這個「新」絕不是從古已有之的打油詩而來。

　　對於胡懷琛來說，《大江集》只是想樹立「模範的白話詩」典範，而非像胡適那樣心懷創造新詩起源神話的偉願。禽言詩這種嘗試只是其諸多嘗試中

〔註64〕錢鍾書：《宋詩選注·周紫芝·禽言》，生活·讀書·新知三聯書店2001年版，第251～253頁。

的一條路向。它的語言之俗白淺顯，來自於民間，亦擴散於民間，便於歌唱，易於普及，所以，1921 年《大江集》初版中有「新禽言詩」5 首，自創「蟲言詩」3 首，1923 年再版時還加入「續新禽言詩」3 首。可見，胡適在嘗試打油詩後，出於對新詩體建構的「創新」意識，在編選詩集時有意放棄了來源於傳統的打油詩；而胡懷琛在《大江集》的編選中，更多的是雜呈的白話詩體嘗試，對於傳統已有的詩體，他並不排斥，而是吸納，在延續傳統中進行創新的嘗試。其實，直到 20 世紀行將結束的時候，歷史才向我們顯示，這種包容可能具有更為寬厚的現代意識與縱深的知識視野。

第二章 詩體探索：《嘗試集》與 《大江集》的分歧

在早期白話新詩的各種嘗試中，二胡在白話入詩方面看起來具有高度一致性，這不單表現在其各自的詩學理論著作中對白話以及民間資源的肯定與強調，更體現在各自的創作實踐中採用大量俗白語嘗試新詩。但這只是起點上的一致性，即都在中國詩歌傳統的白話資源及其相關詩學原則上起步，但起步之後的走向卻是不同的。這種不同在最初看來，只是胡懷琛在對待傳統的態度上，在新詩的探索路向上，更顯包容而已。所以我們在上一章中，看到了他們一些大同小異的地方，但這大同方面的小異，在當初的歷史場域，無論是文化背景、文化身份以及所處文化陣營，還是所秉持的新文學觀念，都最終決定了二者在白話新詩方面的選擇從白話入詩的合謀到詩體探索的分歧，走向了新詩探索的異路。

第一節 《嘗試集》的詩體探索

在最終放棄了打油詩的嘗試後，胡適忽然開始創作白話舊體詩。胡適曾在給錢玄同的信（1917 年 11 月 20 日）中追憶：「吾於去年（五年）夏秋初作白話詩之時，實力屏文言，不雜一字。如《朋友》、《他》、《嘗試篇》之類皆是。其後忽變易宗旨，以為文言中有許多字盡可輸入白話詩中。故今年所作詩詞，往往不避文言。」胡適既然在起步之時，就已經創作出語言自然，趨向白話的打油詩，然而，之後卻又轉而在詩中輸入文言，並且摒棄打油詩體，轉向詞與絕句的創作，這似有倒退之嫌。實則不然。打油詩古已有之，是一

種成熟的舊詩詩體，雖然與胡適的「八事」相通，但胡適的這些打油詩創作卻在新詩體的創建上毫無建樹，而且這種「放腳」也是古人放的，並不是他自己放的，所以無甚創新之意，在朋友的批評下，他對新詩體的建構意識逐漸明晰起來。胡適所說「力屏文言」、「不雜一字」的「白話詩」正是前文所論述的「打油詩」的嘗試。這一階段，胡適嘗試的重點在語言的「白話化」，在於「用的字」和「用的文法」。而當他的新詩體意識漸漸明晰起來之後，則開始重視「句子的長短」與「音節」問題。但胡適並非一開始就打破舊詩詞的齊言格式，自創出長短不齊之散文句式，而是在傳統中尋找資源，採用詞曲體與古詩體的破格律化方式來進行嘗試；當這些傳統詩體上的破格律化嘗試都無法讓其找到最理想的詩體模式時，胡適最終選取了西化的《關不住了！》作為新詩成立的紀元，由此，《嘗試集》完成了從舊向新、小腳放大的進化過程，最終被彪炳為第一部白話新詩集。

一、詞曲體的破格律化嘗試

胡適在 1917 年 1 月 13 日曾作《詩詞一束》含四首詞，細讀之下，如《沁園春‧過年》：「江上老胡，邀了老盧，下山過年。碰著些朋友，大家商議，醉瓊樓上，去過殘年。忽然來了，湖南老聶，拉到他家去過年。他那裏，有家肴市釀，吃到明年。∥何須吃到明年。有朋友談到便過年。想人生萬事，過年最易，年年如此，何但今年。踏月江邊，胡盧歸去，沒到家時又一年。且先向，賢主人夫婦，恭賀新年。」上片敘寫在友人家過年的情景，下片談及人生，從題材上實已突破傷春悲秋的陳套。《沁園春‧新年》：「早起開門，送走病魔，迎入新年。你來得真好，相思已久，自從去國，直到今年。更有些人，在天那角，歡喜今年第七年。何須問，到明年此日，誰與過年。∥回頭請問新年。那能使今年勝去年。說少做些詩，少寫些信，少說些話，可以長年。莫亂思誰，但專愛我，定到明年更少年。多謝你，且暫開詩戒，先賀新年。」上片敘寫去國七年迎新年的情景，想起遠隔天涯那邊，親朋也正歡喜迎新春，下片與新年對話，如何才能使今年比去年更好，語氣活潑輕鬆，沒有去國天涯飄零之感，而顯幽默詼諧之趣。胡適在後記中云：「曩見蔣竹山作《聲聲慢》以『聲』字為韻，蓋創體也。自此以來，以吾所知，似無用此體者。病中戲作兩詞，用二十五個『年』字，此亦一『嘗試』也。」〔註1〕此

〔註 1〕胡適：《胡適留學日記》（下），安徽教育出版社 1999 年版，第 447 頁。

兩首作品語言非常白話，意蘊上還有著打油詩的詼諧之趣。三首詞作均以「沁園春」詞調作嘗試，詞調相同，時間相近，內容相似，或為自壽，或為恭賀新春。後兩首賀新年之作，以胡適自言，用「二十五個『年』字為韻」進行「創體」，也當屬其「嘗試」。再讀《沁園春・二十五歲生日自壽》：「棄我去者，二十五年，不可重來。看江明雪霽，吾當壽我，且須高詠，不用銜杯。種種從前，都成今我，莫更思量更莫哀。從今後，要怎麼收穫，先那麼栽。//忽然異想天開，似天上諸仙採藥回。有丹能卻老，鞭能縮地，芝能點石，觸處金堆。我笑諸仙，諸仙笑我。敬謝諸仙我不才，葫蘆裏，也有些微物，試與君猜。」詩序言：「五年十二月十七日，是我二十五歲的生日。獨坐江樓，回想這幾年思想的變遷，又念不久即當歸去，因作此詞，並非自壽，只可算是一種自誓。」總結過去的人生經驗，「要怎麼收穫，先那麼栽」，自誓未來可與「諸仙」相比拼，怪誕調侃的語氣中充滿樂觀情懷。與前兩首比起來，此詩語言不如前者那麼口語化，但詩意更濃，表達的情感較合於「五四」時期的樂觀進取精神；體式上對「沁園春」進行創新，原詞調上下兩片中間由一領格字提起兩組對句，而「看江明雪霽，吾當壽我，且須高詠，不用銜杯」和「有丹能卻老，鞭能縮地，芝能點石，觸處金堆」都未遵守原詞的規則。另一首《採桑子慢・江上雪》：「正嫌江上山低小，多謝天工，教銀霧重重，收向空濛雪海中。//江樓此夜知何夢？不夢騎虹，也不夢屠龍，夢化塵寰作玉宮。」上片描繪江上雪景，下片乃夢中幻覺，內容上無甚新意。附言云：「此吾自造調，以其最近於《採桑子》，故名。」這裡的嘗試，主要是指為打破原詞句式，在上下片第三句分別加上一個襯字，即「教」和「也」。但用語上仍然顯得文言化，其「天工」、「銀霧」、「雪海」、「玉宮」等詞均為傳統文言詩詞常用之語，難怪錢玄同在同年 7 月 2 日的信中指出胡適的白話詩「猶未能脫盡文言窠臼」時，專門指出：「先生近作之白話詞《採桑子》，鄙意亦嫌太文。」〔註2〕打定主意「不避文言」作詩詞的胡適，最終將語言過於白話的《沁園春》兩首和過於文言化的《採桑子慢》，都排除在《嘗試集》之外。

胡適以白話入詞，用詞體進行白話詩的嘗試，一方面是因為詞最早起於民間，經歷了由民間流行轉到文人創作，終而在中國文學史上獨立成為一體，與詩並行發展的過程，這個過程本身也體現了民間對抗主流的色彩。另一方

〔註2〕錢玄同：《嘗試集・序》，《胡適全集》（10），安徽教育出版社 2003 年版，第11 頁。

面，詞體語言俗白，長短參差的散文句法最近於自然。胡適在二十年代所編的《詞選》序言中，特別欣賞蘇軾、辛棄疾等「詩人的詞」，認為他們「都是有天才的詩人；他們不管能歌不能歌，也不管協律不協律；他們只是用詞體作新詩」。〔註 3〕在胡適的觀念裏，詞是最近自然的詩體，胡適深受進化論影響而強調創新，在不可逆轉的「線性」時間觀念之下，他用進化論考察中國文學史得出韻文史的六大革命，「詩之變為詞，五大革命也」，認為詞是詩的進化：「五七言成為正宗詩體以後，最大的解放莫如從詩變為詞。五七言詩是不合語言之自然的，因為我們說話決不能句句是五字或七字。詩變為詞，只是從整齊的句法變為比較自然的參差句。」胡適認為作為「長短句」的詞體，「其長處正在長短互用，稍近語言之自然耳」，「決非五言七言之詩所能及也」，詞與詩之別，「乃在一近語言之自然而一不近語言之自然也」。可見，胡適親近詞體，是因「長短無定之韻文」語氣自然，且「調多體多」，「可以自由選擇」。所以胡適特別指出：「今日作『詩』（廣義言之），似宜注重此種長短無定之體。然亦不必排斥固有之詩、詞、曲諸體。要各隨所好，各相題而擇體，可矣。」胡適將詩歌發展演變的歷史看作詩歌語言趨向白話的過程，詞是在詩的格律基礎上進行放腳，元曲則完全口語化，從此意義上來看，詞是對古詩「放腳」，而曲是古詩「放腳」的終點，則古典詩的「放腳」在元曲那裏就完成了，胡適要在此起點上進行新的「放腳」嘗試，只有採用詞曲體的破格律化方式來進行白話詩的試驗。詞曲體的白話化，雖然與古典詩詞聯繫在一起，但在其基礎上有所解放，這比「難登大雅之堂」的打油詩更能為朋友們所看重。所以，胡適認定新詩的資源不是在打油詩中「油」來「油」去，而是在詞曲體中逐漸解放。更重要的是，詞曲體，既有進化的「歷史」，又是中國舊詩體進化所達到的終點，在終點上前進，就是開創歷史。這就完全不像打油詩，存在上千年，卻沒有時間的進化史，它的這種狀況，導致即使往下走，也看不到前方存在新歷史的曙光。於是胡適苦心積慮在詞曲體上進行破格律化或者說「放腳」的嘗試。

《嘗試集》第一編中詞體的破格律化嘗試主要體現在語言的白話化，打破詞體的莊重之風，注入詼諧幽默的調侃之氣，在個別句式上進行改造；題材上嘗試以時事、科學知識入詞，打破舊詞陳套。這一編中 4 首詞，分別為「虞美人」、「沁園春」、「生查子」、「百字令」4 個詞調。《虞美人·戲朱經農》：

〔註 3〕 胡適：《詞選·序》，《小說月報》1927 年第 1 期。

「先生幾日魂顛倒，他的書來了！雖然紙短卻情長，帶上兩三白字又何妨？可憐一對癡兒女，不慣分離苦；別來還沒幾多時，早已書來細問幾時歸！」調皮的挖苦，善意的戲謔，也透露幾分羨慕之情，與打油詩情旨相近。《沁園春·新俄萬歲》以時事入詞，抒寫大題材、大感慨，上片記敘俄京大學生革命事跡，下片借十萬囚徒獲得赦免，讚頌自由與革命。「拍手高歌，新俄萬歲，狂態君休笑老胡」，白話化的語言中仍然殘留「打油」氣。《百字令·六年七月三夜，太平洋舟中，見月，有懷。》：「幾天風霧，險些兒把月圓時孤負。待得他來，又還被如許浮雲遮住！多謝天風，吹開明月，萬頃銀波怒！孤舟載月，海天衝浪西去！ // 念我多少故人，如今都在明月飛來處。別後相思如此月，繞遍地球無數！幾顆疏星，長天空闊，有濕衣涼露。低頭自語：『吾鄉真在何許？』」這是歸國途中所作，敘寫月下懷人之情，「繞遍地球無數」乃科普常識，將之與相思之意聯繫起來，喻相思之多及相思之無窮無盡、無法了結，言平常之事、淺近之理來表達深遠之思、抽象之理。

　　《嘗試集》第二編中 3 首詞均為同一詞調「如夢令」：「他把門兒深掩。不肯出來相見。難道不關情，怕是因情生怨。休怨。休怨。他日憑君發遣。」「幾次曾看小像。幾次傳書來往。見見又何妨，休做女孩兒相。凝想。凝想。想是這般模樣。」「天上風吹雲破，/ 月照你我兩個。/ 問你去年時，/ 為甚閉門深躲？/『誰躲？誰躲？/ 那是去年的我！』」表現夫妻二人從生分到情濃的過程，描摹外在行為和內在心理的變化，語言通俗，頗富調侃情趣。前兩首作於 1917 年 8 月，本為「嘗試」前期（第一編時間）之作，與此期前幾首詞無甚差別；後一首作於 1918 年 8 月，為「嘗試」後期之作（第二編以後時間）。胡適將之合併放入第二編之中，乃刻意呈現進化的特點。細看三首詞作，前兩首全是按傳統詞作，不分行，只在片與片之間空格，而後一首分行排列為：

　　　　天上風吹雲破，
　　　　月照我們兩個。
　　　　問你去年時，
　　　　為甚閉門深躲？
　　　　「誰躲？誰躲？
　　　　那是去年的我！」

　　這表明胡適有意識地將詞體改造成自由體詩歌。舊作新作並列，除形式

上的對比之外，內容上也呈現出很大的變化，詩中女主人公從閨門深躲到大膽俏皮地回答今非昔比，表現出大家閨秀剛剛衝破封建枷鎖獲得愛情自由後的喜悅心情，顯然比前兩首更具有反抗禮教和提倡個性解放的色彩。

　　詞曲的破格律化嘗試，一方面包括直接將某一個詞體進行「放腳」，另一方面還包括採用某個詞體的節奏或綜合幾個詞體進行「放腳」。《小詩》：「也想不相思，可免相思苦。幾次細思量，情願相思苦！」用「生查子」詞調，在句中嘗試雙聲疊韻，第二句第二字「免」與第四句第二字「願」押韻，第三句四字都是「齊齒音」，產生「咬緊牙齒忍痛」之感，增強詩歌感染力，這番嘗試還引來胡懷琛的改詩事件及諸人關於韻的討論。胡適論述自己第二編裏的詩「最初愛用詞曲的音節」，其所舉之例為《鴿子》、《新婚雜詩》（二）（五）、《四月二十五夜》、《奔喪到家》、《送叔永回四川》等，實際上這些都是採用詞曲的節奏進行改良。《鴿子》的最後一句「忽地裏，翻身映日，白羽襯青天，十分鮮麗！」《四月二十五夜》的最後一句「怕明朝，雲密遮天，風狂打屋，何處能尋你！」均為『三字逗加四字逗加五字逗』的擴張」〔註4〕。胡適自己曾說，《送叔永回四川》的第二段「你還記得，我們暫別又相逢，正是赫貞旦春好？／記得江樓同遠眺，雲影渡江來，驚起江頭鷗鳥？／記得江邊石上，同坐看潮回，浪聲遮斷人笑？／記得那回同訪友，日冷風橫，林裏陪他聽松嘯！」「這四長句用的是四種詞調裏的句法」〔註5〕。《十二月一日奔喪到家》的前半首，是「半闋添字的《沁園春》」。再比如《新婚雜詩》（二）：

　　　　回首 // 十四年前，——二字下領四字〔註6〕

　　　　初春冷雨，

　　　　中村簫鼓，

　　　　有個人來看女婿。

　　　　匆匆別後 // 便 // 輕將 / 愛女 / 相許。——一字逗

　　　　只恨我 // 十年作家，歸來遲暮，——三字下領兩個四字句〔註7〕

〔註4〕康林：《嘗試集的藝術史價值》，《文學評論》1990第4期。

〔註5〕胡適：《談新詩》，姜義華編《胡適學術文集》，中華書局1993年版，第391頁。

〔註6〕如張耒《風流子·木葉亭皋下》中「空恨碧雲離合，青鳥浮沉」；史達祖《壽樓春·裁春衫尋芳》中「最恨湘雲人散，楚蘭魂傷」；張孝祥《雨中花慢》中「認得蘭皋瓊佩，水館冰綃」。

到如今，待∥雙雙／登堂／拜母，──一字逗〔註8〕

只剩得∥荒草新墳，斜陽悽楚！──三字下領兩個四字句

最傷心，不堪重聽，燈前人訴，阿母臨終語！──「三字逗加

四字逗加五字逗」的擴張〔註9〕

　　這首詩並非直接對某個詞體進行破格律化嘗試，也沒有綜合幾個詞體進行「放腳」，但其平仄、押韻都帶有很深的詞調烙印，其散文化的句式節奏是從慢詞句式轉換而來。

二、古詩體的破格律化嘗試

　　除了對詞曲進行破格律化的嘗試，胡適還在古詩中作「放腳」的嘗試。可以說，這走的是中國古代文學常有的以復古來創新的一路。《嘗試集》第一編中除了5首白話詞，其餘18首〔註10〕均為齊言或者雜言舊詩體。第一編的寫景詩如《中秋》（1916年9月11日）、《江上》（1916年11月1日）、《十二月五夜月》（1916年12月6日）、《寒江》（1917年1月25日）、《景不徙篇》（1917年3月6日）〔註11〕5首。如果說《中秋》一詩打破了七言絕句的平仄，但句末「多」、「過」、「河」尚有押韻，那麼《江上》（原名《寫景一首》）只有首句符合絕句的平仄，句尾未押韻，語言清淺明白，自然流暢，有著舊詩「放腳」的特點。雨腳渡江而來，山頭衝霧而出，雨過雲霧盡散，天色晴

〔註7〕如蘇軾《雨中花慢·邃院重簾何處》中「誰信道，些兒恩愛，無限淒涼」；吳文英《高陽臺修竹凝妝》中「自消凝，能幾花前，頓老相如」，「莫重來，吹盡香綿，淚滿平蕪」；王沂孫《高陽臺·和周草窗寄越中諸友韻》中「但淒然，滿樹幽香，滿地橫斜」，「更消他，幾度東風，幾度飛花」。

〔註8〕一字逗是詞體句式的顯著特點，一般指五字句，上一下四，把五字句分解為第一個字單獨念，後四個字連起來念，這樣，第一個字就是一字逗，而且必須用去聲字領格。如周邦彥《憶舊遊·記愁橫淺黛》中「記愁橫淺黛，淚洗紅鉛，門掩秋宵」，「漸暗竹敲涼，疏螢照曉，兩地魂銷」等句。胡適《沁園春·誓詩》中「任花開也好，花飛也好，月圓固好，日落何悲」，「要前空千古，下開百世，收他臭腐，還我神奇」等句。

〔註9〕如李清照《滿庭芳·小閣藏春》中「難言處，良窗淡月，疏影尚風流」；秦觀《滿庭芳·山抹微雲》中「傷情處，高城望斷，燈火已黃昏」；胡適《滿庭芳》中「頻相見，微風晚日，指點過湖堤」。

〔註10〕這18首分別為《嘗試篇》、《孔丘》、《蝴蝶》、《贈朱經農》、《他──思祖國也》、《中秋》、《江上》、《黃克強先生哀辭》、《十二月五夜》、《病中得冬秀書》、《論詩雜記》（3首）、《寒江》、《「赫貞旦」答叔永》、《景不徙篇》、《朋友篇──寄怡蓀、經農》、《文學篇──別叔永、杏佛、覲莊》。

〔註11〕其中，《十二月五夜月》、《景不徙篇》均為三首五言四句古風合成。

朗，獨自登江樓觀賞落日，綺麗風光，令人喜悅。鮮明生動的自然景象中顯出詩人的閒情逸致，頗富詩意。《中秋》還是按古詩的排列沒有分行，而《江上》則分行，且按照西方詩歌採用起頭高低一格錯落排列：

> 雨腳渡江來，
>   山頭衝霧出。
> 雨過霧亦收，
>   江樓看落日。

《寒江》一詩也如此：

> 江上還飛雪，
>   遙山霧未開。
> 浮冰三百畝，
>   載雪下江來。

該詩完全按照「仄起式」句式：「仄仄平平仄，平平仄仄平。平平平仄仄，仄仄仄平平。」「開」與「來」兩字押韻。從詩歌編排上看，《江上》在《寒江》之前，時間上一先一後，但論哪首詩更能破除舊詩格律，自然《江上》略勝於《寒江》。難怪四版刪詩時，胡適因「印象太深」而力排眾議保留《江上》，終將《寒江》刪去，大約正是因《寒江》與《中秋》相比，在詩歌格律上與絕句更加相近，而顯現不出「嘗試」的進化色彩，將之刪去，則其進化形象更加鮮明。

《十二月五夜月》與《景不徙》分別是由三首五言古詩聯章而成，每一章中間空一行。《十二月五夜月》（原名《月詩》）：「明月照我床，臥看不肯睡。窗上青藤影，隨風舞娟媚。／我但愛明月，更不想什麼。月可使人愁，定不能愁我。／月冷寒江靜，心頭百念消。欲眠君照我，無夢到明朝！」敘寫月光下的景色和心境，表現尋常生活的閒趣，未見古詩詞中望月懷鄉的傷感。詩人被照在床上的月光所吸引，臥看窗邊青藤影隨風舞動，姿態嬌媚可愛，不禁生發愛月之情，想到自古望月生悲，自己卻沒有絲毫哀愁，清冷的月光下，寒江寂靜，詩人的心也隨之安寧，一覺無夢睡到明朝。胡適在作此詩當天日記中寫道：「數月以來，叔永有《月詩》四章，詞一首，杏佛有《尋月詩》《月訴詞》，皆抒意言情之作。其詞皆有愁思，故吾詩云云。」〔註12〕亦可見此詩能體現胡適「不摹倣古人」、「不作無病之呻吟」的主張。《景不徙篇》（又

〔註12〕胡適：《胡適留學日記》（下），安徽教育出版社 1999 年版，第 438 頁。

名《豔歌三章》）：「飛鳥過江來，投影在江水。鳥逝水長流，此影何曾徙。／風過鏡平湖，湖面生輕縠。湖更鏡平時，此縠終如舊。／爲他起一念，十年終不改。有召即重來，若忘而實在。」該詩表達對先秦哲學思想的理解，飛鳥渡江而來，投影在江上；江水流動了，飛鳥之影卻未曾動。風過平湖，湖面生起輕縠；湖面恢復平靜，輕縠卻依然如舊。但詩人也並不完全爲闡明哲思，還抒發了對於「他」的不改之念，即對祖國的深情。此詩亦印證了胡適「須言之有物」的主張，體現了說理的思想性，也表達了愛國之情。

　　值得注意的是，胡適創作《景不徙篇》之後有一首《絕句》（1917 年 5 月 17 日）：「五月東風著意寒，青楓葉小當花看。幾日暖風和暖雨，催將春氣到江幹。」十二天之後（5 月 29 日），胡適將之改爲：「五月西風特地寒，高楓葉細當花看。忽然一夜催花雨，春氣明朝滿樹間。」並記云：「美洲之春風皆西風也。作東風者，習而不察耳。」「東風」改作「西風」之理，正如胡適在提出「八不主義」之「務去濫調套語」時，質問「熒熒夜燈如豆」一句，言「此詞在美國所作，其夜燈決不『熒熒如豆』，其居室尤無『柱』可繞也」，胡適志要言之有物，不作無病之呻吟，主張以寫實爲重，以自己耳目所親見、親聞、親歷之事物，自己鑄詞造句來形容描寫，以「不失眞」，「達其狀物寫意之目的」。「著意」改作「特地」，語言更加口語化。「青楓葉小」雖符合初春之境，然「高楓葉細」中的「細」與首句第三字「西」、第六字「地」，第三句第三字「一」、末字「雨」，尾句第二字「氣」分別押韻，此乃胡適在句中作雙聲疊韻嘗試之例。「幾日暖風和暖雨」改作「忽然一夜催花雨」，與前句將高楓之細葉「當花看」相呼應，且語言更加自然流暢。「催將春氣到江幹」改作「春氣明朝滿樹間」，「江幹」屬古文言詞彙，「將」作助詞用在動詞「催」之後，是古文言的文法，改後的句子更加口語化，清淺明白，自然流暢。

　　《嘗試集》中還有古歌行體的破格律嘗試。古歌行體保留敘事特點，可以將記人、記言、議論、抒懷融爲一體，內容充實而生動，語言一般比較通俗流暢，文辭比較鋪展。其形式比較自由，篇幅可短可長，句式比較靈活，可以雜言，在格律、音韻方面一定程度衝破了格律詩的束縛，聲律、韻腳都比較自由，平仄不拘，可以換韻。選擇這種在格律與音韻上本身就一定程度「放腳」的詩體，再注入白話口語模式，恰恰是胡適在「嘗試」前期所致力而行的。如《贈朱經農》緬懷朋友之誼，敘寫少年不長進的時光以及海外留學的轉變，末尾回憶朋友在一起時的閑暇與快樂，流露滿足與留戀之情：「更

喜你我都少年，『闢克匿克』來江邊，赫貞且水平可憐，樹下石上好作筵，黃油麵包頗新鮮，家鄉茶葉不費錢，吃飽喝脹活神仙，唱個『蝴蝶兒上天』！」句末都有押韻，讀起來似有打油詩的腔調，語言俗白，語風輕鬆。敘寫赫貞且江邊的美麗景色及閒散生活的《「赫貞且」答叔永》也是如此，如「何如我閒散，開窗面江岸，清茶勝似酒，麵包充早飯。老任倘能來，和你分一半。更可同作詩，重詠『赫貞且』。」詩句的語言富於口語化特點。《朋友篇》與《文學篇》是 1917 年 6 月 1 日胡適將歸國時所作兩首，回顧去國生涯，敘寫朋友之誼，以及與朋友的筆墨官司，表達堅持文學理想的志向：「前年任與梅，聯盟成勁敵。與我論文學，經歲猶未歇。吾敵雖未降，吾志乃更決。暫不與君辯，且著嘗試集。／回首四年來，積詩可百首。做詩的興味，大半靠朋友：佳句共欣賞，論難見忠厚。如今遠別去，此樂難再有。」詩句讀起來清淺曉暢，句末仍有押韻，但非一韻到底，節與節有換韻，一節內也有押不同的韻腳。將白話口語放入五、七言句式中，必然會由於「言」的限制而作必要的省略，如果我們將詩句補充完整，則完全成爲現代散文句式，如前文所舉《贈朱經農》的詩句：「更喜（歡）你（和）我都（是）少年（的時候），（我們一同）『闢克匿克』來（到）江邊，赫貞且（的）水平（靜）（多麼）可憐（愛），樹下（的）石頭（上）（正）好（用）作筵（席），黃油（和）麵包頗（爲）新鮮，家鄉（的）茶葉不（花）費錢（財），吃飽喝脹（像）（個）活神仙，（再）唱個『蝴蝶兒上天』！」要將現代漢語裝入古體七言句式中，與其常見的「二二三式」的語音節奏模式和平共處，則不得不將現代漢語中的雙音節詞如詩句中的「喜歡」、「平靜」、「筵席」、「花費」、「錢財」等簡化爲單音節詞，將大量用於組合多音節詞組的虛詞包括介詞、副詞、助詞等進行縮略。再如《黃克強先生哀辭》是雜言歌行體，交替使用四言、七言等不同形式的古詩節奏：

當年／曾見／將軍／之家書，	──四頓，三個兩音節組加三音節組煞尾
字跡／娟逸／似大蘇。	──三頓，兩個兩音節組加三音節組煞尾
書中／之言／竟何如？	──三頓，兩個兩音節組加三音節組煞尾
「一歐／愛兒，努力／殺賊」：──	──兩頓，兩音節組

```
八個／大字，                     ——兩頓，兩音節組
讀之／使人／慷慨／奮發／而愛國。  ——五頓，四個兩音節組加三音節
                                  組煞尾
嗚呼／將軍，何可／多得！          ——兩頓，兩音節組
```

　　古體詩如歌行體本身就是對絕律近體詩一定程度的放腳，胡適在此基礎上納入白話口語，打破原句式的格律平仄，再次進行了一定程度的放腳。

三、白話新體的成立

　　胡適以時間爲基點編選《嘗試集》，以 1917 年 9 月到北京以前的詩爲第一集，以後的詩爲第二集。從第一集到第二集的轉變在《百字令》和《一念》二首。前者爲詞體的破格律化放腳嘗試，後者爲長短句式不齊的白話詩。胡適自己也說：「我在美洲做的《嘗試集》，實在不過是能勉強實行了《文學改良芻議》裏面的八個條件；實在不過是一些刷洗過的舊詩！這些詩的大缺點就是仍舊用五言七言的句法。句法太整齊了，就不合語言的自然，不能不有截長補短的毛病，不能不時時犧牲白話的字和白話的文法，來牽就五七言的句法。」所以胡適才明確地意識到「詩體的大解放」，「非做長短不一的白話詩不可」。胡適將其白話作詩的實地試驗闡釋爲：「做五言詩，做七言詩，做嚴格的詞，做極不整齊的長短句；做有韻詩，做無韻詩，做種種音節上的試驗」，從「很接近舊詩的詩變到很自由的新詩」，這個變化過程正是胡適編選《嘗試集》所著意展現的。

　　前文已經具體討論了胡適在第一編中主要通過五七言古詩和詞曲體的破格律化方式來進行放腳的嘗試，第二編的詩作已經全然是長短不齊的白話詩。但其中也包含有兩個階段，在《關不住了！》之前，從《一念》到《十二月一日奔喪到家》，雖句式已經長短不齊，但多還是保留著古詩詞的味道。從譯詩《關不住了！》之後，《嘗試集》才眞正走向了詩體解放而成的新的詩體。

　　查第二編中的詩作，雖然其句式已經長短不齊，但很多詩作讀起來仍然是靠舊有詞調的味道來體現詩質。胡適自己說「雖然打破了五言七言的整齊句法，雖然改成長短不整齊的句子，但是初做的幾首，如《一念》、《鴿子》、《新婚雜詩》、《四月二十五夜》，都還脫不了詞曲的氣味與聲調」，「就是七年十二月的《奔喪到家》詩的前半首，還只是半闋添字的《沁園春》詞」。所以

胡適將這個時期稱作「自由變化的詞調時期」。因此這個時期所作長短不齊的詩，雖然從形式上看不再是古詩詞的「放腳」，但也還只能稱為「雜言」，其骨子裏仍然是傳統的詩詞味道。又如《送叔永回四川》這首詩，胡適在再版自序中曾指出其結尾三句乃詞調變換而來，儘管在《談新詩》中，胡適以其中詩句「這回久別再相逢，便又送你歸去，未免太匆匆！／多虧得天意多留你兩日，使我做得詩成相送。／萬一這首詩趕得上遠行人，／多替我說聲『老任珍重珍重！』」為「這一段便是純粹新體詩」，但與前一節用幾種詞調轉化而來的詩句雜湊在一起，顯得新舊雜糅，最終未消舊詞意味。再如《人力車夫》雖然句式長短不齊，但讀其詩簡直就是古樂府的現代翻版。細讀其中詩句，發現這種「散文化」的節奏實際上參合著大量的古詩「齊言」節奏：

> 「車子！／車子！」車來／如飛。
>
> 客看／車夫，忽然心中酸悲。
>
> 客問／車夫，「你今年幾歲？拉車拉了多少時？」
>
> 車夫／答客：「今年／十六，拉過三年車了，你老別多疑。」
>
> 客告／車夫，「你年紀太小，我不坐你車，我坐／你車，我心／慘淒。」
>
> 車夫／告客，「我半日沒有生意，我又寒又饑。
>
> 你老的好心腸，飽不了我的餓肚皮，
>
> 我年紀小拉車，警察還不管，你老又是誰？」……

全詩共二十四句詩行，用四言古詩節奏的一共有十句，其他雖是散文句式，但由於句末又有「飛」、「悲」、「誰」，「時」、「疑」、「淒」、「饑」、「皮」兩組交替押韻，使整首詩讀起來迴蕩的仍然是古樂府的旋律與節奏。第二編前期頗令胡適滿意的是《老鴉》和譯詩《老洛伯》。前者可視為胡適心靈的自畫像，通過描寫不被人喜歡的烏鴉來刻畫自己不識時務、與眾不同卻堅持自我個性的精神，雖「天寒可緊，無枝可棲」這樣的詩句「完全是兩句古文」，「不能湊起來算作一行新詩」，另除了第七行的「飛」字，其餘七行都有協韻〔註13〕，但按胡適對新詩規範性的想像，此詩是其「抽象的題目用具體的寫法」的典範之例；後者是譯詩，借一村婦語氣表現下層女子的生活情感。

從此兩詩開始，到了《關不住了！》，以及《一顆星兒》、《威權》、《一顆遭劫的星》等，《嘗試集》第二編已經開始出現現代漢語詩歌的雛形，後來增

〔註13〕朱湘：《朱湘作品集》（一），河南大學出版社 2004 年版，第 166 頁。

訂四版中的詩作則是其延伸。在新發現的《嘗試集》第二編自序中，胡適專門提到此編與第一編最大的不同之處全在「詩體更自由了」，這種詩體的自由，胡適也稱其爲「詩體的釋放」，即在其他論著中所言「詩體的大解放」。他指出詩體有四個部分：一是「用的字」，二是「用的文法」，三是「句子的長短」，四是「音節」（音節包括「韻」與「音調」等等）。第一編只做到了第一、二兩層的一部分，胡適反省其不能不夾用文言的字與文言的文法正是因爲沒有做到第三步的「釋放」，所以他認識到：「要做到第一第二兩層，非從第三層下手不可。」所以第二編差不多全是長短不齊的句子，這就是其所追求的「詩體大釋放」，只有達到這種釋放，詩體才會更自由，達意表情才可能更加曲折如意。〔註14〕將一切束縛自由的枷鎖打破，有什麼話說什麼話，使詩的形式與白話的文法、自然的音節達成很好的統一，才能結出嘗試的勝利果實。

四、《關不住了！》與西化路徑的確立

　　仔細閱讀《嘗試集》初版、再版及四版的序言，我們可以看到胡適建構新詩的「歷史」痕跡。初版強調「實驗的精神」，從做五言詩、七言詩，做嚴格的詞，做極不整齊的長短句，從有韻到無韻，胡適的目的在於看「白話是不是可以做好詩」的問題；再版則強調「歷史的興趣」及「音節的上的試驗」，並且對於「新」與「舊」的區別更加明顯，指出從「自由變化的詞調時期」之後，其詩「方才漸漸做到『新詩』的地位」，並認定《關不住了！》爲其「『新詩』成立的紀元」。胡適還指出《威權》、《樂觀》、《上山》、《周歲》、《一顆遭劫的星》，「都極自由，極自然」，稱得上其「『新詩』進化的最高一步」，事實上，《嘗試集》中《關不住了！》其後的詩作，也確實皆爲這種詩歌形態的一種延伸。這樣，胡適嘗試白話作詩新舊轉變的歷史痕跡變得如此清晰，這條清晰的痕跡就是——從傳統詩體的現代嘗試走向了西化的路徑。由《嘗試集》的編選以及胡適的再三自我闡釋所建構的新詩「進化」過程中，《關不住了！》這首譯詩，可謂最爲關鍵的環節。

　　《關不住了！》作於 1919 年 2 月 26 日，是翻譯美國女詩人 Sara Teasdale 的《Over the Roofs》。這首詩作之所以被胡適譽爲「『新詩』成立的紀元」，最重要的乃是其詩體與現代漢語的有效結合。之前胡適孜孜於白話詩的放腳嘗

〔註14〕 胡適：《嘗試集・第二編・自序》，《現代中文學刊》2011 年第 6 期。

試，但這些嘗試都囿於傳統詩體而無法使「反文言的『白話化』與反詩歌的『散文化』」獲得徹底的統一。直到胡適意識到：「若要做眞正的白話詩，若要充分採用白話的字，白話的文法，和白話的自然音節，非做長短不一的白話詩不可。這種主張，可叫做『詩體的大解放』。詩體的大解放就是把從前一切束縛自由的枷鎖鐐銬，一切打破：有什麼話，說什麼話，話怎麼說，就怎麼說。」〔註15〕此時，胡適才建立起明晰的新詩體意識，也就是說，只有現代詩體才能容納現代白話口語，在傳統詩體裏試驗白話口語，只能將以雙音節爲主的白話進行「縮略」後裝入舊詩體，實無法從本質上產生眞正意義上的「新詩」。新詩體如何建立，實關涉如何在新詩中建立現代漢語的文法秩序問題。現代漢語與古代漢語是兩種完全不同的語言體系，傳統詩體的格律規範最適合模糊而具詩性的文言語彙；而要打破傳統，建立新詩體，則必然得在新詩中建立起適合現代漢語的文法規範。

《關不住了！》最大限度地保留了原詩的語法特徵，尤其是其語法關係：

關不住了！	OVER THE ROOFS
我說「我把心收起，	I said, "I have shut my heart,
像人家把門關了，	As one shuts an open door,
叫愛情生生的餓死，	That Love may starve therein
也許不再和我爲難了。」	And trouble me no more".
但是屋頂上吹來，	But over the roofs there came
一陣陣五月的濕風，	The wet new wind of May,
更有那街心的琴調	And a tune blew up from the curb
一陣陣的吹到房中。	Where the street-pianos play.
一層裏都是太陽光，	My room was white with the sun
這時候愛情有點醉了，	And Love cried out in me,
他說，「我是關不住的，	"I am strong, I will break your heart
我要把你的心打碎了！」	Unless you set me free."

〔註15〕胡適：《嘗試集·自序》，《胡適文集》（3），人民文學出版社1998年版，第127頁。

　　對照英文原詩，我們可以看到，連「as」、「that」、「no more」、「but」、「and」這樣的詞也分別轉換成相應的漢語白話詞彙「像」、「叫」、「不再」、「但是」、「更」，這些指示語句之間的邏輯關聯的介詞、連詞，在中國舊詩詞中是沒有的。傳統詩歌講求藻飾、含蓄、模糊的詩意美，而英語文法講求精準性，這決定了英詩中會帶有這些指示語句關係的詞彙，胡適將這種文法關係植移過來，就是要將那種精準的邏輯、理性的精神注入現代漢語詩歌中。胡適嘗試新詩就是為倡導白話取代文言，建立起全新的不同於古文言的現代漢語，才可能攻破詩歌這個最大的難關。現代漢語與古代漢語的文法最大的不同，就在於虛詞的增加，如量詞越來越豐富，介詞、語氣詞基本上被完全更換，代詞系統明顯簡化，詞類活用現象顯著減少，句子的連帶成份增多，結構更加複雜等等，這些都決定了現代漢語的表意更為準確與精密。這種準確與精密，可以說就是從胡適譯詩的轉變開始的。為了追求句子的完整性，採用係詞（如句中的「一層裏都是太陽光」中的「是」由「was」翻譯而來，「我是關不住的」中的「是」由「am」翻譯而來）、動詞、冠詞、物主代詞（如「我要把你的心打碎了」中的「你的」），還有動詞的時態、語態（如「我要把你的心打碎了」這句用的是將來時態「will」），名詞的數、格（如將「the」翻譯成「一陣陣」）等。英語語法中為求格律也會將句子倒裝，如「But over the roofs there came / The wet new wind of May」這一句，其正常的散文句法應該為「The wet new wind of May came over the roofs」（五月的濕風從屋頂上吹來）。但該詩押「ABAB」韻，為使「came」與「curb」、「may」與「play」分別押韻，所以原詩採用了倒裝的句式。儘管如此，其各個成份之間的語法關係仍然是非常清晰而一目了然的。譯詩也遵從「ABAB」韻，如第二節中「來」與「調」、「風」與「中」分別押韻，又如「關了」與「難了」、「醉了」與「碎了」，隔句末兩字押韻，重複中又略有變化。譯詩還按照原詩一樣排列句式，四節一行，每兩行高低一格來區別不同韻腳。這樣，散文化的句法真正主宰了整首詩，而不再是過去的嘗試中，為了遷就傳統詩體而不得不將散文化的語彙進行「縮略」。通過翻譯《關不住了！》，胡適找到了承載現代漢語的新詩體，這種體式不再如傳統詩體由固定音組與音頓來嚴格控制字數、平仄與押韻，從而形成固定的旋律，以致詩歌的語義節奏只從屬於語音結構；在這首譯詩中，音節「順著詩意的自然曲折，自然輕重，自然高下」，語義節奏成為了全詩音組的構成、劃分及組合搭配的主宰，從而真正實現了胡適所嚮往的「自然的音節」。

　　綜之，胡適在對各種傳統詩體進行「放腳」的嘗試之後，最終在譯詩中找到了新詩的理想形態，這個新詩的理想形態強調的是「新」，即完全掙脫舊傳統的大解放，讓白話詩從骨子裏斬斷與傳統的血脈聯繫，從此確立了西化的發展路徑。

第二節　《大江集》的詩體探索

　　《大江集》出版於 1921 年 3 月，正好比《嘗試集》整整晚一年。《嘗試集》單行本由上海亞東圖書館出版，初版於 1920 年 3 月，共收詩 74 首，第一編 23 首，第二編 29 首，譯詩共 3 首，附《去國集》22 首，含譯詩 2 首，前附錢玄同的序言及胡適的自序。雖曰序言，實則乃闡釋白話詩的重要理論。《大江集》共收詩 33 題 50 首，其中譯詩共 11 首，前附胡懷琛的自序及出資人陳東阜的序言，後附胡懷琛的《詩與詩人》、《新派詩說》、《詩學研究》三篇代表性詩論。所收詩作依次爲：《長江黃河》、《採茶詞四首》、《飼蠶詩四首》、《自由鐘》、《老樹》、《明月》、《送春詩》、《流水》、《落花》、《世界》、《爲女生題畫》、《津浦火車中作》、《哀青島》、《送友人往天平山看紅葉》、《海鷗》、《秋葉》、《冬日青荼》、《荼花》、《春遊雜詩》、《新禽言詩》、《蟲言詩》、《明月照積雪》、《鳩》（以下譯詩）、《燕子》、《百年歌》、《愛情》、《花子》、《倩影》、《短歌》、《晚秋》、《贈妻》、《倘然》、《荒墳》。

　　如此看來，《大江集》的編排倒是與《嘗試集》頗爲相似，胡懷琛在自序中就直言不諱地指出：

> 　　我做的舊詩，因爲太多，不能照《去國集》的辦法，附載在新詩集後面。我這本書出版，我也沒多大希望，不過算是我研究詩學的一種成績罷了。〔註16〕

　　可見，胡懷琛在《大江集》的編排上就是蓄意模仿《嘗試集》；而他在《大江集》題名前還強調「模範的白話詩」，表明其對詩學的另一種「成績」，從而故意與《嘗試集》達成鮮明不同的對比。這種叫板難怪在出版後便遭受模仿之嫌的批評。吳江散人在評論《大江集》時，語氣和方式與胡先驌《評〈嘗試集〉》如出一轍：「《大江集》中之創造品，共爲二十二題，四十三章（或首）〔註17〕而二十字一章（或首）者，已占去二十三首。其餘皆無筆力爲雄厚之

〔註16〕胡懷琛：《大江集自序》，《模範的白話詩：大江集》，國家圖書館 1921 年版。
〔註17〕此統計有誤。

作，何可進出詩集乎。全集共計一百零六頁，附錄汗漫無稽之論文占去六十四頁，序與目錄又占去十二頁，所譯短詩十一首及英法原文又占去二十頁，創作品乃只占十頁而已。即是創作品之篇幅不及全集篇幅十分之一。而可誦之詩不及全創作品二十分之一。」〔註18〕吳江散人現今已無可考證其人，但胡懷琛向來非常重視其作品的讀者反應，所以哪怕是如此嚴苛的批評，胡氏仍然非常慎重地編入其《詩學討論集》。且不論時人多麼輕蔑與無視胡懷琛的存在，我們以今日之眼光客觀看待其詩作，會意外地發現歷史之外的新面相。

一、俗言雜陳的詩體嘗試

　　《大江集》詩作數量不多，除前文所述之禽言詩外，還有頗具兒歌民謠風格的詩作，其他大多是五言詩體。胡懷琛以五言爲基礎，進行了多種嘗試，或注入俗語，或參入雜言，使得《大江集》雅俗共顯，與《嘗試集》風格迥異。

　　《大江集》成名於其首篇《長江黃河》：

　　　　長江長；黃河黃。滔滔汩汩；浩浩蕩蕩。來自崑崙山；流入太平洋。灌溉十餘省，物產何豐穰。浸潤四千載，文化吐光芒。長江長！黃河黃！我祖國我故鄉！

　　與胡適的《蝴蝶》相比來看：

　　　　兩個黃蝴蝶，雙雙飛上天。

　　　　　不知爲什麼，一個忽飛還。

　　　　剩下那一個，孤單怪可憐。

　　　　　也無心上天，天上太孤單。

　　首先，從詩行排列上來看，胡適顯然吸收了西方詩歌的排行特點，每兩句分行，起頭高低一格錯落排列，但儘管如此，仍可看出五言的整齊句式；《長江黃河》則雖繼承文言詩歌不分行的傳統，但句式含三言、四言、五言、六言混合而成，並且採用了新式標點符號。其次，從語言上來看，《蝴蝶》採用白話口語，但由於五言整齊句式的限制，加之一三行和二四行分別押 ang 和 ian 韻，讀起來仍覺有舊詩意味，確有胡適本人所說「未脫舊詩詞氣息」的「放大了的小腳」之感；《長江黃河》的語言更顯俗白，凝練簡潔，長短不一，朗朗上口，具有歌謠的趣味。再次，從內容上來看，《蝴蝶》雖具舊詩意味，但

〔註18〕吳江散人：《評大江集》，胡懷琛《詩學討論集》，中山圖書公司 1971 年版，第 106 頁。

表達的情感卻是現代人的孤獨寂寞;《長江黃河》歌頌祖國河山,表達愛國之情,這種情感內容古已有之,但其用流暢的歌謠形式來表達,則更易於大眾傳誦。所以,從文白的角度來看,《蝴蝶》與《長江黃河》不相上下,某種程度上來說,《長江黃河》更顯俗白;然而,《蝴蝶》的可貴在於傳達了現代人的情感世界,這一點非《長江黃河》可比。

《大江集》中也有描寫蝴蝶的詩作如《菜花》:

> 菜花菜花開,蝴蝶蝴蝶飛。菜花開過了,蝴蝶還沒知!

句式上與胡適的蝴蝶詩類似,但情感表現上,此詩更顯含蓄朦朧:或是隱射人與人之間的隔膜,或是表達某種未知的悵惘,或是曲終人散的悲涼,總之耐人尋味,在情感意蘊的表達上沒有胡適的《蝴蝶》如此明顯和現代,更具有傳統詩歌幽深含蘊之美。

從詩體上看,《大江集》中與《蝴蝶》類似的還有《採茶詞四首》、《飼蠶詞四首》,兩組詩風格完全一致,分別由若干首四句五言詩組成,完整地表現了採茶女的辛勤勞作與悲慘命運。如「日出採桑去;日暮採桑歸。漸見桑葉老,不覺蠶兒肥。/ 今日蠶一眠;明日蠶二眠。蠶眠人不眠,辛苦有誰憐?……」這些五言詩描述底層勞苦大眾的生活,但冠以「詞」之名,說明胡懷琛並未將之理解爲舊體的五言詩,「詞」乃其所謂的「歌詞」。胡懷琛堅持新詩必須繼承古典詩歌「可唱」「可誦」之傳統,所以在他的眼中,這整齊的五言「詞」能唱能誦,乃其理想的新詩模樣。

除這類歌謠體外,其他大多爲五言古風體。如謳歌自由的《自由鐘》、表達人生哲理的《老樹》、《明月》、《世界》、表達愛國之情的《哀青島》、展現離愁別緒的《送春詩》、《流水》、《海鷗》、《秋葉》等。其中,《送友人往天平山看紅葉》:

> 送君天平去,去去看紅葉。不能同車行,我心獨憂悒。倘能摧
> 贈我,一筐爲我拾。

雖然在語詞上頗多白話,也有意避開用韻,尤其「去去看」這種重複的動詞連用的口語化,在傳統詩詞裏少見,但總體上五言的整齊句式以及類似漢末《古詩十九首》的意味仍顯典雅。同樣的紅葉詩,胡適的《三溪路上大雪裏一個紅葉》則明顯不同:

> 我行山雪中,抬頭忽見你!
>
> 我不知何故,心裏很歡喜;

踏雪摘下來，夾在小書裏；

還想做首詩，寫我歡喜的道理。

不料此理很難寫，抽出筆來還擱起。

首先是句式的排列做了新的嘗試，與胡懷琛的舊詩不分排行不同，胡適的紅葉詩，每兩句一行，形式上有了「新」的特徵。前三行是整齊的五言，第五行是整齊的七言，第四行故意破除統一句式，本可以作「還想做首詩，書歡喜之理」，詩人卻用白話「寫我歡喜的道理」，人稱代詞「我」、虛詞「的」、雙音節詞「道理」的運用，均打破了文言的典雅，增加了詩歌的白話化特徵。

同樣寫紅葉，二胡都在詩體上進行努力嘗試，試圖打破傳統詩詞的某些規範，創作出理想的新詩體式。不同的是，胡懷琛始終堅持傳統詩性之美，在俗白能唱易懂之外，想要在突破的詩體中保持漢語的詩性之美；胡適卻是努力以白話為核心，掙扎與逃脫傳統詩體的束縛，尋求真正不同於舊詩的「新」體，哪怕這種脫離與尋求是以丟棄漢語詩性之美為代價。

其實，比較來看，《大江集》與《嘗試集》在詩體上還是有諸多相似之處的。比如胡懷琛的《海鷗》：

白鷗忽飛來，白鷗忽飛去。海闊與天空，故鄉在何處？

這首詩表達遊子的思鄉之情，此種情懷的詩作古已有之，但胡氏顯然有意嘗試白話化的表達方式。「白鷗忽飛來，白鷗忽飛去」非常接近白話語體，「海闊與天空」中「與」這個虛詞既成為丟棄押韻的整齊五言的襯字，又很好地將語體虛詞運用到詩作中，「故鄉在何處」點出情感凝聚點，鷗鳥飛來飛去，偌大的宇宙，故鄉飄渺，紛飛的海鷗燃起了詩人的思鄉之情。整首詩作語言俗白清暢，淡然中透出一種深邃的情懷。

試看胡適的《江上》：

雨腳渡江來，

　山頭衝霧出。

雨過霧亦收，

　江樓看落日。

前文略有論述，詩人在此有意分行，且按照西方詩歌採用起頭高低一格錯落排列。鮮明生動的自然景象融入詩人的悠然之心：山頭江邊雨霧濛濛，風雨過後，天色放晴，詩人登高望日，一片閒情逸志。西式的排行，內裏卻仍是傳統的情懷。

再看另一首《寒江》：

> 江上還飛雪，
>
> 　遙山霧未開。
>
> 浮冰三百畝，
>
> 　載雪下江來。

如前文所述，該詩完全按照「仄起式」句式，「仄仄平平仄，平平仄仄平。平平平仄仄，仄仄仄平平。」「開」與「來」兩字押韻，非常符合舊體格式。

此兩首分別選自《嘗試集》第一編。我們可以看到，同樣是整齊的五言四句詩，胡適在詩的體式上做出新的嘗試，但內裏其實沒有新鮮的東西，反而像《寒江》還非常古雅，形式上完全留有古風痕跡。從語言的俗白來看，胡懷琛的《海鷗》雖非特別優秀，但與《江上》、《寒江》比起來，其實更接近語體詩的特點。

《大江集》中有表現人生哲理的詩作如《世界》：

> 人數無量多；地球一粟大。哀樂各不同，一人一世界。

「一人一世界」化用佛語「一花一世界，一葉一菩提」，本為表達「靜」的境界。前三句表現世界的特點，人數無窮多，地球在宇宙中卻只如同粟米一樣渺小，但因為人的喜怒哀樂各不相同，所以「一人一世界」，每個人都有生存的權利，都有自己的個性空間，都有屬於自己的世界，也許它和地球一樣渺小，但因為它屬於個人，是唯一的，所以在自己的世界裏，它又是如此浩大。大與小的對比、多與少的對比，表現出現代人的某種情緒與生存哲理。

再看其詩《秋葉》：

> 樹葉兒，經秋霜。一半青；一半黃。樹無知，人自傷！

這首詩乃三言三行整齊句式，三言詩仍可歸於舊體，但此詩語言簡潔俗白，內容情感雖未出古典詩歌的傷秋情懷，但「樹無知，人自傷」一句，體現物我對立關係，與傳統詩歌通過外物來表達內心情感，或者融主觀情感於物象的方法相比，這種通過客體「樹」沒有感觀知覺，來凸顯「我」的感知覺，「我」的自傷悲，同樣能夠讓人領悟到與傳統不即不離也能達到與以「我思故我在」為哲學基石的現代性氣息相通。

如果說《秋葉》用三言體表達人到中年的悲涼體悟，那麼《流水》、《落花》二詩，同樣是傳統詩歌慣於抒寫的對象，詩人嘗試對五言做出一些改變，比如《流水》：

　　門前水，直通江。我心隨水去，迢迢到他方。他方有故人，道
路遠且長。不能長相見，但願無相忘。

　　這首詩有詞調的色彩，詩人融開頭兩個三言詩句於五言詩中，有意打破
五言的整齊感，通過「江」、「方」、「長」、「忘」的押韻，形成音樂感。

　　類似的還有《落花》：

　　落花飛，飛滿天。花開有人愛；花落無人憐。花開又花落，一
年復一年。此是第幾番？問花花無言！

　　與《流水》的句式與押韻完全類似。這兩首詩均體現出胡懷琛對詞調與
詩句相融形成音樂感的一種嘗試。

　　除了利用古典詩歌常見的題材進行新的體式探索外，胡懷琛還對古有的
題畫詩進行嘗試。比如《為女生題畫》一詩：

　　帆飽知風健；雲開漏日明。騷人無限意，寄託在滄溟。

　　這首詩一反常態，並不俗白，反而有幾分雅致的古意。「帆飽知風健」與
蘇軾「風來震澤帆初飽，雨入松江水漸肥」〔註19〕有幾分相似，蘇詩中「風
飽」與「水肥」皆俗語。〔註20〕又幾乎與朱元璋「帆飽已知風力勁」〔註21〕
這個七言句式極為相似，帆船的風帆正鼓足，可以感覺風的強大力量，「飽」、
「健」二字既俗白又富於詩意。這種傳承，似胡懷琛有意為之。第二句與唐
寅《山水圖》中「晚雲明漏日」頗神似。唐寅敏銳捕捉自然美的能力是眾所
皆知的，傍晚時分的夕陽從雲縫中漏出絲絲光束，映染山湖，有一種整體色
彩感。而胡詩「雲開漏日明」也很好地表現出自然之美，山水湖光，藍天白
雲，層層洇染，偶爾的陽光從雲縫間擠漏出來，映襯得山水更加明亮。後兩
句表達憂愁失意之文人雅士心懷無限意緒，寄情於茫茫滄溟，似有身世之感。
二四句押平聲韻，保留了傳統詩歌絕句的某些特點。

　　由此可見，與胡適掙脫傳統而建構新詩的路向不同，胡懷琛走的是利用
傳統建構新詩的路。前者重在從「新」字上立起漢語白話之詩，後者重在從
「美」字上立起漢語白話之詩。下面他們兩個人的譯詩，更鮮明地凸顯了這
兩條路徑的較量。

〔註19〕《次韻沈長官三首》（其三），馮應榴輯注《蘇軾詩集合注》，上海古籍出版社
　　　　 2001年版，第543頁。
〔註20〕魏慶之：《詩人玉屑》（卷六引），商務印書館1938年版，第134頁。
〔註21〕朱元璋：《滄浪翁泛海》，胡士萼點校《明太祖集》，黃山書社1991年版，第
　　　　 446頁。

二、古雅譯詩的詩體嘗試

綜觀《大江集》的整體創作，33 題中就有 11 首譯詩，幾佔了三分之一，可見，在胡懷琛嘗試白話詩體時，西洋詩也是其重要資源。但特別不同的是，相對於《大江集》的代表作《長江黃河》類的歌謠體或禽言類白話詩，其中的譯詩卻是異常的精緻古雅。如果說前一類詩作，胡懷琛盡可能運用俗白的口語，植入各種體式對五言進行改換；那麼後一類詩作，胡懷琛則盡可能運用精緻的書面語，抒寫含蓄古雅的詩意。這與胡適在西洋詩裏宣佈「『新詩』成立的紀元」完全相反，我們可以從中一窺胡懷琛詩學理念的根本。這 11 首譯詩分別爲：《鳩》、《燕子》、《百年歌》、《愛情》、《花子》、《倩影》、《短歌》、《晚秋》、《贈妻》、《倘然》、《荒墳》。其中，《荒墳》、《愛情》兩詩分別是胡適在《嘗試集》所收錄的《墓門行》與《關不住了！》原英語詩翻譯而來。

《荒墳》與《去國集》中的《墓門行》原爲同一首譯詩：

> Such quiet has come to them,
>> The Springs and Autumns pass,
> Nor do they know if it be snow
>> or daisies in the grass.
>
> All day the birches bend to hear
>> The rivers undertone;
> Acorss the hush a fluting thrush
>> Sings evensong alone.
>
> But down their dream there drifts no sound,
>> The winds may sob and stir.
> On the still breast of peace they rest—
>> And they are glad of her.
>> By Arthur Ketchum

胡懷琛譯爲《荒墳》：

> 荒墳何寂寞！春秋自來去。不知有芳菲，那管風雪暮！垂楊長俯首，終日聽溪聲。清歌破寂寥，好鳥空自鳴。一任悲風號，墓中人無語；應是長眠客，愛此安樂土。

胡適譯為《墓門行》，收入在《去國集》中：

　伊人寂寂而長眠兮，
　　任春與秋之代謝。
　　野花繁其弗賞兮，
　　亦何知冰深而雪下？

　水潺湲兮，
　　長楊垂首而聽之。
　　鳥聲喧兮。
　　好音誰其應之？

　風鳴咽而怒飛兮，
　陳死人安所知兮？
　和平之神，
　穆以慈兮。
　長眠之人，
　於斯永依兮。

胡懷琛特別在詩作後面附上胡適的序及原譯以示對比，充分表明其並不滿意胡適的翻譯。《墓門行》乃《去國集》中的詩作，是胡適展示如何從所謂「死文學」起步的作品，該詩用騷體所譯，句式參差，錯落有致，且分行排列，吸收西詩排行特點，每節第一句與下三句形成高低一格。騷體比齊言古風在句式上更顯自由，這也算是胡適有意的一種嘗試。他在用騷體翻譯《樂觀主義》時就曾專門論述過用騷體翻譯說理詩辭旨暢達，可謂「闢一譯界新殖民地」。胡懷琛用五言古風所譯之詩，其目的並不在詩體上的嘗試，或者企圖開闢譯界的「新殖民地」，他的旨意全在於企圖在詩美上一比高低。事實上，兩相對比，無論是從意象的選用、意境的營造，還是音節語感，在同樣都利用古體資源的情況下，胡懷琛的譯作確實顯得更加淒惋哀切，很好地展現了漢語詩性之美。這首譯作發表在《時事新報・學燈》1920 年 8 月的「詩學討論號」上，後曾入選《初級中學國語文讀本》教材中的「新體詩」單元，同時入選的還有胡懷琛的另一首詩《明月》，以及胡適的《鴿子》、《奔喪到家》，

沈尹默的《人力車夫》，劉復的《學徒苦》，周無的《過印度洋》。〔註22〕可見，在漢語詩美上，這首詩在當時是得到一定認可的，尤為重要的是，該詩當時是作為「新體詩」被讀者接受的。

另一首《晚秋》：

> 黃葉衰無力，搖落委荒土；一遇秋風來，猶作不平語。寒塘靜如睡，旅燕掠水飛。山童無一事，拾取枯枝歸。

此譯詩後附有作者的序：「按這首是法國 A.de Lamartine 著的，我不懂法文；是我弟子朱瘦桐把他逐字的譯出來，我再把他做成詩。朱君的法文很好，想譯得不至差誤。第六句初譯作『燕子掠水飛』，然原文的意思是『行蹤無定的燕子，他的尾梢擦過池塘裏睡眠著的水飛去。』譯文一個『掠』字雖能表出『尾梢擦過』的意思；但『行蹤無定』的意思沒有譯出，後來改作『旅燕掠水飛』，比較的更真確了。」如若按胡適《關不住了！》中的翻譯原則，顯然胡懷琛的那段白話譯文「行蹤無定的燕子，他的尾梢擦過池塘裏睡眠著的水飛去」倒是非常符合其詩體標準，打破了舊體的限制，有什麼話說什麼話，話怎麼說就怎麼說。我們幾乎可以認為胡懷琛在這裡完全可以走胡適通過《關不住了！》的翻譯確立「『新詩』成立的紀元」的路子，然而，胡懷琛並未如此。他並不滿意純粹歐化的翻譯，這一段「按」顯然是為了表明其鍊字的過程：「旅燕掠水飛」確實將飛來飛去行蹤無定的燕子尾梢輕輕擦過水面而去的情形表達得更加形象、生動、簡練而富詩意，「旅」與「掠」用字尤佳。胡懷琛的「鍊字」典雅，詩意凸顯。值得一提的是，其所煉之字乃近現代白話。胡懷琛實為想對傳統詩體進行現代漢語的轉化，用現代漢語代替古代文言凝煉詩意。總而言之，胡懷琛並未像胡適那樣為脫離傳統而借鑒西方，而是借翻譯西洋詩來保持漢語詩歌經由歷史傳承下來的詩性。

值得一提的是《愛情》這首譯詩：

> 攝心如閉門，防彼情來襲。春風不解事，又送琴聲入。春暉淡蕩中，愛情為我說：不讓我自由，便使汝心裂。

它與胡適的《關不住了！》實為同一首：

> 我說「我把心收起，
>
> 像人家把門關了，

〔註22〕振鏞：《初級中學國語文讀本序例及目錄》，《時事新報‧學燈》1923 年 10 月 12 日。

叫愛情生生的餓死，

　　也許不再和我爲難了。」

但是屋頂上吹來，

　　一陣陣五月的濕風，

更有那街心琴調

　　一陣陣的吹到房中。

一層裏都是太陽光，

　　這時候愛情有點醉了，

他說，「我是關不住的，

　　我要把你的心打碎了！」

　　如果說胡懷琛將《墓門行》原譯放在《荒墳》後面，以示鮮明對比，那麼對於這首影響甚大的「『新詩』成立的紀元」之作，胡懷琛則沒有公然叫板，收入《大江集》時，《愛情》一詩顯得不那麼起眼，並未像《荒墳》一樣將胡適的原譯附在其後。究其原因，《大江集》初版時間爲 1921 年 3 月，這時《嘗試集》已經再版，其暢銷之況可以想見得到，加之胡適是新文化運動的領軍人物，追隨者眾多，通過胡適對新詩的反覆自我闡釋、新文化陣營的運作與推廣，西化的「新詩」似乎已漸入人心，《關不住了！》必然已得到廣泛認可，胡懷琛此時顯然有些心虛。但是，他的重譯，本身也代表了對《關不住了！》一詩在路向上的否定。對比兩詩，胡適用西詩體，正式宣告擺脫了傳統，開創了新紀元，其翻譯確實爲新詩帶來了眞正不同於傳統詩詞的新質。此詩不僅詩體上自由無拘，而且呈現出白話口語的自然音節，確實不能否認它的成功之處。但是胡懷琛之重譯，想必仍然是在其詩學觀念及對新詩的想像中，對《關不住了！》在詩美上不能認同。在胡懷琛看來，這種以西方爲參照建立的新詩，在漢詩傳統的標準下，不能不說是對漢語詩美的一種丟失，因此胡懷琛不會將它理解爲創新從而重譯。他的翻譯仍然用齊言古風形式，相對於《關不住了！》確實顯得「舊」了。

　　胡懷琛在詩末有一段按：

　　　　原文 Wind of May 直譯應作五月風，或薰風。今以西國五月適
　　　當中國舊曆三月，仍爲春日，故譯作春風。不讓我自由的我字，是

　　　　愛情自稱。
　　我們看原詩：
　　　　　OVER THE ROOFS
　　　　I said,“ I have shut my heart,
　　　　　　As one shuts an open door,
　　　　That Love may starve therein
　　　　　　And trouble me no more”.

　　　　But over the roofs there came
　　　　　　The wet new wind of May,
　　　　And a tune blew up from the curb
　　　　　　Where the street-pianos play.

　　　　My room was white with the sun
　　　　　　And Love cried out in me,
　　　　“I am strong,I will break your heart
　　　　　　Unless you set me free.”

　　對比原詩，胡適的譯詩內容最大程度地遵從了原詩，幾乎爲直譯，而胡懷琛多爲意譯。從題目上看《關不住了！》與《愛情》兩者都一定程度地偏離了原題「在屋頂上」，二胡均將詩旨呈現在題目上。胡適譯爲「關不住了」強調的是「set me free」，很符合「五四」時期狂飆突進追求自由愛情的時代主潮；胡懷琛譯爲「愛情」較之顯得平淡含蓄，強調的是「love」，如「按」之所說「愛情自稱」，乃將「love」擬人化。在這一點上，胡適對原詩的理解似與原詩更爲接近一些。這種不同首先應該緣於二者的文化背景的不同。胡適早年在上海中國公學就讀期間就開始在競業學會的白話刊物《競業旬報》上發表譯詩，在留學歐美期間除創作譯詩，還將自己所做律詩、《詩經》中的名作嘗試譯成英文，在英語世界中的翻譯練習促使其能精準地把握《Over the Roofs》的原意；從胡懷琛生平不多的材料可以看到，胡懷琛並未受過系統的英語教育，其與英語的接觸當與其曾任教基督教教會大學——滬江大學、任職京奉鐵路編譯局，相繼受聘於中國公學、滬江、持志等大學及正風學院，以及在商務印書館等報館供職著文的經歷相關。其次，不同的譯風還緣自二

胡的新詩嘗試理念。胡適旨在脫離傳統，打破具有含蘊模糊詩意美的文言，橫移英語語法中與漢語完全相反的元素來鑄就白話句法，用增加的虛詞、複雜的結構使得現代漢語的表意更加精準，這勢必會在完整橫移西詩句式的同時，以完全失去文言固有的詩性爲代價；胡懷琛旨在傳承傳統，他並不是要創造多麼「新」的新詩，而是要創造在他看來多麼「美」的新詩，對傳統的不離不棄，對五言的格外衷情，使得他在譯詩中保留了更多傳統漢語的詩性之美。

　　全詩三節。第一節「I said, 'I have shut my heart, / As one shuts an open door, / That Love may starve therein / And trouble me no more'」，此節主要表達「我」聲稱關閉愛的大門，因爲這樣就不會再有煩惱。胡適譯爲：「我說『我把心收起，/ 像人家把門關了，/ 叫愛情生生的餓死，/ 也許不再和我爲難了。』」胡懷琛譯爲：「攝心如閉門，防彼情來襲。」從白話角度來看，二胡雖都可以稱爲白話語，但胡適顯然爲白話口語，胡懷琛則爲白話書面語；從白話句法角度來看，胡適將虛詞運用得非常精準，胡懷琛則仍爲文言句式，將四句字數不等的口語壓縮成爲兩句五言書面語，簡潔凝煉，含蓄典雅；從表達意蘊上看，「防彼情來襲」更能表現出害怕愛情突然來襲的心情。第二節「But over the roofs there came / The wet new wind of May, / And a tune blew up from the curb / Where the street-pianos play.」此節主要描寫關閉了愛的大門之後的感受，雖然外表一片平靜，但其實內心躁動不安。胡適譯爲：「但是屋頂上吹來，/ 一陣陣五月的濕風，/ 更有那街心琴調 / 一陣陣的吹到房中。」「但是」與「更」兩個虛詞相對，各自引出兩個詩句；兩個「一陣陣」相對，使句式相對整齊，形成一種自然的詩意感。胡懷琛譯爲「春風不解事，又送琴聲入。」相對顯得較爲平淡，雖然在按語中強調爲何將五月的風譯爲「春風」，但「不解事」顯然與原意相差較遠。不過此處意譯卻能隱約表現出內心的那種躁動，因了外界的春風與琴聲，更加顯得難以平靜。第三節「My room was white with the sun / And Love cried out in me, / 'I am strong, I will break your heart / Unless you set me free.'」此節表達內心久被壓抑之後的抗爭，胡適譯爲「一層裏都是太陽光，/ 這時候愛情有點醉了，/ 他說，『我是關不住的，/ 我要把你的心打碎了！』」與原詩表達壓抑之下衝開一切束縛尋找自由愛情的主旨相近，胡適照樣用「我說」、「他說」此種句式還原原詩的敘述，完全打破了傳統句式的語法模式，但「我是關不住的」以及「愛情有點醉了」實爲胡適所創造增加。胡懷琛譯爲：「春暉淡蕩中，愛情爲我說：不讓我自由，便使汝心裂。」將房間裏灑滿陽光置換爲「春暉

淡蕩」，顯得更有詩意。值得一提的是「Love cried out in me」一句，本意爲愛情使我的心叫了出來，胡適加入了自己的創造，「愛情有點醉了」，說出「我是關不住的」，「我要把你的心打碎」，意指打碎壓抑的心，讓愛情迸發出來。胡懷琛前兩節將原詩四句皆縮譯爲兩句，此節卻特別譯爲四句，除第一句與原詩相去甚遠外，後三句「愛情爲我說：不讓我自由，便使汝心裂」，雖囿於整齊的五言句式，不像胡適譯詩那樣白話口語化，但表達的力度卻非常深。「break your heart」意爲打碎你的心，胡適翻譯非常準確，胡懷琛用了一個「裂」字，從字面意思上「裂」沒有「碎」準確，「裂」爲破開之意，「碎」爲完整的東西破壞成零塊；但從意蘊上，「我是關不住的，／我要把你的心打碎了」與「不讓我自由，便使汝心裂」相比，前者感情的爆發力並不夠強，後者表達更爲堅定，平靜的語氣中彷彿有一種衝破一切力量獲取自由的撕心裂肺的吶喊澎湃於心。在這裡，「不讓我自由」反而是直譯「Unless you set me free」，看來胡懷琛的翻譯是有所策略的，他並非不能直譯原詩，而是爲了堅持用五言整齊句式，用含蓄蘊藉的美感來表達原詩的感情。二胡的翻譯各有特色，二者翻譯理念完全不同：胡適借譯此詩打破傳統文言詩體，看重西詩中虛詞以及句法的運用；胡懷琛借譯此詩並未像胡適那樣帶著強烈的「創新」意識，而旨在追求漢語的詩性之美。

胡適在譯詩中找到了「新詩」之「新」從而宣告「『新詩』成立的紀元」，這是一種來自西洋詩體虛詞、句法等元素的橫移，這種完全不同於傳統的「新」確實打破了傳統詩歌根深蒂固的結構模式，從而使白話新詩成爲了眞正意義上的「新」詩。然而，這種橫移西洋詩的策略卻極大程度地犧牲了漢語詩歌本身固有的美感，我們在對比《關不住了！》與《愛情》兩首不同風格的譯詩會強烈地感受到，《愛情》雖然不夠「新」，卻有足夠的「美」，傳統的古雅，精緻的內涵，含蘊的詩意，節制的美感，這些都使得漢語在「新」中呈現得相對到位。所以，胡懷琛對譯詩的處理策略完全不同於胡適，他沒有想在譯詩中橫移「新」的元素，切斷與傳統的聯繫，而是要在表達西詩的同時，有意傳承傳統的漢語詩性之美。

三、《胡懷琛詩歌叢稿》的補充

《大江集》作爲繼《嘗試集》之後出版的第二部白話詩集，在詩歌史上應該具有不容忽視的史料價值，這不僅表現爲《大江集》本身的詩體嘗試與《嘗試集》的相通與抗衡，代表著與《嘗試集》同時存在著的新詩發展不同

的路向，還表現爲《大江集》問世之後胡懷琛的再版與再編。再版時加入的數首詩歌，重編時成爲其結集而成的《胡懷琛詩歌叢稿》的組成部分，這些都爲研究胡懷琛詩體探索問題提供了不可多得的材料。

《大江集》再版時加入的詩作分別爲《遊蘇州留園》、《見園丁剪樹寫示江蘇二師學生》、《題張雪蕉爲蕭蛻公所畫山水畫幅》、《寄吳芳吉長沙》、《借衣作客》、《借米煮飯》、《蜉蝣學仙》、《焦螟演戲》、《燈蛾撲火》、《藥無定方》、《盲人問路》、《續禽言詩三首》（《婆餅焦》、《脫卻破袴》、《稽古》）。這 12 題 14 首詩歌的加入，其意義不同於胡適再版加入的詩歌。胡適再版時加入第二編 6 首，分別爲《示威？》、《紀夢》、《蔚藍的天上》、《許怡蓀》、《外交》、《一笑》。這 6 首作於 1920 年 3 月《嘗試集》初版發行至 1920 年 9 月《嘗試集》再版發行之間的半年時間內。雖然也只是按時間編排在初版第二編最末一首《一顆遭劫的心》後，但這 6 首詩作延續的是《嘗試集》所最終確立的西化路向。其中《許怡蓀》、《一笑》二詩被胡適專門寫進再版自序，並認定爲自己所承認的 14 篇「白話新詩」成員。〔註 23〕可見，《嘗試集》的再版更加鞏固了初版所最終確立的西化路向。《大江集》再版所增詩作，如《續禽言詩三首》乃胡懷琛最初的白話嘗試，其他有紀遊詩、贈答詩、題畫詩，各種題材皆有，體式上也幾乎延續初版雜陳的嘗試風格。比如《遊蘇州留園》：

> 朝從上海來，暮返上海去；匆匆遊園，欲留留不住。

本爲其常見之五言詩體，但第三句有意打破五言，試圖不再完全沿用五言詩體，似有一些白話新體的意味。

而另一首《見園丁剪樹寫示江蘇二師學生》：

> 養樹去繁枝，立言去浮詞。悟得此中理，園丁是我師。

胡懷琛 1919 年 6 月～1920 年 10 月期間在江蘇第二師範、神州女學、上海專科師範任教並專門講授白話詩文方面的國語課，之後，也一直輾轉於各大高校授課，任教期間曾作過許多詩作送給學生，其中既有舊體也有新體，有的是與學生郊遊或遠遊之作，有的是借詩教給學生某些人生感悟與哲理。此詩正是借園丁剪樹作詩以教化學生。園丁培養樹木要定期修剪繁枝，這就像說話要去掉一些華麗浮誇的詞句，倘若懂得了這個道理，園丁也可以做我們的老師。胡氏通過這首詩顯示出師者風範。不過在詩體的嘗試上，仍一如既往採用他比較衷愛的五言句式。

〔註 23〕胡適：《再版自序》，《胡適全集》（10），安徽教育出版社 2003 年版，第 42 頁。

　　與胡適編選《嘗試集》帶有明顯的講述新詩起源與進化故事的意圖不同，胡懷琛在《大江集》中有著更多的詩人情懷。胡適編選《嘗試集》時，刻意構建了一個小腳不斷放大、從舊詩詞裏痛苦掙脫與蛻化而最終在西洋詩中找到方向的新詩進化過程。這意味著其對詩作的選取有著明顯的表現詩體進化的痕跡，這樣的標準是以犧牲其個人興趣作爲代價的，可以說《嘗試集》更多的是樹立了一個時代的風向標，而非表達胡適個人的聲音。而胡懷琛在這一點上很不相同。其詩作如《借衣作客》、《借米煮飯》、《蜉蝣學仙》、《焦螟演戲》、《燈蛾撲火》等詩都有著很強烈的個體情懷。

　　《借衣作客》這首詩表現詩人貧寒的現狀：「借衣作客，格外修飾；忘卻背後，短了一尺。」《借米煮飯》同樣表現這種清貧生活：「借米煮飯，分與乞兒；同病相憐，他人不知。」我們知道，胡懷琛不僅輾轉於各個高校教授國語課程，且在商務印書館和各類報館供事，其著書勤奮無比，但家境一直貧寒。這個自稱「當了衣服買詩集」、二十多年來「在詩裏討生活」的詩人，其背後有多少不被人認可甚至不斷遭遇新文化派冷嘲與無視的情節，而詩人僅在此兩首詩中用一種調侃的語氣寫出其現實生活的清貧，聯繫詩人自身的經歷，自能感受到某種辛酸與無奈。《蜉蝣學仙》、《焦螟演戲》、《燈蛾撲火》則在調侃與諷刺中表達渺小的個體在無窮浩大宇宙中的無知與無奈。如《蜉蝣學仙》：「蜉蝣學仙，益壽延年；能從今日，活到明天。」《焦螟演戲》：「蚊子眼裏，新開戲園；焦螟演戲，看客三千。」《燈蛾撲火》：「燈蛾撲火，光明誤了；我早知有太陽，決不大錯特錯！」外在調侃與諷刺的表徵並不能掩蓋其內在的某種對於宇宙人生的無奈感慨。在蜉蝣的世界裏，即使學會了仙術，它所得到的益壽延年，也只不過從今日到明朝；焦螟的自娛自樂，襯托詩人的孤獨；燈蛾的悔恨，自是帶有嘲弄之意，細讀之下，會有人生蒼涼之感。這三首詩作雖狀寫外物，卻明顯表達詩人內在感受。體式上雖用胡氏一慣的五言四句，但語言特別淺易，似將五言的句式與兒歌民謠的風格相糅合。尤其《燈蛾撲火》末兩句，並未囿於五言的約束，採用純粹的白話口語，顯得特別俗白。

　　綜觀《大江集》再版所加入的詩作，與初版相比，變化不大，只是時間上的補充。其整體呈現出來的是胡懷琛以五言爲基礎，所進行的現代漢語轉化的嘗試。

　　當胡懷琛重編《大江集》時，已是 1926 年。這時，他將重編的《大江集》

去掉前言後序，以純粹的詩作編入《胡懷琛詩歌叢稿》。《叢稿》所收詩作甚多，包括《秋雪詩》106 首、《旅行雜詩》3 首、《四時雜詩》7 首、《新年雜詩》、《天衣集》7 首、《神蛇集》6 首、《燕遊詩草選譯》9 首、《秋雪詞》9 首、《新道情》11 首、《重編大江集》56 題 76 首、《春怨詞》35 首、《詩意》90 首、《放歌》5 首、《今樂府》6 首。其中，《大江集》初版在 1921 年，收入作於 1919、1920 年間的新詩，初版時題爲《模範的白話詩：大江集》（國家圖書館印行）；1923 年再版時（四馬路崇文書局印行）刪去了題名中的「模範的白話詩」，增加了《遊蘇州留園》、《見園丁剪樹寫示江蘇二師學生》等 14 首；1926 年出版《叢稿》（商務印書館印行）時對《大江集》進行重編，刪去了最爲古雅的一首詩作《爲女生題畫》，刪去了譯詩《荒墳》後面的一段文字，增加了譯詩《迎春曲》、《拜倫哀希臘詩》，將再版增加的 14 首詩移到譯詩前面。從結集單行到編入《叢稿》，雖然變化不大，但其細微的調整處仍隱現其詩學觀念的演變。

　　還是先從《大江集》初版來看，初版有胡懷琛的自序及出資人陳東阜的序。陳東阜的序在今天讀來頗令人震憾。開篇如此寫道：

　　　　近來中國的文學，大有衰落不振的現象：舊文學既只有表面上
　　的空架子，新文學又沒有「起而代之」的能力，因此新舊文學，都
　　沒有眞實的價值了。〔註24〕

　　將新舊文學各打五十大板，這種現象在新文學成立之初，應該是非常普遍的現象。這種觀念常常來自對新學有嚮往的舊文化陣營，他們既不是保守的舊文化派，對舊文學持批判態度，又渴望新文化有所建樹。陳東阜做爲文化出版商，固然是新舊兼顧之人，他所看到的現象顯然又是客觀的。因爲在 1921 年新文學尤其是新詩草創期，在很多文學史著的敘述中，流行的新詩都是「嘗試派」或未脫舊詩之嫌的半新不舊的「放腳體」，陳氏在此時提出如何規範新詩，也不是沒有道理。他分別從「體」、「相」、「用」三個方面論述了詩歌所應具備的「眞」、「善」、「美」的品質，認爲舊詩「不顧體和用，所以只有『吟風嘯月，刻翠雕紅』的玩意兒」，而新詩「不顧體和相，所以率直膚淺，毫沒一些眞實的骨力和優美的精神」。新詩之「率直膚淺」，缺乏「眞實的骨力」或「優美的精神」是否因「體和相」，這個結論姑且不論，陳氏指出的新詩弊端卻確乎實際存在著。接下來陳氏如此論述胡懷琛：

〔註24〕陳東阜：《大江集序》，胡懷琛《模範的白話詩：大江集》，國家圖書館 1921
　　　　年版

懷琛先生，是舊文學的專家，也是新文學的鉅子，是第一流的文豪，也是第一流的詩家。近來看見新舊文學家的弊病，所謂「各有所蔽」，就發一個極偉大的志願，要創造出一種新派詩來，救新舊兩方面的偏蔽。不多幾時，居然做成這麼一本書。其中的詩，既沒有舊詩空疏和繁縟的毛病，又不像新詩率直淺陋，看了教人發笑。這真是文學界裏的創作了。〔註25〕

　　從批判舊詩的陳腐，到批判新詩的膚淺，陳氏終是為了引出對於《大江集》及其作者的褒揚。在時人來看，胡懷琛固非「舊文學的專家」，更非「新文學的鉅子」，在「文豪」、「詩家」裏也未見得有立身之地，但陳氏做為出資人，一方面自然是欣賞其詩作才華，另一方面，也不無重振詩壇的偉願。但所謂的「新派詩」，是否真能「救新舊兩方面的偏弊」呢？

圖一：《大江集》初版　　　　　　圖二：《大江集》再版

　　三年後，即1923年8月，《大江集》再版時，胡懷琛將初版時的副標題「模範的白話新詩」一題刪去，並謙遜地表示：

　　　　我這書初版的時候，所有已出版的新詩集，只有《嘗試集》一

〔註25〕陳東阜：《大江集序》，胡懷琛《模範的白話詩：大江集》，國家圖書館1921年版。

部；現在隔了兩年多，繼續而出的已有很多部，我承認各有各的特
色；但是我也希望他人不要說我的詩全無是處。我希望以後再有許
多不同體裁的詩集出版，以飽我的眼福。

胡懷琛似乎已經感覺到《大江集》已被撲面而來的更「新」的新詩集所
湮滅，因爲 1921~1923 年間確實湧現了不少的詩集：《女神》（1921.8）、《雪朝》
（1922.6）、《新詩年選》（1922.8）、《眞結》（1922.10）、《草兒》（1922.3）、《星
空》（1923.10）、《流雲》（1923.12）。但他仍然想從「各有各的特色」上爲自
己的詩作尋找立足依據，想爲新詩開創漢語詩美的別一路向而與傳統不離不
棄。

這種不離不棄並非沒有戰友，在上述眾所周知的諸種著名詩集中，有一
本今天來看所知甚少或者未引起學者注意的詩集，即朱采眞的《眞結》。這是
一本新舊詩合集，在當時的新詩話語場域，新詩人編一本新舊詩合集，顯然
不合時宜。朱氏在自序中這樣說：

> 《眞結》裏面舊詩倒也不少，我不是依次旁人特地把新舊詩印
> 在一起，也不是自信力不強，對於新舊詩模棱兩可；我卻是捨不得
> 我從前所做的舊詩呵！任憑他人說我迷戀骸骨；說我信仰新詩的道
> 念不堅罷。
>
> 所嘔出的心肝是我自己的心肝；所噴射的鮮血是我自己的鮮
> 血。我自己不愛惜，誰來愛惜？幸而有機會我就把五年前所做的舊
> 詩連同最近新的作品一併發刊了。
>
> 這寂寞孤零的我並沒有黨同伐異的好朋友來相標榜；爲我作
> 序，替我捧場，只索很簡單的寫幾句慰藉這踽踽涼涼的生活。（十一
> 年，雙十節後一日，燈下）〔註26〕

我們無從考證當年胡懷琛與朱采眞是否有交集，但能夠肯定的是，他們
代表著一批追求新文學而又對傳統不離不棄的人。他們並不是對新舊詩「模
棱兩可」，並不是「迷戀骸骨」，只是他們在追新的同時，不願對千年積澱下
來的漢語詩性之美輕言放棄。朱采眞是將新詩舊詩並列合集，這是爲新詩舊
詩能夠並存而立言；而胡懷琛竟是在新舊詩轉換中，追尋一種傳承傳統的新
詩，也就是說，追求在新詩中傳承千年漢語的詩性之美。這種嘗試要比朱采

〔註26〕朱采眞：《自序》，《眞結》，浙江書局 1922 年版。

真簡單地將新舊詩合集的方法艱難許多。

由於這些詩集的陸續出版，胡懷琛已然意識到自己想要通過《大江集》為新詩樹立白話典範的理想告終；並且在時代思潮的裹挾之下，胡懷琛在重編《大江集》時，已明顯表現出為當時流行的進化論思想、尤其是胡適新詩理念所影響。比如，刪去最為古雅的詩作《為女生題畫》；刪去譯詩《荒墳》後面所附胡適同譯詩《墓門行》的序言，只作簡略說明；增加譯詩《迎春曲》、《拜倫哀希臘詩》，將再版增加的 14 首詩移到譯詩前面。無論是刪去過於古雅的詩作，還是避開與胡適的正面交鋒，抑或將譯詩排在最後，都可以看出胡懷琛的的確確在向胡適所倡之主流白話新詩靠攏。

然而，胡懷琛的刪詩或者重編，在有意識向主流白話新詩靠攏的同時，始終未能放棄自己所追求的新詩理念，他堅持新詩的理想模式應該是傳承傳統基礎上的現代轉化。這表現在重編《大江集》時收入的詩作《拜倫哀希臘詩》上，詩前有序：

> 拜倫《哀希臘詩》前已有三種譯本：一馬君武，二蘇曼殊，三胡適之。三本各有長短，未可一例論也。民國十二年，余復取原文重譯一遍，而與前三本均有不同。短長得失，余亦未敢知，讀者與原文對照，自當知之。余於原文一字一句，皆斟酌再三，力求不失原意；譯成之後，又歷易稿，自民國十二年六月，至十三年一月，凡七閱月而始脫稿。讀者於此，亦可知譯事之不易矣。

選用一首已經有好幾種譯本的英詩來翻譯，且之前的每位譯者無不是大家，這無疑是一種挑戰。重譯本身也意味著譯者對過去譯本之不滿，或者想藉重譯表明新的翻譯立場。早在 1914 年胡適翻譯《哀希臘歌》，併入選《去國集》，他在日記中曾說：「裴倫（Byron）之《哀希臘歌》，吾國譯者，吾所知己有數人：最初為梁任公，所譯見《新中國未來記》；馬君武次之，見《新文學》；去年吾友張奚若來美，攜有蘇曼殊之譯本，故得盡讀之。」〔註27〕胡適還逐一評論：「茲三本者，梁譯僅全詩十六章之二；君武所譯多訛誤，有全章盡失原意者；曼殊所譯，似大謬之處尚少。而兩家於詩中故實似皆不甚曉，故詞旨幽晦，讀者不能了然。」〔註28〕胡適認為自己的翻譯「自視較勝馬蘇兩家譯本」，並指明「一以吾所用體較恣肆自如，一以吾於原文神情不敢稍失，

〔註27〕胡適：《胡適留學日記》（上），安徽教育出版社 1999 年版，第 145 頁。
〔註28〕胡適：《胡適留學日記》（上），安徽教育出版社 1999 年版，第 145 頁。

每委曲以達之。至於原意,更不待言矣。能讀原文者,自能知吾言非自矜妄為大言也。」〔註29〕這裡,胡適對譯詩的觀念已經非常明確,內容上要嚴守原意,形式上要自如的「體」。然而,由於這種「體」,雖如胡適所說「較恣肆自如」,但仍然無法真正打破本土的語言常規而全然保留原詩的異域性。所以最終,這首詩只能作為「死文學」的代表被收入《去國集》。胡懷琛則顯然要謙和許多,他自知各有短長,只是強調自家與前三本均有不同,表明自己反覆修改的認真態度。只需稍作對比,就可知二胡的翻譯並無本質的不同。比如開篇前四句:

The isles of Greece,the isles of Greece! Where burning Sappho loved and sung, Where grew the arts of war and peace, Where Delos rose,and Phoebus sprung!	嗟汝希臘之群島兮, 實文教武術之所肇始。 詩媛沙浮嘗詠歌於斯兮, 亦義和素娥之故里。	美哉希臘島!詩人之故鄉。武功與文治,二者皆所長。義和與望舒,天神誕比邦。

我們很明顯看出,儘管二胡都強調嚴守原意,但事實上都與原意相去甚遠。我們對照查良錚的現代譯本:

希臘群島呵,美麗的希臘群島!

火熱的薩弗在這裡唱過戀歌;

在這裡,戰爭與和平的藝術並興,

狄洛斯崛起,阿波羅躍出海面!

查氏的譯本是最接近原詩的,二胡採取的仍然都是「歸化」的翻譯。胡適起首用文言助詞「嗟」,表達感歎,是古詩裏的常見方式,第二、三、四句所涉及到的 Sappho、Delos、Phoebus 有關句子全部「歸化」為中國常用典故。胡適自己也在詩後注明:「沙浮古代女詩人」,「Delos 即 Artemis,月之神;Phoebus 即 Apollo,日神也;吾以義和、素娥譯之,借用吾所固有之神話也。」〔註30〕將日神阿波羅、月神狄洛斯分別替換為中國傳統神話中類似的神話人物太陽神義和和月神嫦娥,這無疑是為了適應本土讀者的語言和文化習慣。同樣的策略也明顯在胡懷琛譯作裏出現。首先,與胡適嘗試用古騷體翻譯類似,胡懷琛一如既往仍然用五言句式;其次,胡適將原詩二三句顛倒過來翻譯,胡懷琛則保留原詩順序,但胡適將第二句搬到第三句,明確翻譯女詩人沙媛詠歌的情景,而胡懷琛雖按原詩順序,卻是籠統翻譯為「詩人之故鄉」;

〔註29〕 胡適:《胡適留學日記》(上),安徽教育出版社1999年版,第153頁。
〔註30〕 胡適:《胡適留學日記》(上),安徽教育出版社1999年版,第146頁。

再次，胡懷琛所用典故與胡適類似，均將西方神話人物替換爲中國傳統神話人物：日神阿波羅均譯爲駕御日車的神羲和，月神狄洛斯一個翻譯成嫦娥，另一個翻譯爲月駕車之神望舒。

胡適詩譯節中果有如其所說內容遵從原意且感情奔放自如的，如第五節：「往烈兮難追；／故國兮，汝魂何之？／俠子之歌，久銷歇兮／，英雄之血，難再熱兮，／古詩人兮，高且潔兮；／琴荒瑟老，臣精竭兮。」胡適頗以此章自得，「以爲有變徵之聲」，特別指出第二句原文「非用騷體不能達其呼故國而問之之神情也」。〔註31〕讀此我們頗有發憤以抒情、慷慨而悲昂之感。整首詩以六字句爲主，兼有八字或八字以上的詩句，「兮」字的反覆使用，增強了詩句的語氣，使節奏起伏變化，聲律更加參差跌宕。而胡懷琛用五言句式的翻譯其實與原詩形式頗爲相近。原詩十六節，每節六句，前四句高低錯落排開，每兩句隔行押韻，後兩句則整齊排列且押尾韻。胡懷琛將每節六句拆分成兩個五言句式，形成整齊的押韻。如同樣第五節翻譯爲：「何處是遺黎？何處是故城？壯士悲歌歇，海濱何凄清！七絃入神妙，夙昔有令名；而今胡荒廢，撥指不成聲。」與胡適翻譯的慷慨悲昂之風略不同的是，胡懷琛的翻譯更多一層深重的悲涼感，這與其五言句式的運用是不無關聯的。

從詩體的革新上來講，此時的胡適還未形成白話文學觀念，只是朦朧地意識到追求詩體的自如暢達，因此仍然運用文言襲用古體。當他用進化的眼光來講述新詩起源故事時，就自然而然將此首用古騷體翻譯的詩作收入了《去國集》，以作「死文學」的代表之一。而胡懷琛直到 1926 年的翻譯，仍然堅持著他自己一貫的詩風。雖然他將這首詩排在「重編大江集」的最末，將再版增加的 14 首詩移到譯詩前面並刪去了過於古雅的詩作，但我們完全看不到《嘗試集》那種人爲的「小腳放大」的詩體進化過程，看不到胡適之所倡新詩如何一步步從舊到新的蛻變過程，看不到胡適在新詩體裏糾結、掙扎與發現的過程，我們也看不到像《關不住了！》那樣代表新詩成立紀元的譯作。

然而，有趣的是，《胡懷琛詩歌叢稿》的編排卻頗有點意味。《叢稿》裏收錄的詩集分別爲《秋雪詩》、《旅行雜詩》、《四時雜詩》、《新年雜詩》、《天衣集》、《神蛇集》、《燕遊詩草選譯》、《秋雪詞》、《新道情》、《重編大江集》、《春怨詞》、《詩意》、《放歌》、《今樂府》。《秋雪詩》以五七言爲主，內容上有寫景、答贈、送別、憶友、集句等，應爲 1919 年前的詩作。《旅行雜詩》

〔註31〕胡適：《胡適留學日記》（上），安徽教育出版社 1999 年版，第 149 頁。

乃 1919 年至 1922 年期間其在上海南洋女子師範、湖州旅滬女學、浙江第二師範、上海藝術師範等校任教時，與教員、學員、友人旅行所作。《四時雜詩》與《新年雜詩》均爲七言，以四季、新年爲對象所作。《天衣集》乃學古人集詩爲詩、集詞爲詞的風尚而集文爲詩，主要對象爲《史記》、《莊子》等書。《神蛇集》以古詩改寫中外神話故事。《燕遊詩草選譯》乃 1924 年以古詩譯之江大學教授 C.P.Parkman 所作之《燕遊詩草》。《秋雪詞》爲九首不同詞調的詞作。《新道情》是模仿鄭板橋《道情》所作，三言、七言相雜，與鄭板橋一樣在內容上表達回歸田園的感情，在詩體和語言上，都已比較符合其白話詩體的理想。《重編大江集》不用贅述。《春怨詞》從此開始分行創作詩歌，與早期新詩的體式走向一致，詩體上雖爲「詞」，實則比詞體更加解放，熔白話與詩意於一爐。《詩意》收錄其所作小詩，似受冰心小詩體影響。《放歌》雖只有 5 首詩作，但這 5 首與早期自由體新詩非常相似，尤其受到郭沫若《天狗》影響。《今樂府》乃 6 首歌詞，附上能唱之譜曲，尤富韻味。雖然所收詩作甚多，但我們仍然可以從這種編排隱約看到一種進化的痕跡：從最古雅的詩體到雜言，到詞體，到小詩體，到自由體。但是與胡適有意呈現進化痕跡並最終在西洋詩中成立新詩紀元根本不同的是，胡懷琛並沒有將自由體做爲新詩成立的紀元。胡懷琛最後收錄的是六首歌詞稱爲《今樂府》，「今」即今天、當下、當代，「今」並不無「新」的意味。

在胡懷琛那裏，從 1921 年初版《大江集》並稱之以「模範的白話新詩」，到 1926 年編選《胡懷琛詩歌叢稿》，我們可以看到五年間，他確實受到了當時新文化思潮的影響，在《叢稿》中流露出趨新的取向，顯現「進化」的痕跡，詩體從五言到徹底解放，這些有意無意受到胡適及其新文化陣營的影響。然而，最終，從編選來看，胡懷琛是以「今」「樂府」收場，且此所謂「樂府」也非古代之「樂府」，而是一種語意白話、典雅精緻、富含詩性、能唱能誦的詩體。胡懷琛的詩歌創作實踐說明，他對於漢語詩歌於新的時代如何在「體式」的傳承與拓新，在儘量嘗試白話詩的可能性與「漢語詩性」的充分釋放之間進行協調與平衡。雖從「現代性」的眼光來看，胡懷琛並未能從根本上走出舊詩格局，從傳統中創造出立得住的「新詩」，但這種矛盾中的漢語詩美本位的堅守在若干年後的今天來看，不得不引起我們反思。

第三章 自然音節：二胡關於《嘗試集》的論爭

　　《嘗試集》作爲新文學第一部個人新詩專集，一經出版行銷非比尋常，1920 年 9 月再版，1922 年 10 月增訂四版，據胡適在四版自序中稱，兩年內銷售到一萬冊。1923 年 12 月 6 版，1927 年 10 月 9 版，1935 年 15 版，1940 年至 16 版，印次之多，影響之大，在現代新詩史上著實罕見。正是由於《嘗試集》出版與行銷的風風火火，其批評之聲也與之俱來。

　　最先對《嘗試集》展開攻擊的就是胡懷琛。他於 1920 年先後在《神州日報》和《時事新報·學燈》上發表《讀〈嘗試集〉》及《〈嘗試集〉正謬》，對《嘗試集》中詩作的具體字詞進行修改和批評，引起一場論爭。這場論爭歷時半年之久，參與之人眾多，最後，胡懷琛將論爭文章編纂成集——《嘗試集批評與討論》。這本詩學論爭集當屬現代新詩史上伴隨第一部新詩集而生的第一部詩學爭論專集，其意義當然不可小覷。只是從爭論之初至今，該集一直未受予重視。當初，胡適只是將胡懷琛視爲「不收學費的改詩先生」付之一笑，予以漠視。後來在《新文學大系·文學論爭集》的「白話詩及其反響」裏，收錄了反對新文學的學衡派胡先驌的《評〈嘗試集〉》，而對並不那麼反對新文學，相反，還曾再三提倡「新派詩」的胡懷琛的論爭，卻未曾留一席之地。此後，這場筆墨官司一直沉埋在歷史深處，學界少有人關注。稍有提及的多散見於鈎沉舊聞的文章〔註1〕，2001 年始有《給胡適改詩的筆墨官司》

<hr />

〔註 1〕如趙景深：《胡懷琛》，《文壇回憶》，重慶出版社 1988 年版；《記胡懷琛》，《我與文壇》，古籍出版社 1999 年版；徐重慶：《胡懷琛與新詩》，《文苑散葉》，東

〔註2〕一文重提舊事，介紹性地論述了這段公案。後有學者陳平原在研究《嘗試集》如何「經典化」的長文裏簡略提及〔註3〕。至今對此有專門研究的是姜濤的《「爲胡適改詩」與新詩發生的內在張力——胡懷琛對〈嘗試集〉的批評研究》〔註4〕，姜文以「改詩」事件爲切入點，從胡懷琛的身份及發言姿態，還原新詩發生期新舊詩壇碰撞的複雜格局，論述其「改詩」背後隱藏著的對詩歌之「新」的發明權的爭奪；再從詩學層面挖掘其爭論所暴露出來的新詩發生期的基本困境——「音節」問題所呈現出來的舊詩的「閱讀程序」，以及新詩表意方式的改變所導致的「意義」與「聲音」之間的內在張力。姜濤後在其專著《「新詩集」與中國新詩的發生》中，專門以「『新詩集』與新詩的閱讀研究」開闢章節，以「爲胡適改詩：胡懷琛的『讀法』」爲其中一節，從「音節」爭論所體現的以「聲音」爲中心的傳統誦讀方式，爲新詩以「意義」的邏輯關聯和轉換而導致的「私人性的閱讀」所取代，從而揭示出新詩成立的合法性關鍵。

　　無論是簡略提及，還是著文論述，對「改詩」事件的理解都基於一個相同的前提，即將其自然而然放在新舊之爭的場域來進行考察。由於胡懷琛及討論者計較於「音節」等細枝末節問題，而關於音節的討論，又與傳統詩韻問題纏繞在一起，在「五四」文學場域那種與傳統誓相決裂的西化氛圍中，胡懷琛最終只落得個「守舊的批評家」的歸屬。然而，這看似瑣細微末的「音節」之爭的背後，卻實在涉及對新詩發展道路的不同理解與設想。胡懷琛計較於詩中某個字改或是不改，其理念是基於漢語詩美原則。他與反對新詩的舊派的不同在於，他是在承認「新詩」的前提下，甚至是在自己也積極嘗試新詩的前提下，討論新詩之爲「新詩」的詩美問題。所以，本書將這場爭論定義爲新詩內部的路向之爭。我們知道，古代漢語詩的音樂美以聲調體現，當新詩拋棄了傳統詩詞以聲調體現的音樂美，以口語爲基礎的現代漢語新詩，便只能以「音節上的試驗」來體現其區別於散文的音樂性了。〔註5〕所以，

南大學出版社 2002 年版；薛冰：《大江集》，《金陵書話》，東南大學出版社 2002 年版；李力夫：《胡懷琛與大江集》，《民國雜書識小錄》，遠東出版社 2011 年版。

〔註2〕黃德生：《給胡適改詩的筆墨官司》，《讀書》2001 年第 2 期。

〔註3〕陳平原：《經典是怎樣形成的——周氏兄弟等爲胡適刪詩考》（一）（二），《魯迅研究月刊》2001 年第 4、5 期。

〔註4〕姜濤：《「爲胡適改詩」與新詩發生的內在張力——胡懷琛對〈嘗試集〉的批評研究》，《北京大學學報》（哲學社會科學版）2003 年第 6 期。

〔註5〕參見劉納：《新文學何以爲「新」——兼談新文學的開端》，《中國現代文學研究叢刊》2012 年第 5 期。

音節問題在這個時候上升爲新詩能否成立的基本問題。胡懷琛的爭論實際上是對新詩要求從音節聲韻上獲得更多的與傳統詩美相匹配的要素，或者說，他是在向新詩實踐索要漢語詩歌特有的語言聲韻之美。可以說，這場在當時被歸類爲「新」與「舊」之爭的事件，如果站在今天的立場返觀，它實際上涉及的是新詩的「美」與「新」的衝突。因爲胡懷琛立足於漢語詩美，所以他的「美」，不能不以傳統漢語詩美爲參照；而以胡適爲旗幟的新詩派，立足於出離漢語傳統詩歌的「新」，所以他的「新」不能不借力於西方。因此，這「美」與「新」的衝突背後，涉及的便是新詩的中西血脈問題了。新詩在當下所面臨的種種困惑，諸如漢語詩魂何在，漢語詩性的失落與再生問題，全球化語境中，新詩的文化身份焦慮問題……所有這些，我們都可以通過重新回到新詩發生的現場，檢點那些曾經被新文化正統力量所壓制了的歷史碎片，在解釋的循環中，既獲得對歷史的新的認知，也獲得對現實的新的啓示。基於這樣的想法，我們回過頭來重新閱讀《嘗試集批評與討論》，回顧胡懷琛爲胡詩改詩事件的始末。

第一節 《嘗試集批評與討論》的論爭焦點

由胡懷琛所引發的圍繞《嘗試集》的批評討論，從 1920 年 4 月起到 1921 年 1 月止，先後有劉大白、朱執信、朱僑、劉伯棠、胡澳、王崇植、吳天放、井湄、伯子等在《神州日報》、《時事新報》、《星期評論》等報刊發表論辯文章。按照胡懷琛的弟子王庚的說法，這次大的筆墨官司分爲兩大派，胡適一派分別爲：劉大白、朱執信、胡澳、王崇植、吳天放、井湄、伯子；胡懷琛一派分別爲：朱僑、某某、劉伯棠。〔註 6〕這十二人中，除劉大白爲著名詩人、文學史家，朱執信爲早逝的革命家、思想家外，其餘人都不爲我們今天所熟知。換句話說，參與討論的都是我們今天看起來陌生的、非新文化陣營領頭人物的一般讀者，他們的言說爲我們打開了新文學主流陣營之外的另一番天地。從派別人員分佈來看，支持胡適的人明顯多一些。聯繫前文所說《嘗試集》出版後的暢銷熱況，不難理解，《嘗試集》作爲新文學的產物，其廣泛接受，代表了當時驅新者的普遍心理。然而，當胡適在一邊「傲慢」地沉默時〔註 7〕，這些胡適

〔註 6〕王庚：《嘗試集批評討論的結果到底怎樣？》，胡懷琛《詩學討論集》，中山圖書公司 1971 年版，第 76 頁。
〔註 7〕從後文的論述來看，胡適對此場論爭其實並非無動於衷。

的「代言者」們究竟如何理解新詩？他們是否就代表胡適的聲音？胡懷琛所爭論的焦點又在何處？雙方在瑣細的末微之處不厭其煩地爭論所反映的又是怎樣不同的詩學觀念？

《嘗試集批評與討論》分爲上下兩編，上編主要圍繞音節問題，下編主要圍繞用字問題。上編的起點在胡懷琛於 1920 年 4 月發表在上海《神州日報》上的《〈嘗試集〉批評》。在文中，胡懷琛申明討論的是詩的好與不好的問題，並不是文言和白話的問題，也不是新體和舊體的問題。這個出發點與胡適截然不同，胡適嘗試新詩的目的正在於用白話取代文言，希冀創造出能夠容納現代漢語的新體詩。但無法忽略的事實是，早期白話自由詩確實在詩美問題上存在困境——過份的白話化與散文化喪失了漢語詩歌固有的詩性之美。胡懷琛之所以這樣表態，是出於強調自己的立場——對新詩不排斥。也就是說，他是在認可胡適所倡「新詩」的前提下，從詩美角度對胡適進行字詞的修改。我們且看胡懷琛究竟如何改的：

《黃克強先生哀辭》	《黃克強先生哀辭》
當年曾見將軍之家書，	當年見君之家書，
字跡娟逸似大蘇。	字跡雄逸似大蘇，
書中之言竟何如？	書中之言爲何如。
「一歐愛兒，努力殺賊：」——	「一歐愛兒，努力殺賊：」——
八個大字，讀之使人慷慨奮發而愛國。	讀此八字，使人精神奮發而愛國，
鳴乎將軍，何可多得！	鳴呼，此言何可再得。

《黃克強先生哀辭》這首詩改處有五：第一處，將第一行九個字改作七個字，與下面兩句七個字相對應，其理由是：「既然九個字與七個字無分別，就用七個字，使得更整齊。（如萬不得已，要用九個字，也無妨用九個字）」第二處，將「娟逸」改作「雄逸」，其理由是：親眼見到黃克強先生的書法，「很硬很健，不能算娟」。第三處，將第三行「竟」字改「爲」字，其理由是：「竟字下得太重，太著力，這裡用不著。」第四處，將「慷慨」二字改爲「精神」，其理由是：下文「奮發」二字，是說「精神奮發」，「倘沒此二字，奮發二字便無根」。第五處，將末行「何可多得」改作「此言何可再得」，其理由是，照原文看，全首並沒有說到黃先生死了，「何可再得」便是確說到他已死了，並且，將「將軍」改爲「此言」，與前兩行聯繫得更緊密，「再」字也和

開場「當年」二字聯繫起來，改後全首詩便首尾貫串了。

《蝴蝶》	《蝴蝶》
兩個黃蝴蝶，雙雙飛上天。	兩個黃蝴蝶，雙雙飛上天。
不知爲什麼，一個忽飛還。	不知爲什麼，一個忽飛還。
剩下那一個，孤單怪可憐；	剩下那一個，孤單怪可憐；
也無心上天，天上太孤單。	無心再上天，天上太孤單。

《蝴蝶》這首詩最後一句「也無心上天」改爲「無心再上天」，其理由是：「讀起來方覺得音節和諧。」

《小詩》	《小詩》
也想不相思，可免相思苦。	也要不相思，可免相思惱。
幾次細思量，情願相思苦。	幾度細思量，還是相思好。

《小詩》這首詩成爲後來爭論的焦點，其改處有三：第一處，將第一句「想」字改爲「要」，其理由是，和下文「相」字同是「一聲」（一平一上），讀起來很不順口；第二處，將第三句「次」改作「度」，其理由是，原文「次」和「思」音相近，讀不上口；第三處，將「苦」改作「惱」，其理由是，免去兩句末尾同用兩個「苦」字，這裡胡懷琛專門指出：「我也不是說一定不能用，不過能夠免去，還是免去的好，若是天生成的一種詩句，便是兩句完全相同，也決不能硬改。」

《送任叔永回四川》　第三節	《送任叔永回四川》　第三節
這回久別再相逢，便又送你歸去，未免太匆匆。多虧得天意多留作兩日，我做得詩成相送，萬一這首詩趕得上遠行人，多替我說聲「老任珍重珍重」。	這回久別再相逢，便又送君歸去，未免太匆匆。多虧得天公多留作兩日，我做得詩成相送，萬一這首詩趕得上遠行人，多替我說聲「老任珍重珍重」。

《送任叔永回四川》這首改處有二：第一處，將「你」字改爲「君」字。第二處，將第二行「意」字改爲「公」字。其理由是，「君」比「你」，「公」比「意」，聲音都長些，「讀起來方有天然的音節」。另外，胡懷琛批評其第四行完全是「西皮二簧」，「決不是新詩」。

憑心而論，胡懷琛所改之處有他一定的道理。其所改的標準是漢語的「詩

美」，而這個「詩美」原則是讀起來「音節和諧」。新詩成立之後，音節問題曾一度成為爭論的焦點。白話取代文言之後，大量雙音節、多音節詞取代了文言的單音節字；而文言本身有一種詩性的美，白話卻偏向於口語，白話替代文言必然導致傳統詩歌裏那種天然的多義而模糊的詩性美的缺失。胡懷琛的「改詩」正是意識到新詩白話化和散文化之後所帶來的漢語詩美的喪失，所以如此執著地糾纏於個別字詞的修改。當然，胡懷琛改詩的標準，沒有脫離傳統詩詞審美標準的參照，因為傳統詩詞將漢語的詩性之美已發揚至極，雖然這裡有文言白話之別，但白話新詩畢竟也是漢語詩歌，針對胡適所開創的在「斷裂」中求新，胡懷琛顯然更傾向於在「聯繫」中葆有漢語詩美。比如，《黃克強先生哀辭》將九字改為七字，以形成上下兩句整齊；《小詩》中避開兩個「苦」字重複──字形相同的字互押是文言詩所忌諱的；《送叔永回四川》中最後一句因接近「西皮二簧」而被其否定等。但其最為核心的標準，還是讀起來和諧與否，新詩的音節問題事實上確實是新詩詩美的核心所向，從這一點來看，「改詩」實不為過。其改詩衝突，起於「新」「美」之異，實際上涉及的是中西之路。這樣，兩人的對話就產生了文化路向上的偏差，而雙方的支持者為反駁對方所拿出的證據，雖顯得瑣細，有些甚至看似意氣無理，卻都能從其文化路向上尋繹出大致的審美趣向或詩學觀念。

首先，詩歌是否應該修改和能否修改的問題，這個問題涉及的是中西不同詩學批評方法問題。

就「改詩」本身而言，從胡適的覆信看上去，他對胡懷琛是不滿的。胡適並未直接覆信，而是寫信給編輯張東蓀，指出：「他這篇書評卻也別致，他不但批評，還替我大大的改削了好幾首詩，這種不收學費的改詩先生，我自然很感謝。但是我有一點意見，想借你的學燈欄發表。評書的人是否應該替作者改書，這個問題，我暫且不討論。我的意思以為改詩是很不容易的事，我自己的經驗，詩只有詩人自己能改的，替人改詩至多能貢獻一兩個字，很不容易，為什麼呢，因為詩人的『煙士披裏純』是獨一的，是個人的，是別人很難參預的，我想做過詩人的人大概都能承認我這話。」〔註8〕胡適的這種看法強調詩是個性表現，是個人性的獨創活動，其立論依據是個人主義，這也是西方現代文化的基石。胡懷琛同樣致信張東蓀就此問題說：「當改與不當

〔註8〕《胡適致張東蓀的信》，胡懷琛編《嘗試集批評與討論》，泰東圖書局 1925 年版，第 13～14 頁。《嘗試集批評討論》於 1923 年 3 月初版，1925 年 3 月三版，本文所涉及該書內容均引自 1925 年第三版。

改的問題，照普通說，處在批評的地位，是不能改作者的文字。但是我現在所批評的，是文字好不好的問題，我處在批評的地位，可以評他不好，這句話想是公認的。然好不好沒有界限，是因比較而生的。我現在評他不好，讀者必要問我，如何才算好，這是我不得不立個好的標準。所以我改他的詩，便是立個好的標準，和普通的改寫不同。」〔註9〕顯然，胡懷琛的回應也有其道理，批評者修改別人的作品，屬於中國傳統文學的一個小傳統，古代題壁詩常常引來網絡跟帖式的意見，其中就不乏改詩的動作；古人詩話詞話裏也有改別人詩的舉動，金聖歎評點《水滸》並腰斬《水滸》，也是連評帶改的範例。所以，胡懷琛的詩評裏流動的是傳統中國文學批評的血脈。這血脈在倡導個性主義的胡適看來，確實有不尊重個性的文化基因包含其裏，所以為胡適所不屑。關於新詩規範性的確立，當然不是胡懷琛個人所能完成的，然而胡懷琛的這番話卻表達出他試圖通過改詩來思考「怎樣的詩才是好的新詩」這個問題。胡懷琛的支持者們卻似乎並未意識到其初衷。朱僑強調改詩只要和作者原意不矛盾即可，既然改，一定是不好才會改，他認為胡懷琛在沒有違背原意的情況下改得好。而未署姓名的某位讀者甚至批評胡適的「傲慢」心理：認為其提倡文學革命以來「風頭出得十足」，「慣受人家恭維」，成為青年的「新偶像」，大家都是拿他的話做「金科玉律」，沒有人敢去批評的。胡懷琛這兩個支持者並未在詩學問題上討論具體問題，雖也是談改與不改的問題，但似並未理解胡懷琛的本意，而略有意氣之爭之嫌。

其實，西人的文學批評長於邏輯演繹，常常是宏闊大論，胡懷琛的批評與「改詩」卻是瑣細的字斟句酌。莊子有言，道之「無所不在」，「在螻蟻」、「在稊稗」、「在瓦甓」、「在屎溺」，〔註10〕中國人強調的是於微末與不起眼之處見精神。所以中國的詩歌批評盡是詩話詞話等瑣瑣碎碎的一類：古有賈島苦吟「推敲」的佳話，歷代詩論家有「紅杏枝頭春意鬧」一句中關於「鬧」字的爭論。稱贊者如王國維在《人間詞話》中說：「『紅杏枝頭春意鬧』，著一『鬧』字，而境界全出。」〔註11〕反對者如李漁說：「若紅杏之在枝頭，忽然加一『鬧』字，此語殊難著解。爭鬥有聲之謂鬧。桃李爭春則有之。紅杏鬧

〔註9〕《胡懷琛致張東蓀的信》，胡懷琛編《嘗試集批評與討論》，泰東圖書局 1925年版，第 15～16 頁。

〔註10〕《莊子·知北遊第二十二》，郭象注《莊子注疏》，中華書局 2010 年版，第 399頁。

〔註11〕王國維：《人間詞話》，上海古籍出版社 2008 年版，第 2 頁。

春，予實未之見也。……予謂『鬧』字極粗極俗，且聽不入耳，非但不可加於此句，並不當見之詩詞。」〔註12〕劉熙載認爲：「詞中句與字，有似觸著者，所謂極煉如不煉也。晏元獻『無可奈何花落去』二句，觸著之句也。宋景文『紅杏枝頭春意鬧』『鬧』字，觸著之字也。」〔註13〕同一「鬧」字便引來詩學研究者這麼多不同的理解，可見，對字詞的斟酌本身就是傳統詩學的題中應有之義。胡懷琛爲胡適改具體字詞，其背後無疑有著傳統詩學方法的參照尺度，而胡適強調詩人靈感的獨一無二性，強調他人很難參與，無疑是以西方現代性的自我表現觀念、或重邏輯推演的批評方法爲參照尺度。

其次，對「音節上的美感」的不同理解。這個問題涉及的是對新詩詩美標準的分歧。

新詩的特點首先是以白話取代文言，古代漢語以單音節爲主，具有簡潔、莊重而典雅的美學特點。當然，古代漢語詞彙中也有雙音節詞，如「倉皇」、「窈窕」之類的連綿詞，「琵琶」、「可汗」之類的外來詞，「公姥」之類的偏義複詞，「天子」、「布衣」之類的特定稱謂等等。但大多情況下，傳統詩詞仍以凝煉簡潔的單音節文言詞彙爲主。白話接近日常生活語言，具有口語化特點，其詞彙、句法與韻味都與文言有著很大區別。如何在新詩中最大程度地釋放白話口語的生命力與詩性，到現在都是一個無法徹底解決的重要問題。胡懷琛似並未糾纏於白話或者文言的問題，其「改詩」的標準，以是否符合「音節上的美感」爲標準，而這種標準的參照也是來自傳統。不獨胡懷琛如此，胡適及「胡適派」都實質上是在傳統詩詞押韻規範的參照裏進行言說。胡適爲求「自然的音節」之美而在用韻方面進行嘗試，其尋找合法性依據時都會回溯到傳統詩詞上。

胡適在覆信中未提及其他詩作，唯獨回應了《小詩》的修改，稱胡懷琛改得「都錯了」：

> 我的原題是「愛情與痛苦」，故有「情願相思苦」的話，況且「想相思」三個字是雙聲，「幾次細思」四個字是疊韻，胡先生偏要說「想」與「相」、「次」與「思」讀不上口，所以要改。這是他不細心的錯處，他又嫌我二四句都用苦字煞尾，故替我改押「惱」「好」兩字，

〔註12〕 李漁：《窺詞管見》，陳良運主編《中國歷代詞學論著選》，百花洲文藝出版社1998 年版，第 359 頁。

〔註13〕 劉熙載：《藝概・詞概》，陳良運主編《中國歷代詞學論著選》，百花洲文藝出版社 1998 年版，第 584 頁。

他又錯了。我這首詩是有韻的，押的是第二句和第四句的第二字，「免」和「願」兩字，這種押韻法是我的一種嘗試，好不好是另一個問題，但他的改本便把我要嘗試的本意失掉了。〔註14〕

這樣，便將雙聲疊韻和句中押韻問題擺上了臺面。在胡適的觀念中，白話由於雙音節詞彙的增加，要擺脫傳統詩詞固定語音結構的束縛，自然很大程度上依賴於雙聲、疊韻所形成的音樂之美以及不獨遵循於句末押韻，嘗試在句中進行押韻。然而，這與傳統詩詞的審美規範發生了衝突。胡懷琛依循傳統語法規範指出：利用雙聲字，一般是形容詞相連，如「叮咚」、「玲瓏」；疊韻如「蒼茫」、「迷離」一類，並沒有像他如此雙聲疊韻的；而對於句中押韻的問題，胡懷琛認為「第二句的第二字和第四句的第二字」這種押韻，看不出來「是他創造」的，即使認可這樣的格式，「讀起來也不好聽」：

> 我們讀的時候，在「可免」「情願」兩處，不得不停頓一下，而且這兩個要讀重些，下面各三字要讀輕些。這樣一讀，便變成上七下三的兩句詩。而且下三字都是幾幾等於無聲。（因為須讀得輕的緣故）。這還成個甚麼音節。〔註15〕

胡懷琛之言表達出兩點意思：其一，在詩中運用雙聲疊韻以及句中押韻，並非胡適首創；其二，即使如此利用，如果不能增強詩歌的音節之美，則這種嘗試並無必要。

胡適的支持者劉大白則從六朝詩句到張衡、沈括、杜甫的詩作等舉例論證雙聲、疊韻自古有之，如沈括的「幾家村草裏，吹唱隔江聞」，四個雙聲，並不是連綿的形容詞；「月影侵簪冷，江光逼履清」兩個疊韻，也不是「蒼茫」「迷離」一類的疊法。並指出，句中用韻在毛詩裏也多見。他還以杜甫的《杜鵑》詩：「西川有杜鵑，東川無杜鵑。涪萬無杜鵑，雲安有杜鵑」為例，說明其中「川」、「安」、「萬」都是押韻。〔註16〕但胡懷琛指出劉大白忽略了他所說的「利用」二字。對於「叮咚」、「蒼茫」一類的詞，他是指除了這樣的字，其他不必利用。因為利用二字「是用了能增加文字的優美，倘然不能增加文字的優美，又有他字可代，落得不用，像胡適之先生的詩，便是

〔註14〕《胡適致張東蓀的信》，胡懷琛編《嘗試集批評與討論》，泰東圖書局 1925 年版，第 14～15 頁。

〔註15〕《胡懷琛致張東蓀的信》，胡懷琛編《嘗試集批評與討論》，泰東圖書局 1925 年版，第 18 頁。

〔註16〕《劉大白致李石岑的信》，胡懷琛編《嘗試集批評與討論》，泰東圖書局 1925 年版，第 19～22 頁。

可以不用，他卻特別說出來，這是雙聲，這是疊韻。所以我不贊成」。〔註17〕
針對劉大白在古人成句中找到的例證，胡懷琛指出古人這樣的用法大致有三
個原因：

> （一）並非有意用雙聲疊韻，增加文字的優美，剛巧那兩字是
> 雙聲疊韻，卻也無法用它字代。……

> （二）古人故意用雙聲疊韻字做詩，算一種遊戲詩，和迴文、
> 限字、全平、全仄，是一類的。……

> （三）古人的成句如此，或者是古人的毛病，我們也不能全認
> 他是好。（好不好另有真理，不能將古人做標準）……〔註18〕

在胡懷琛看來，增加文字優美的雙聲疊韻需要兩字性質相同，聲調同輕
重，並且一句詩裏，用雙聲疊韻字不能超過半數，否則讀起來好像「口吃」。
〔註19〕胡懷琛還指出劉大白所援引之例《大雅》中的「文王曰咨，咨汝殷商」
一句，「文」「殷」、「王」「商」押韻，是很複雜的問題，《大雅》因要譜入管
絃，也許是受了樂譜的牽制生出這種變化。古詩中有很多是因為聲調的牽制
形成倒裝才有了句中碰巧押韻的情況，而胡適的詩與此並不相同。〔註20〕至
於《杜鵑》詩，胡懷琛認為「川」、「安」押韻顯得牽強，因《杜鵑》是無韻
詩，像古詩「魚戲蓮葉東，魚戲蓮葉西，魚戲蓮葉南，魚戲蓮葉北」，也都是
無韻的詩。胡懷琛還指出，胡適在《小詩》跋語中稱其用「生查子」詞調所
譜，既然是依詞調，就不能在中間押韻。〔註21〕這裡，胡懷琛對新舊的區分
意識特別鮮明，他不反對無韻詩，也就是說，押不押韻並不重要，但如若要
押韻，就應該遵從押韻規律，否則，不如寫完全自由的新詩。

胡懷琛的支持者劉伯棠也論及音節之美的實質問題。他指出《小詩》中
的押韻方法，顯得「奇異」，詩歌押韻是為了使音節和諧，以此表現詩人的優

〔註17〕《胡懷琛致李石岑的信》，胡懷琛編《嘗試集批評與討論》，泰東圖書局1925
　　　　年版，第23頁。
〔註18〕《胡懷琛致李石岑的信》，胡懷琛編《嘗試集批評與討論》，泰東圖書局1925
　　　　年版，第23～24頁。
〔註19〕《胡懷琛致李石岑的信》，胡懷琛編《嘗試集批評與討論》，泰東圖書局1925
　　　　年版，第29頁。
〔註20〕《胡懷琛致李石岑的信》，胡懷琛編《嘗試集批評與討論》，泰東圖書局1925
　　　　年版，第26頁。
〔註21〕《胡懷琛致李石岑的信》，胡懷琛編《嘗試集批評與討論》，泰東圖書局1925
　　　　年版，第29～30頁。

美情感，使讀者有美的享受，「所以從來做詩人，都是把押韻在句尾的一個字」，劉伯棠的言外之意，實際上是指出中國古詩之美在於句末的押韻，古詩中並不排斥句中押韻的，然而，如何押韻才美，卻不得不落實在句末。他指出胡適用的這種「特別的押韻法」，「既是第二字押得韻，那麼第三第四個字也都可押得麼」？那麼，「白話詩」長短不一，究竟如何押韻？劉伯棠強調其並不反對白話詩，只是對於新詩的「押韻」方法存在質疑，在他眼中，不押韻就簡直可不押，也能形成一種「自然的天籟」，但既然押了韻，就要體現出押韻之美。劉伯棠還指出，將胡適的詩「平心靜氣的吟誦」，確是如胡懷琛所言讀起來有不和諧的弊病。〔註22〕

　　胡適的支持者胡渙則認為胡適用嘗試之法，將韻押在中間，「正如前人和詩步韻，可以不照元韻的次敘」，所以，可以用「生查子」詞調來試驗嘗試的押法。〔註23〕胡懷琛在反駁時以胡適的另首詩歌《他》為例，指出其價值所在，正可以說明押韻在中間，但其格式和《小詩》不同。其一，八句都是「他」字在尾；其二，「愛」、「害」、「對」、「待」都在第四字，讀到這幾個字，自然而然會讀得重些；其三，此詩讀起來很自然，沒有一絲勉強做作，所以覺得好。並舉出《我的兒子》一節：

　　　　我實在不要兒子，

　　　　兒了自己來了，

　　　　無後主義的招牌，

　　　　於今掛不起來了。

　　胡懷琛指出：「這節是『自』『起』兩字押韻呢？還是兩個『來』字押韻呢？還是兩個『了』字押韻呢？還是竟沒有韻？」其意為，這些詩是自由詩體，無須在韻上去研究。但如若是依「生查子」所譜就應該嚴守其韻律規範，否則「那便無所不可了，一切的問題都不用討論了」。〔註24〕

　　與其他人不同的是，朱執信對「自然音節」有著不同的看法。他針對胡適在《談新詩》中所說「白話詩裏只有輕重高下，沒有嚴格的平仄」〔註25〕，

〔註22〕《劉伯棠致胡適之函》，胡懷琛編《嘗試集批評與討論》，泰東圖書局1925年版，第58～59頁。

〔註23〕《胡渙致李石岑函》，胡懷琛編《嘗試集批評與討論》，泰東圖書局1925年版，第64頁。

〔註24〕《胡懷琛致李石岑函》，胡懷琛編《嘗試集批評與討論》，泰東圖書局1925年版，第67～69頁。

〔註25〕胡適：《談新詩——八年來一件大事》，《胡適全集》（1），安徽教育出版社2003

並未像其他人那樣糾結於新詩用韻的問題，而是一針見血指出胡適對「音節」的含混之處，「似乎詩的音節，就是雙聲疊韻」，而且對「平仄自然」、「自然的輕重高下」，「說得太抽象」，「領會的人恐怕不多」〔註26〕。他敏銳地覺察到新詩如果僅僅只是尋求在雙聲疊韻上如何和諧，並沒有真正抓住新詩音律的要領。他提出「聲隨意轉」，「要使所用字的高下長短，跟著意思的轉折來變換」，〔註27〕將詩歌的聲律論從重外在聲律轉向了重內在聲律。傳統詩論主張「無韻者爲文，有韻者爲詩」，其固定的語音結構框架是中國古典詩歌的基本生存點，漢語詩歌獨立自足的「詩語」系統是以外在聲律爲中心的，所以詩歌都是以外在音節的和諧爲宗旨。內在聲律論使語義成爲詩歌聲律的中心，這也正合於胡適所謂「豐富的材料，精密的觀察，高深的理想，複雜的感情，方才能跑到詩裏去」。朱執信實質上是將不同於古代詩歌語音節奏模式的「語義」邏輯明確地闡釋出來〔註28〕，胡適對此非常認可，他在《嘗試集》再版自序中寫道：

> 我極贊成朱執信先生說的「詩的音節是不能獨立的」。這話的意思是說：詩的音節是不能離開詩的意思而獨立的……所以朱君的話可換過來說：「詩的音節必須順著詩意的自然曲折，自然輕重，自然高下」。再換一句話說：「凡能充分表現詩意的自然曲折，自然輕重，自然高下了，便是詩的最好音節」。古人叫做「天籟」的，譯成白話，便是「自然的音節」。〔註29〕

至此，胡適才明確了「自然的音節」與傳統詩歌語音節奏模式的根本區別，這是其傳統詩體的大解放所必須經歷的環節，而這個環節並非朱執信一語道破，胡適是在譯詩《關不住了！》的音節模式中尋找到的，從而與朱執信形成回應。當意識到這一點時，在雙聲疊韻問題上，胡適坦然承認雙聲疊韻「偶然順手拈來」可以增加「音節上的美感」，唐宋詩人做的雙聲詩和疊韻

年版，第 171 頁。

〔註26〕朱執信：《詩的音節》，胡懷琛編《嘗試集批評與討論》，泰東圖書局 1923 年版，第 31 頁。

〔註27〕朱執信：《詩的音節》，胡懷琛編《嘗試集批評與討論》，泰東圖書局 1923 年版，第 34 頁。

〔註28〕參見姜濤：《「新詩集」與中國新詩的發生》，北京大學出版社 2005 年版，第 106 頁。

〔註29〕胡適：《嘗試集·再版自序》，《胡適全集》（1），安徽教育出版社 2003 年版，第 202 頁。

詩，都只是遊戲，不是做詩。這不正與胡懷琛所說一致嗎？但不同的是，胡適指出其不同於傳統詩詞雙聲疊韻的根本之處在於：詩的音節不能離開詩的意思而獨立。爲回應胡懷琛的批判（依「生查子」譜詞則不應該嘗試句中押韻），胡適舉出《生查子》一詩表示其中一、五句都不合正格，但由於其依著詞意的自然音節的緣故，而並不覺得他不合音節。〔註30〕正是由於二者的出發點與參照系不同，對於「音節上的美感」問題才產生了如此大的分歧。《嘗試集》掙脫傳統的痕跡本身也表明胡適在中西血脈問題上的複雜性，傳統成爲胡適欲擺脫卻又無法完全擺脫的陰影，西化是胡適最終掙脫傳統的方法和路向。而胡懷琛則是在不排斥舊詩的前提下，以傳統詩美規範爲參照來要求新詩。這些「音節」之爭，看似細微瑣屑，背後卻隱藏著各人對新詩美學規範問題的思考。

再次，對新詩中現代漢語規範問題的思考。

「音節」之爭方興未艾，胡懷琛又在《時事新報・學燈》上發表《〈嘗試集〉正謬》一文。如果說在《〈嘗試集〉批評》中，胡懷琛以音節是否和諧爲標準爲胡適改詩的話；那麼此文，則是以用字是否準確爲標準。這次所改詩作爲《一顆遭劫的星》、《我的兒子》、《三溪路上大雪裏一個紅葉》、《病中得多秀書》四首。《一顆遭劫的星》所改之處爲「那顆星再也衝不出去了」中的「去」字應改爲「來」。其理由爲：原來星被雲遮了，人在雲下，星在雲外，我們恨不看見星，前面說「好容易一顆大星出來」中的「來」字用得不錯，後面卻錯了，想是押韻之故，但也不應該如此。《我的兒子》所改之處爲將「兒子自己來了」的「自己」改爲「偶然」或「偏偏」。其理由爲：按照語言習慣，用到「自己」二字，當是表明和以外的人完全沒有關係，而「兒子自己來了」一句在事理邏輯上有誤。「花落偶然結果」一句中「偶然」應改爲「自然」。其理由爲：照理說，開花結果是自然之事，開花不結果，才是偶然的。《三溪路上大雪裏一個紅葉》所改之處爲「雪色滿空山」中的「雪色」和「抬頭忽見你」中的「抬頭」用得不對。其理由爲：雪色並不是雪的整體，色是浮在空中可見不可即的東西，凡用色字，大都是遠景。「雪色滿空山」後接著說「踏雪摘下來」，那踏雪自是身在雪中，非遠景而是近景了。「抬頭」二字，既然要抬頭，那紅葉便很高了，既然很高，如要摘下，一定要爬樹，所以不合常

〔註30〕　胡適：《嘗試集・再版自序》，《胡適全集》（1），安徽教育出版社 2003 年版，
　　　　　第 202 頁。

情。想像當時情形，當是一株很矮的小樹，樹上一個紅葉，他隨手摘下來，所以不用「抬頭」而應該用「舉目」。《病中得冬秀書》中「也是自由了」中的「自由」誤當動詞用，不合語法規範。

胡懷琛的此次改詩再次證明了其立場並非舊派：他並非站在舊的立場上反對新詩，而是站在「新詩」的立場上來談「新詩」。此時的胡懷琛似乎不再糾纏於音節美不美的問題，而是討論白話用字當不當的問題。新詩的成立是白話攻破文言的戰利品，胡懷琛作為漢語詩美的守護者，似乎也被「五四」那個時代裏攜而來的「西化」潮流所帶動。看上去，他是在思考新詩語言的規範性問題。新詩既然用白話寫成，白話成為取代文言的現代漢語，在詩歌中成為一種新的具有詩性的書面語，建立規範性是必須的。那麼在新詩中，如何讓現代漢語既規範而精準，又能很好地表達詩意，這既是現代漢語在當時面臨的重要問題，也是新詩必然會面臨的基本問題，在新詩草創時期由胡懷琛批評引發出來，形成爭論，當屬新詩歷史上不應忽視的一頁。

胡懷琛針對王崇植批評其過於機械、將他人的詩拿來刪改是專攻辭藻之舉指出：胡適的詩從王崇植所論詩的「意」與「形」兩方面看，屬於「意美形式不美」，不能算「上詩」，嚴格說起來，導致這種情況的原因就是其「用字錯」，而非「詞藻問題」。胡懷琛強調「詞」而非「藻」，表明其意在新詩的用詞規範，即現代漢語規範問題。他還指出胡適在《寒江》一詩中「浮冰三百畝，載雪下江來」，曾注：「畝字楊杏佛所改。原作丈，不如贈字遠矣。」在這一點上，無論胡懷琛改得是否合適，其初衷與胡適是一致的。《嘗試集》是胡適為造就「文學的國語」而創造「國語的文學」所發起的攻堅戰的代表性果實。新詩成立之初，適應新時代的新需要的「歐化的白話」，充分吸收了西洋語言的「細密的結構」，以表達「複雜的思想、曲折的理論」，而成為當時白話文學語言的主要趨勢。胡適遵從楊杏佛之意將「丈」改為「畝」，正是出於強調新詩之現代漢語的精準性。胡懷琛身處那樣一個西化的時代，雖堅守漢語詩美陣線，但也難免會受整體趨勢的影響。對於「來」與「去」的問題，他指出乃是方向的差誤，應該糾正，並舉例道：譬如有人在門外，我們要他進來，應該說：請進來！在英文說 Come in！無論在中文在英文，同是一樣，同是不能差誤的。又舉例道，譬如我在上海，我的情人在濟南，我寫信給伊，說道：我很想見見你！希望你向南邊來走一遭！這樣便不差，又如說道：我很想見見你，希望你向北面去走一遭！這樣說請問差不差？果然他往

北走去，那愈走愈遠，愈不能見面了。〔註 31〕胡懷琛強調，詩裏的事實可眞可假，但用字決不能錯。當現代漢語取代古代漢語之後，如何在西化的新詩中發展漢語之美，這種美已經不同於古代漢語多義而模糊的詩性美，而是偏於西化、講求精準的美。胡懷琛在自身無形中受到西化影響時，在講求新詩語言的精準化時，準和不準，其詩學出發點，仍然還是詩美的原則。這看似有些迂腐的糾纏，其背後的立場，仍然是出於思考與維護新詩的漢語詩性之美。

當胡懷琛親近新詩，出於對現代漢語的規範性的思考而爲胡適改詩時，胡適的支持者卻有從傳統韻律方面來反駁他的。如井湄在反駁胡懷琛對「來」與「去」的辯論時，認爲胡適原字「去」用得好，是因爲押韻之故，顯得聲好，改句不押韻，反而不好。「舉目」沒有「抬頭」「響亮」，「讀起來便覺得拗口了」。〔註 32〕井湄的批評主要從意、色、聲三個方面，雖則維護胡適，其評價參照實乃爲傳統。伯子在反駁時認爲胡適用「去」，是「以星對雲而言，不是以星對人而言」，若是改爲「來」，便沒有「神氣」，「不但聲韻不好罷了」。〔註 33〕伯子在這裡所強調之「神」與「氣」，都是中國傳統詩學體系中的概念術語。與胡懷琛比起來，胡適的支持者們批評的參照倒似乎更顯得曖昧不明。

再次，對新詩性質的不同思考。這個問題涉及的是新詩的文學性與科學性問題。

針對胡懷琛的《〈嘗試集〉正謬》，王崇植指出其評詩過於「機械」：「文學不比科學，另有文學的特彩。」新詩應該具有文學性，如果用科學眼光看詩，則其詩意全失。用機械的方法評詩所指出的「差誤」並非「詩」的「差誤」，因爲「詩裏的事實可眞可假，只要其意可取就夠了」。王崇植所理解的新詩的「文學性」重在「內感」而非形式。在他看來，詩應該定義爲「一種天籟或者是自然的歌曲」，兼具「內感」和「形式」兩個方面，「內感」是指「造意」，「形式」則包括「修辭諧韻」。兩者兼具才是「上詩」，「意美而形式不美者次之」，「專攻辭藻斯其下矣」。〔註 34〕對詩的等次所做的分類，可以看

〔註31〕《胡懷琛給王崇植的信》，胡懷琛編《嘗試集批評與討論》，泰東圖書局 1925年版，第 19 頁。

〔註32〕井湄：《評〈嘗試集正謬〉及〈嘗試集〉裏的原作》，胡懷琛編《嘗試集批評討論》，泰東圖書局 1925 年版，第 52 頁。

〔註33〕伯子：《讀胡懷琛先生的〈嘗試集正謬〉》，胡懷琛編《嘗試集批評討論》，泰東圖書局 1925 年版，第 55 頁。

〔註34〕《王崇植給李石岑的信》，胡懷琛編《嘗試集批評與討論》，泰東圖書局 1925

出王崇植對新詩「意」的重視，他指出：「評詩的立足點是應先在作意上，再推到形式上去，你卻專站在機械方面，且把他人的詩來刪改，改了做成首笨詩罷了。」〔註35〕詩人作詩憑藉一時的靈感和衝動，這種詩性思維不受日常邏輯定勢的束縛，在此方面，詩歌中的文學性常常與科學性相衝突。

其實，胡懷琛並非不知詩的文學性問題，他所舉之例如「竹外桃花三兩枝」、「輕舟已過萬重山」，也是爲說明桃花究竟有幾枝，到底有幾重山，是斷說不清楚也不需要說清楚的。但他強調需要「拿科學的方法來說文學的構造」，其理由是，中國舊文學家不知道科學的方法，他們說的話，大半是糊糊塗塗，知其當然，不知其所以然。所以，胡懷琛表示很想矯正這種現象，處處採取分析評論好不好，並指出所以然的理由。既然研究哲學精神學的人，都拿科學做根據，都用著科學的方法，那麼研究文學，也要用科學的方法，才能矯正中國舊文學家的弊病。〔註36〕胡懷琛的這種理解想是當時風氣所致，果然其後吳天放作文批評時還畫了圖形表示人、雲、星的距離和位置，來證明究竟該用「來」還是「去」。吳天放在反駁胡懷琛對《我的兒子》中「自己」一詞的批評時，還指出當時的特殊情形：「我輩青年，男女間有一種『床笫行爲』確不像老年人爲嗣續主義所驅迫，生子育兒，有時難爲因果關係，不過是附帶而來。適之先生更會掛有無後主義的照牌，說是『實在不要兒子』，而兒子不由他竟來了。所以他說『兒子自己來了』。」〔註37〕此說可見當時青年對於性和婚姻不同於傳統的新觀念。吳天放批評胡懷琛沒有把上下文前後句貫串檢點，設身處地想像作者所處情境，便貿貿然對於上面私意的某字某詞抽出來作零碎的抨擊，並說「地理關係的詩《三溪路上大雪裏一個紅葉》，至少要把三溪路的情形閉著眼去神遊一番才是」。〔註38〕將詩歌批評落實到字詞、語法規範以及物理、地理等科學範疇，也表明「五四」那個時期追求科學的「西化」風氣之盛。吳天放一方面強調詩是一種心聲，應該沒有拘束的

　　　　年版，第 10 頁。

〔註35〕《王崇植給李石岑的信》，胡懷琛編《嘗試集批評與討論》，泰東圖書局 1925
　　　　年版，第 11 頁。

〔註36〕《胡懷琛給王崇植的信》，胡懷琛編《嘗試集批評與討論》，泰東圖書局 1925
　　　　年版，第 26 頁。

〔註37〕吳天放：《評胡懷琛的〈嘗試集正謬〉》，胡懷琛編《嘗試集批評與討論》，泰
　　　　東圖書局 1925 年版，第 34 頁。

〔註38〕吳天放：《評胡懷琛的〈嘗試集正謬〉》，胡懷琛編《嘗試集批評與討論》，泰
　　　　東圖書局 1925 年版，第 38 頁。

規律和一定的標準，也沒有好與壞的區別，所以不該用「謬」或「不謬」；但另一方面，他又不自覺地認可胡懷琛對於雪、雪色等地理空間的區分，試看其對《三溪》一詩的辯護：

> 論雪色一段可取的部分理也甚明，想適之先生應早懂這些，但懷琛先生何以見得「雪色」僅僅用於遠景？何以見得「雪色滿空山」一句一定近景？因下句緊接「抬頭忽見你」嗎？請問，這個「你」——紅葉，是一定在「雪色滿空山」的「空山裏」？批評者苟細心把全詩省察，似可勿說「抬頭」兩字毛病。你看，詩題不是《三溪路上大雪裏一個紅葉》？首句不是「雪色滿空山」？從溪山兩字可想知這條路不是康莊大道，多許是斜面漸高的小路，適之先生走這路也許像登嶺升階，紅葉在前似必須「抬頭」卻可不必爬上樹去。下句「踏雪摘下來」用「踏雪」兩字便可明白了。「舉目」二字雖可通用，然終不及「抬頭」二字之神情若現，蓋走「上路」的人，凡舉目可見而有時往往仰面抬頭，如不信，試登嶺看。〔註39〕

胡懷琛在反駁時仍然說：「他（吳天放）所給的圖，仍舊人在下，雲在中，星在上，既然如此，人欲看見星，一定要說他衝出雲來，決不能說衝出雲去，他的圖完全無用。」〔註40〕又說：「紅葉一詩，作者看見紅葉時，並不限定在近處，也許是向斜面的山上慢慢走上去，我說不對，因為一個紅葉，是很小的，在滿山的大雪裏，很不容易看見，人能看見他時，一定離他不多幾步了。如說『雪色滿空山』是離開山好幾里路望雪的口氣，這樣那裏看得見紅葉。」〔註41〕

這種說法看似流於瑣屑微末的辯護，其實正是五四「科學」與「民主」之科學精神在新詩批評中的體現。但細讀之，我們發現此種批評遍及《嘗試集批評與討論》一書之中，可見這樣的思維是當時讀者的普遍心態。它以一種近乎饒舌的爭辯，推進著時人對於新詩應該如何在文學性與科學性之間獲得辯證的認知。這樣的論辯，有時候顯得牽強和跑題，有時候又顯得真理越

〔註39〕　吳天放：《評胡懷琛的〈嘗試集正謬〉》，胡懷琛編《嘗試集批評與討論》，泰東圖書局 1925 年版，第 36 頁。

〔註40〕　《胡懷琛解釋胡渙、吳天放二君的懷疑》，胡懷琛編《嘗試集批評與討論》，泰東圖書局 1925 年版，第 40 頁。

〔註41〕　《胡懷琛解釋胡渙、吳天放二君的懷疑》，胡懷琛編《嘗試集批評與討論》，泰東圖書局 1925 年版，第 41 頁。

辨越明。胡適的支持者伯子在《讀胡懷琛先生的〈嘗試集正謬〉》中,對「雪」與「雪色」的分析就顯得頗具道理:

> 「雪色滿空山,抬頭忽見你」這兩首詩,就是說:所看見的,是滿山的雪色,後來偶一抬頭,卻看見一個紅葉,都是視覺所接受著的東西。所以下句用「見」字,上句用「色」字,「色」字和「見」字,是互相照應的,我們讀這二首詩想見他當日的景色,那一個紅葉,在一片白色的中間,便覺得非常好看,那麼適之先生,用這個「色」字,來襯托下面的「你」字,把當日的景色,活畫得畢真,難道是不好嗎?假使我們把「雪色」二字,改做「大雪」,便不成詩……〔註42〕

這裡從意象、意境的角度來論述「雪色」二字,從文學性出發進行批評與其他人在科學性問題上較真略顯出些不同。不過,更多的言論,仍然計較於胡適當日與紅葉上下距離的遠近高低等內容,此處不必贅言。

第二節　不同詩學觀念與新詩的兩條發展路向

奇怪的是,素來以謙和著稱的胡適,對於「改詩」事件及其熱鬧的討論保持「傲慢的沉默」〔註43〕。在這場沸沸揚揚的討論中,胡適只是簡單回覆了兩封信件,一般學者也都認為胡適不屑與胡懷琛爭論,在《嘗試集》的再版序言中,也只是以「守舊的批評家」「輕輕打發,甚至不提論敵的姓名」〔註44〕。但其實,胡適並非「傲慢」,也沒有不屑,相反,我們細細閱讀,會發現,胡適其實是有所回應的。所謂在《嘗試集》再版自序中不點名地批評胡懷琛為「守舊的批評家」,是指以下這段內容:

> 不料居然有一種守舊的批評家一面誇獎《嘗試集》第一編的詩,一面嘲笑第二編的詩:說《中秋》、《江上》、《寒江》……等詩是詩,

---

〔註42〕伯子:《讀胡懷琛先生的〈嘗試集正謬〉》,胡懷琛編《嘗試集批評與討論》,泰東圖書局1925年版,第61頁。

〔註43〕姜濤在其文中指出:「這似乎是新文學家一致的態度」。所引證之例為錢玄同寫給胡適的信中說:「我覺得胡懷琛這個人知識太淺,『國故』尤非其所知,他的話實在『不值得一駁』,大可不必去理他。」

〔註44〕陳平原:《經典是怎樣形成的——周氏兄弟等為胡適刪詩考》(二),《魯迅研究月刊》2001年第5期。

第二篇最後一些詩不是詩；又說，「胡適之上了錢玄同的當，全國少年又上了胡適之的當！」我看了這種議論，自然想起一個很相類的故事。當梁任公先生的《新民叢報》最風行的時候，國中守舊的古文家誰肯承認這種文字是「文章」？後來白話文學的主張發生了，那班守舊黨忽然異口同聲的説道：「文字改革到了梁任公派的文章就狠好了，盡夠了。何必去學白話文呢？白話文如何算得文學呢？」好在我的朋友康白情和別位新詩人的詩體變的比我更快，他們的無韻「自由詩」已狠能成立。大概不久就有人要説：詩的改革到了胡適之的《樂觀》、《上山》、《一顆遭劫的星》，也盡夠了。何必又去學康白情的《江南》和周啓明的《小河》呢？」

胡適要表明的大約是譏諷胡懷琛跟不上時代滾滾向前的車輪，以胡適此時的心境，早認爲《嘗試集》第一編中的詩近於舊詩，「檢直又可以進《去國集》了」，即便是第二編的詩，也還大多「脫不了詞曲的氣味與聲調」，而胡懷琛居然認爲這樣一些詩乃是「詩」，從而否定胡適津津樂道的「純粹的白話新詩」。胡適編選《嘗試集》旨在刻意塑造出一個小腳放大的進化創作過程，以表現新詩如何掙脫傳統而成立，直到《關不住了！》才找到新詩成立的紀元。至此，胡適對新詩的想像終在西化的路向上完成。胡適在再版自序中批評胡懷琛的「守舊」，是站在「新」的立場上的，而這個「新」實質上是一種「西化」的立場。「五四」是一個「西化」的時代，在新文化派人觀念裏，新舊問題是等同於中西問題的。新者就是外來之西洋文化，舊者就是中國固有之文化，兩者勢如水火，絕不相容。雖然胡適的嘗試一直與傳統有著千絲萬縷的聯繫，但他的背後卻有著強烈的擺脫傳統的意圖，所以他之批評胡懷琛的「守舊」是以西化爲參照背景。

胡適一方面不指名道姓地冷嘲熱諷一番，另一方面，又接著用大量的篇幅大談特談其音節的嘗試。從雙聲疊韻到「自然的音節」，還特別又提到《小詩》的用韻問題。回顧胡適第二封答胡懷琛的信中所説：「嘗試集裏的詩，除了《看花》一首之外，沒有一首沒有韻的。我押韻有在句末的，有在倒數第二字的，都不用舉例。還有在倒第三字的（如《應該》一首的『望著我』押『想著我』）有在倒第四字的（如《小詩》的『免』押『願』）有在倒第三和第四字的（如《我的兒子》一首詩『教訓兒子』押『孝順兒子』）有完全在句裏的（如《一顆星兒》的『我望遍天邊，尋不見一點半點光明』一句中押韻

七次）。」〔註45〕對於胡懷琛所要求的「最後的解決」，胡適回敬道：「照先生的話看來，先生既不是主張新詩，既是主張『另一種詩』，怪不得先生完全不懂得我的『新詩』了，以後我們盡可以各人實行自己的『主張』，我做我的『新詩』，先生做先生的『合修詞物理佛理的精華共組織成』的『另一種詩』，這是最妙的『最後的解決』」。〔註46〕既然胡適表示各行各的主張，既然對胡懷琛這種「守舊的批評家」不屑一顧，又何必花篇幅花筆墨大談特談詩中用韻問題呢？不僅如此，胡適在再版自序中還自稱「戲臺裏喝彩」，「老著面孔」，自己指出「舊詩的變相」、「詞曲的變相」、「純粹的白話新詩」，並且道出其中緣由：「我自己覺得唱式做工都不佳的地方，他們偏要大聲喝彩；我自己覺得真正『賣力氣』的地方，卻只有三四個真正會聽戲的人叫一兩聲好！我唱我的戲，本可以不管戲臺下喝彩的是非。我只怕那些亂喝彩的看官把我的壞處認做我的好處，拿去咀嚼仿做，那我就真貽害無窮。」這豈不是再次回應了《嘗試集》的批評與討論嗎？

這些言論可見，胡適對於《嘗試集》的批評與討論，並非漠不關心，他之所以採取表面漠視的態度，一方面因為覺得那些爭論，批評也罷，贊成也罷，似乎與他進化論的新詩觀念相去甚遠。既然如此，就沒有必要對話。在胡適眼中，胡懷琛完全不懂他的「新詩」，二者並沒有交集。另一方面，胡適並非不想爭論，只是在這場看似瑣碎的討論中，胡適在沒能凝結成總體性的文章予以全面回應的情況下，他不想輕率地融進這種瑣碎之中。這也符合胡適一貫的治學態度與風格，他所受到的學術訓練，強調歷史的、總體的、宏觀的理論性與邏輯性的思考，而不是流於這種瑣細的微末之爭。果然，在《嘗試集》再版自序中，胡適就予以了全面的回應。

相較於新文化陣營其他人而言，胡適對論敵的態度是有一種西人伏爾泰所主張的誠懇的尊重的。像錢玄同、鄭振鐸等人則表示根本不應該理睬。錢玄同在1920年10月給胡適的信中提到：

> 再版的《嘗試集》收到了。謝謝。我覺得胡懷琛這個人知識太
> 淺，「國故」尤非其所知，他的話實在「不值得一駁」，大可不必去

〔註45〕《胡適答胡懷琛先生的信》，胡懷琛編《嘗試集批評與討論》，泰東圖書局1925年版，第47頁。

〔註46〕《胡適答胡懷琛先生的信》，胡懷琛編《嘗試集批評與討論》，泰東圖書局1925年版，第46頁。

理他。〔註47〕

　　錢玄同在提及《嘗試集》再版時勸胡適不必理睬他，認爲其知識淺，不知「國故」，想必也是因爲看到胡適的再版序言感覺到胡適有所回應之故吧。《文學旬刊》1921 年第 19 期上的一則通訊，也能看出當時新文化派對胡懷琛的不屑。有一位署名孫祖基的讀者在致西諦（鄭振鐸）的信中說：

　　　　胡懷琛君《新文學淺說》先生曾經看過麼？我很想就自己所見
　　到的暢暢快快做一篇評論；無如事情太忙，幾天晚上在十一點鐘後
　　預備伸紙磨墨，但是終不成文。我們自己雖在文學上沒有天才和研
　　究，但是有些地方實在看不過，也想說幾句話（你不知道廈門一帶
　　當他是現代文學家：此間有許多學生也是這樣隨聲附和）然又被時
　　間所壓迫，真好使我們苦惱到極頂呀！〔註48〕

　　這位讀者究竟爲何要批評胡懷琛的著作，其語焉不詳。此信間接傳達出胡懷琛當時身份的曖昧與尷尬：在新文化派人看來，胡懷琛無疑屬於舊派；而對於另一部分人來說，他卻是「現代文學家」，並且追隨之人不少。這位讀者想必是力挺新文化派之人，對於胡懷琛享譽「現代文學家」的稱號極感不滿。胡懷琛當時著述確實不少，1920 年代在新詩及新文學研究方面就出版有《白話文談及白話詩談》（廣益書局，1921）、《新文學淺說》（泰東圖書局，1921）、《嘗試集批評與討論》（泰東圖書局，1923）、《新詩概說》（商務印書館，1923）、《詩學討論集》（曉星書局，1924）、《小詩研究》（商務印書館，1924）等，儼然以「新詩」代言人的姿態出現在讀者面前。這對於新文化派人來說，自然會引起反感。西諦在覆信中說：

　　　　前接先生來信，即購《新文學淺說》來略看了一下。胡君似乎
　　把文學的定義定得過於寬泛離奇了。所以竟把火車的行車時刻表和
　　學校裏的課程表都舉以爲例，當時也很想把他批評一下。因爲沒有
　　時間，且以此爲不大重要之故，至今未能下筆。今又得你的來信，
　　極想乘此即把他批評批評。但是仔細想了一下，又犯不著費許多工
　　夫去批評這本小冊子。因爲胡君的書雖是有許多錯誤之處，而根本

〔註47〕錢玄同：《錢玄同文集》（6），中國人民大學出版社 2000 年版，第 96 頁。
〔註48〕《通訊》，《文學旬刊》1921 年第 19 期。筆者查證此信收入《鄭振鐸全集》
　　　　（16）時有改動，改動之處爲：將「無如」改作「無奈」，將「十一點鐘後」
　　　　改作「十一點鐘以後」。（《鄭振鐸全集》（16），花山文藝出版社 1998 年版，
　　　　第 486 頁）

上尚無與我們絕端背馳，如禮拜六等貽毒青年的地方，所以無必需
指謫的理由。且現在大家的毛病，在於毫無文學常識。所有文學的
定義和原理，大家都還未能弄得清楚。所以對於胡君之言，信者尚
多。如果正確的文學原理能夠普通的灌輸於大家腦中，這種學說就
會自然而然的消滅無存了。我們現在的責任，不在於作這種勞而無
大效的空批評，乃在極力介紹這樣正確的文學原理。……〔註49〕

　　西諦的不屑是顯而易見的。他批評胡懷琛沒有「文學常識」，對文學的理
解與定義過於「寬泛離奇」，但又不屑於著文批評，雖說並未將之置於如「禮
拜六」那樣毒害青年的一派，但也根本未將之放在眼中。在新文化派看來，
胡懷琛的追「新」是滑稽可笑的，而在當時新文學剛剛建立之初，對新文學
的常識、定理還沒有統一的規範時，如胡懷琛一類的人其實還很多，所以鄭
振鐸認為更重要的是如何建設新文學，普及新文學常識問題。作為新文學之
重要部分的新詩，在掙脫舊詩格律束縛之後，將中國幾千年來所形成的詩國
傳統的精髓——聲律丟棄之後，如何在剛剛成立的「新詩」中重鑄現代漢語
的詩美，這個問題，相當複雜。胡適之所以反覆不厭其煩地談論其詩是如何
如何押韻，如何如何進行音節的嘗試，所要證明的無非是「新詩」同樣具有
音節之美。然而，對於當時的人來說，一個深入人心的詩美原則被打破後，
詩歌走向分崩離析，新詩作為新的事物，由於沒有形成統一的規範，各人心
中對新詩的想像不盡相同，因而對於什麼樣的新詩才是好的新詩，並沒有一
致的解決，才會引來不斷的爭論。在舊詩審美成規的影響之下，一種深入人
心的集體無意識——詩歌需要音節之美方能唱的問題被擺上臺面。這恰恰就
是《嘗試集批評與討論》中一個糾纏得沒有結果的問題。西諦的話間接地道
出了新文化派先鋒們對胡懷琛不屑的緣由：這種「勞而無大效的空批評」是
沒有必要的，必要的是極力介紹「正確的文學原理」。那麼，何謂「正確」？
「新詩」究竟該如何建設？這些問題卻又並未得到很好的解決。

　　對應於《嘗試集》的批評與討論，《文學旬刊》也登載過不少關於「新詩」
問題的通信。如在第 24 期有一位署名鄭重民的讀者來信說：

〔註49〕《通訊》，《文學旬刊》1921 年第 19 期。筆者查證此信收入《鄭振鐸全集》（16）
　　　　時有改動，改動之處為：「竟把火車的行動時刻表……都舉以為例」這句後面
　　　　的標點「。」改為「！」；將「當時也很想把他批評一下」這句後面的標點「。」
　　　　改為「，」；「極想乘此即把他批評批評」一句中的「極」字刪去。（《鄭振鐸
　　　　全集》（16），花山文藝出版社 1998 年版，第 485 頁）

有許多稍有舊式文學的根底（？）的青年，都不十分反對新詩，
但他們有個共通的不滿意於新詩的地方，就是說舊詩可以上口吟誦
而新詩則不能。我以爲眞的新詩，少不了音節；有了音節，豈有不
可吟誦之理？……〔註50〕

這種說法與胡懷琛是一致的，可見持此論調的人在當時非常普遍，但是
聲援胡懷琛的人卻寥寥無幾，更多的是像孫祖基那樣的讀者，刻意劃清界限，
雖擺明西化立場卻又並未眞正擺脫傳統。正像胡懷琛在給胡適的信中總結《嘗
試集》的批評與討論時所說，討論者「大抵是迷信著先生罷了」，道出了時人
的騖新心理。《文學旬刊》第 25 期登載了這位鄭重民的《我的詩說》，文中特
別提出詩的四個要素之一「文字的音節」，其文指明是「爲『新舊之爭』而發」，
「他們的爭點，好像集中於音節和格律二者」。這裡的「新舊之爭」當即指胡
懷琛改詩所引發的批評與討論。這一方面反映當時《嘗試集》的批評與討論
影響之大之廣，另一方面也可見出，當時多數讀者對「新詩」的「音節」問
題普遍存在疑問，胡懷琛對於新詩的認識代表的其實是當時新文化陣營之外
的這些更多的讀者。他們普遍認爲新詩必須繼承古典詩歌「可唱」「可誦」的
傳統，這實際上是在傳統詩歌體系的參照之下，對新詩之美的一種想像，而
這種想像與新文化陣營的胡適們對新詩的想像是不同的。新文化陣營對於新
詩的想像是完全擺脫傳統，使中國詩歌產生一種與傳統截然不同的「新」質，
這種「新」質的產生必須借助於西方資源才能完成。西化的訴求在他們那裏
常常與傳統二元對立、水火不容，所以，在對「新詩」好壞、美醜進行判斷
的尺度上，他們追求「絕端的自由」，徹底丟棄傳統詩歌的韻律。西諦在回覆
鄭重民的信中就說：

關於詩是否必須上口吟誦的問題，我想很應該討論。現在抱這
種思想——新詩不能吟誦——的人太多了。不可不把他們的疑惑打
破。新詩的不好，我很承認；自有新詩以來，實沒有幾首好詩出現。
但這決不是有韻無韻的關係。大部分的新詩，都是有腳韻的，但是
不配稱作詩；周作人君有一首《小河》，是散文詩，不用韻的，但確
是一首很好的詩。詩不一定要韻，更不一定要上口吟誦。〔註51〕

西諦的回信也透露出這個信息，即當時的讀者普遍對新詩抱持懷疑態

〔註50〕《通訊》，《文學旬刊》1922 年第 24 期。
〔註51〕《通訊》，《文學旬刊》1922 年第 24 期。

度，而這種疑惑，正是來自新詩的不能吟誦。然而，西諦在此巧妙地將音節問題置換爲「韻」的問題，強調新詩之「新」與傳統的「韻」要劃清界限，從而避開了讀者對新詩音節問題的質疑。「音節」與「韻」確實是纏繞在一起的複雜問題。西諦之認爲「新詩」不一定要韻，不一定要「上口吟誦」，並未能回答前面讀者所提出的音節問題。胡適曾反覆說過，新詩押現代的韻，有韻固然好，無韻也可，這樣的論述，我們已經耳熟能詳。胡適重視音節而非韻，並不以吟誦爲根本。然而，正如《文學旬刊》1922 年第 25 期上一位叫敷德的讀者信中所說，詩不必須有韻，但詩必須上口吟誦，這是詩與散文的區別。然而，如若詩沒有韻，又怎樣才能上口吟誦呢？這位讀者接著說：「我以爲『詩』雖然沒有那種死的——呆板的——韻，卻另有一種自然的音節。這種自然的音節，是不能夠強求的。……我想：我所謂自然的音節，或者就藏在一個所謂最能傳達，最美麗的形式裏面。」〔註 52〕此說略似拾胡適之牙慧，至於「最能傳達」「最美麗的形式」究竟是什麼樣的「形式」呢？這個說法是抽象而理想化的。胡適在《嘗試集》裏確實給出了一種答案，但招來了胡懷琛及眾多讀者對音節問題的質疑。有趣的是，讚同新詩應該以音節爲美、適宜上口吟誦的讀者大有人在，而在《嘗試集》的批評討論中，持同樣主張的胡懷琛卻幾乎是孤軍奮戰。

這裡的討論看上去與圍繞《嘗試集》引發的論爭關聯不甚緊密，但更深一層看，無論是圍繞《嘗試集》的論爭，還是《文學旬刊》上讀者的爭鳴，都無疑反映了當時讀者對新詩詩美規範性的訴求。新詩在打破舊詩格律束縛之後，無疑只能在音節上重新建立美感，這是新詩立足於口語書面化的性質決定的。但是，如何建立新詩的音節之美，看上去呼聲一致——能吟誦，但是吟誦本身就建立在傳統詩詞四聲八病的聲律規範之上。而新詩在胡適的《嘗試集》中破繭而出，走向西化的路向，其音節的建構來自對西洋詩「印歐語系」詩歌音節美的移植。胡適之所以反覆在雙聲疊韻上嘗試，也正是因爲當打破了古代文言的聲律之後，以雙音節爲主的現代漢語，要以音節的輕重來傳達音樂之美，大多只能借助於疊詞、虛詞一類來區分輕重音，從而形成自然節奏，這完全不同於傳統詩詞的音節體系。胡適欣喜於在《關不住了！》中找到「『新詩』成立的紀元」，其實是發現了眞正不同於舊詩的「新」的元素。而這個「新」，其參照座標是西洋詩的自然語音節律。

〔註 52〕《通訊》，《文學旬刊》1922 年第 25 期。

　　胡懷琛的詩學觀念，其參照座標卻緣自傳統。胡懷琛認爲詩有兩點至關重要，一是要表達感情，二是可以唱。他特別強調音樂的問題：「能唱所以有聲，能合律所以聲能和。可見詩的重要部分在乎音節。」〔註53〕他並不認同用有韻和無韻來區別詩與非詩〔註54〕，而是將「情」與「音節」擺在首位。詩本來就是有音節而能唱的文字，胡懷琛強調格律音韻不必拘，而格律音韻之外，要有「有音節而能唱歎」的這樣一個必需的條件。〔註55〕胡懷琛並不是反對新詩，他認爲舊詩是必定要革命的，新詩的好處「便是能夠掃除舊詩的種種流弊」，其特點爲由特別階級的解放到普通社會的；由雕飾的解放到自然的；由死文學的解放到活文學的。〔註56〕其中，尤其重視「自然」這一點，認爲舊詩雕飾太過，所以要解放，回歸到自然，這裡的「自然」除了字句組織的自然，更重要的是音節的自然。但他也毫不留情地批評當時新詩「解放得太過份」，〔註57〕強調舊詩需要革命，也強調新詩「非改造不可」，這種各打五十大板的態度，難怪不爲新文學陣營所接受。但是，不容忽略的是，胡懷琛雖依循「自然」的原則，強調對古詩、律、舊體、新體、自由詩，都一律可打破，但其最重要的原則是能唱與否，不能唱的斷然不算詩，他稱：「如此做下去，便有眞的新詩出現了。」〔註58〕看來，能唱不能唱，才是其新詩成立的標準。

　　基於這樣的標準，胡懷琛提出了「新派詩」之說。其「新派」一詞，既是對「舊體詩」的反叛，又是對「新體」的不滿。在對「舊體詩」的反叛上，胡懷琛與胡適有相近之處，他反對舊詩的典麗、鍊字、鍊句、巧對、巧意、格調別致、險怪、生硬、乖僻、香豔等流弊；卻也批評新詩體繁冗、參差不齊、無音節的弊端。他指出，新體詩純用白話，能夠向社會普及，擴大了詩歌的功能，但實際上舊體詩中也有白話詩，那麼新體詩從什麼維度上能體現出與舊體詩不同的「美」呢？這裡，胡懷琛特別否定了「西化」的風氣。他指出，「許多人喜歡拿外國詩體來繩中國詩。我說既然談中國詩，當然用中國

〔註53〕胡懷琛：《詩與詩人》，《大江集》，崇文書局 1933 年版，第 2 頁。
〔註54〕如章太炎在講授國文課時，將詩與文用有韻無韻來區分：「稱之爲詩，都要有韻，有韻方能傳達情感，現在白話詩不用韻，即使也有美感，只應歸入散文。」（章太炎演講、曹聚仁編：《國學概論》，泰東圖書局 1923 年版，第 30 頁）
〔註55〕胡懷琛：《新詩概說》，大革書局 1935 年版，第 6 頁。
〔註56〕胡懷琛：《詩與詩人》，《大江集》，崇文書局 1933 年版，第 14 頁。
〔註57〕胡懷琛：《詩與詩人》，《大江集》，崇文書局 1933 年版，第 16 頁。
〔註58〕胡懷琛：《詩與詩人》，《大江集》，崇文書局 1933 年版，第 19 頁。

詩做主體，外國詩只能可供參考罷了。」〔註59〕當然，將外國詩作爲一種參考，使中國詩加入歐洲輸進來的元素，「要經過一番融化的工夫，才能成熟」，胡懷琛認爲「現在離成熟的時期還遠得很，也許是永遠做不到」。〔註60〕他更強調的是中國文字特有的美：整齊是中國文所獨有的，詩歌是文字中尤其整齊的文類。新體詩的格式來自歐美，所以大多參差不齊。對此，他認爲：「殊不知歐洲文字不能整齊，中國文字能整齊，正是彼此優劣之分。今奈何自去吾長，而學其短耶？然在歐文不能整齊之中，偶有整齊之式，彼亦驚爲天造地設之妙文，吾人讀之，亦最便於上口。」〔註61〕胡懷琛還強調古詩之所以美，全在於其節奏的長短，音韻的高下，一定是求合乎五音六律，而這種聲律是「便於口而悅於耳」的。胡懷琛這樣說，當然會引來「守舊」之嫌，但其本意是在這種比較與參照中，強調新體詩如若不能得「天然之音節」，「讀之不能上口」，「聽之不能入耳」，則毫無漢語之美。胡懷琛從新體詩的特點——白話、寫實兩個方面，將新體詩、舊體白話詩和舊體寫實詩進行比較，用以說明，舊體白話詩人人能解，其結構整齊，聲調悠揚，比新體詩要美；舊體寫實詩也有表現社會現實的，而中國文字天然簡潔明淨，傳於閭巷歌謠，自成節奏，可詠可歌，其音節格調，均不遜於新體詩。〔註62〕批評「新體詩」，其矛頭所向很大程度上就是指胡適。胡懷琛指出「胡適之派」的兩個缺點：「不能唱。只算白話文，不能算詩」；「纖巧。只算詞曲，不能算新詩」。實際上胡懷琛所指的是胡適之派的兩類詩作，一類是完全「西化」的自由體，這種詩體失去了傳統詩詞的「音節」之美而不能唱（在胡懷琛及當時的很多讀者看來，能不能唱是區別詩與非詩的根本）；另一類詩則是胡適那些從詞曲裏轉換而來的詩作，胡懷琛認爲這類詩作雖然也能唱，然和詞曲差不多，不能算質樸的「新詩」，而不免流於詞曲的「纖巧」。〔註63〕既然新體詩未從根本上顯示出與舊體詩不同的美感，那麼何「新」之有呢？在此基礎上，胡懷琛提出「新派詩」之說法，以之「別於舊體，亦別於新體」。「新派詩」的特點爲「不假雕飾，天然優美」，以袪除新體「冗繁，不整齊，無音節」等弊端。在體例

〔註59〕 胡懷琛：《詩與詩人》，《大江集》，崇文書局1933年版，第22～23頁。

〔註60〕 胡懷琛：《小詩研究》，商務印書館1924年版，第19頁。

〔註61〕 胡懷琛：《新派詩說》，《大江集》，崇文書局1933年版，第35頁。

〔註62〕 胡懷琛：《新派詩說》，《大江集》，崇文書局1933年版，第39～43頁。

〔註63〕 胡懷琛：《胡適之派新詩根本的缺點》，《詩學討論集》，中山圖書公司1971年版，第22～24頁。

上以五言七言爲正體，亦作雜言，但以自然爲主。絕對廢除律詩。在音韻上，「初學不可不知平仄；學成而後，可以不拘」。在詞采上，不用僻典，不用生字。〔註64〕看上去，胡懷琛關於「新詩」的想像顯得半「新」不「舊」，難怪其對《嘗試集》第一編的詩特別稱好。但是，我們也可以看出，二胡的根本出發點是不一樣的。胡適旨在掙脫傳統，胡懷琛也並非出於「舊」的立場，而是以傳統詩詞的聲韻之美爲參照，企圖在「新」的立場上保存漢語詩性之美。這就不難理解他爲何既反對舊詩也不看好新詩了。在新詩的發展路向上，胡懷琛與胡適截然相反，他特別強調新詩與傳統的承續關係，認爲好的新詩，其實質仍舊是中國固有的實質，或者從固有的形式脫胎而來，比如他讚歎胡適的《希望》從五言古詩變化而來，吳芳吉的《湖船》從離騷而來，劉大白的《秋意》從佛學而來……「比較好的新詩，都是淵源於舊詩。其由西洋詩變化而來的，實在不多」。〔註65〕在他眼中，與傳統有著血脈聯繫的新詩，相較於從西洋詩變來的新詩，其漢語詩性之美，能夠得到更好的展現。

　　胡懷琛之不認同西化，與守舊派之不認同新詩是不同的。舊派是從根本上認爲新詩走不通，而胡懷琛從本質上承認舊詩必然走向新詩的趨勢，只是，他不認可中國新詩被西人牽著鼻子走，他之稱贊《嘗試集》第一編、反對第二編，他之贊成中國新詩的音節美，都反映其對新詩發展走向的另一種思考——堅持漢語詩性之美。胡懷琛不是沒有意識到現代漢語替代古代漢語的根本發展趨勢，他關注的是，新詩如何在語言轉變後仍然保持漢語固有的詩性之美。當胡適欣喜於在譯詩中開創新紀元，欣喜於外來的自由體終於能夠容納現代漢語從而使白話化和散文化得到最終的統一時，胡懷琛關注的卻是這樣一種紀元是否能充分地展現漢語的詩性魅力。他固執地認爲，漢語聲調與西方語言確實不同，而漢語性是中國這個詩國民族所特有的，古代漢語自四聲八病之後，其漢語聲韻之美發展到了一個極致，這種古典主義的美學規範，最充分地展現了古代漢語的聲律之美。而當新文化運動要求擺脫傳統，顛覆這種美學規範時，是否所有的聲律模式都該隨著古代漢語的結束而消亡？新詩之「新」難道只能是西化一路？新詩之「新」能否與發揚漢語特有的聲韻之美並行不悖？胡懷琛在新詩發展的初期想探索的這另外一條路向，由發難《嘗試集》爲切入點，本是一個具有戰略性的行動，而且他也像胡適一樣富

〔註64〕　胡懷琛：《新派詩說》，《大江集》，崇文書局 1933 年版，第 44～46 頁。
〔註65〕　胡懷琛：《小詩研究》，商務印書館 1927 年版，第 23～29 頁。

有實驗精神地介入創作，但這在現代性等同於西化的大時代趨勢下，顯然是一條艱難得近乎無望的路，一不小心就會被淹沒到「舊」的泥潭裏，而他本人又理論裝備不足，不時在論辯中犯糊塗，同時又創作才力有限，所以完全抵擋不住以進化論爲武裝、以西化爲先進和新質的新文化主流的衝擊，其所堅守的漢語詩性路向被那些瑣碎的爭論所遮蔽而最終被歷史遺棄。

第四章　詩學探索二脈的命運

　　胡適作為第一個「吃螃蟹」的新詩人，其「嘗試者」的形象已經根深蒂固於既有的新詩史；然則鮮為人知的是，其晚年編選的《嘗試後集》卻是對其《嘗試集》所構建的新詩價值邏輯的質疑與背離。《嘗試後集》中的詩作自覺地吸納與靈活地化用傳統詞體所積澱的漢語詩美的元素，以新詩邊緣人的心態抒寫自己個人情感深處的隱秘情愫而成就為新詩抒情的華章。這些平實、洗練、蘊藉，富含漢語詩性的抒情小詩，重新發現了建立在詞體小令化用基礎上的新詩體，並融入個人情感的沉澱，使胡適的新詩創作達到了他個人詩歌創作的新水準。然而，此時的胡適早已以邊緣人的身份退出詩壇，不再擁有「新詩人」的顯赫身份。胡懷琛終其一生堅守漢語的「詩性」，其探索的路徑是在新詩中建立與傳統血脈的新型關係，使得漢語詩歌在現代漢語階段釋放出經由歷史儲蓄而來的詩性魅力，儘管胡懷琛用大量的理論撰述與創作實踐來證明這種詩學理想的合法性，然而其聲音終究是低微的，其力量始終是薄弱的，他並未能引起時人的關注，從而墜入歷史的塵埃。在詩學探索路徑上，二胡殊途同歸。

第一節　胡適：從以西方為準建構新詩到重新發掘傳統漢語詩性

　　1952 年 9 月，胡適曾檢點 1922 年以後所作新詩編成《嘗試後集》，沒有正式付印，但據毛子水在《〈胡適之先生詩歌手跡〉後記》中所說，《嘗試後集》「所錄的詩，只有幾首不是先生的親筆；即在這幾首裏，亦多有先生自己

校改的地方。凡見於以前各稿件裏的詩而收入這個後集的，差不多每首都有字句上的變動」，所以似可以將該集看作其「第二詩集的最後定本」。〔註1〕胡適曾爲《嘗試後集》寫下題辭：

> 《嘗試集》是民國九年（1920年）三月出版的。十年再版後，我稍有增刪。十一年（1922）三月，《嘗試集》四版，我又有增刪，共存《嘗試集》四十八首，附《去國集》十五首。
>
> 民國四十一年（1952）九月，我檢點民國十一年以來殘存的詩稿，留下這幾十首，作爲《嘗試後集》的「初選」。

胡適似有意將兩集並列，作爲其「嘗試者」形象的一個完整呈現。難怪陳平原指出，「前、後集的『珠聯璧合』，使得胡適詩歌的主要面貌十分清晰」。〔註2〕但仔細對比兩集，發現胡適對新詩的理解其實存在著細微卻明顯的變化。如果說《嘗試集》著意體現的是胡適如何從舊詩詞的束縛中進行艱難的放腳嘗試，最終在西洋詩中找到了新詩的歸宿，那麼，按照這樣一個線索，胡適似應該繼續走西化的道路才對。而事實上，胡適編選《嘗試後集》所呈現的，卻不是這樣一個面貌。

《嘗試後集》對傳統顯現出兼收並蓄的包容。因爲在胡適通過《嘗試集》確立現代漢語全新詩體之後，一方面，已經沒有必要再把舊詩詞視爲極力掙脫的魔鬼，作爲新詩的敵對勢力了；另一方面，他的整理國故工作又給予他理性地系統重審傳統的機會，從而使他對《嘗試集》所確立的以「新」「西」「現代」三位一體互證價值的新詩邏輯產生質疑。在這樣的背景下，胡適對詞體小令素有的特別偏愛和極佳的詞學修養成爲一種積極的創作要素進入到他的新詩寫作中來，他自覺地吸納與靈活地化用傳統詞體所積澱的漢語詩美的元素，以新詩邊緣人的心態抒寫自己個人情感深處的隱秘情愫而成就爲新詩抒情的華章。這些平實、洗練、蘊藉，富含漢語詩性的抒情小詩，重新發現了建立在詞體小令基礎上的短章這種新詩體，並融入個人情感的沉澱與音節的美感，使其新詩創作達到了他個人詩歌創作的巔峰。

《嘗試後集》雖檢點於1952年，但所入選詩作多作於1936年以前，作爲該集附錄的《談談「胡適之體」的詩》一文，正作於1936年「胡適之體」論爭之時，對理解「胡適之體」的定型是必不可少的。

〔註1〕毛子水：《胡適之先生詩歌手跡·後記》，臺灣商務印書館1964年版。
〔註2〕陳平原導讀：《嘗試集·嘗試後集》，貴州教育出版社2001年版，第62頁。

　　1930 年代詩壇發生了「胡適之體新詩」的討論，這對當時已經邊緣化的作爲詩人的胡適來說，可謂是不小的意外。針對其中「挺胡派」的陳子展主張「胡適之體可以說是新詩的一條新路」，胡適寫下《談談「胡適之體」的詩》作爲回應與澄清。胡適對自己的創作風格作出三點總結：「說話要明白清楚」，「用材料要有剪裁」，「意境要平實」。語言清楚明白是胡適一以貫之的美學風格，自不必贅言。至於剪裁，胡適表示出對短詩與小詩的青睞，所謂「增之一分則太長，減之一分則太短」，這種剪裁的意義，實乃對語言的要求。胡適強調「平實」、「淡遠」、「含蓄」這種「最禁得起咀嚼欣賞」的境界，也是指平平常常說老實話，說話留一點餘味，不說過火的話，只疏淡地畫幾筆。這「胡適之體」的說法並非首次。最早在《去國集》的《老樹行》跋語中，胡適提及留美寫詩招來朋友嘲笑，以至於「他們都戲學『胡適之體』，用作笑柄」的，乃是「既鳥語所不能媚，亦不因風易高致」這種詩句。再次提及是 1924 年在《胡思永的遺詩》序中，胡適指出胡思永的詩「明白清楚」、「注重意境」、「能剪裁」、「有組織、有格式」，「如果新詩中眞有胡適之派，這是胡適之的嫡派」。直到這「胡適之體」的論爭時，胡適再次對其進行說明。長期以來，胡適的關注點是白話詩如何成其爲「白話」的語言問題，而當「白話新詩」已經成立之後，伴之而來的必然會有新詩美學規範諸種問題。對「胡適之體」的界定，可以看作是胡適對新詩語言及美學問題的一種理解。

　　對應「胡適之體」的論述，我們來看《嘗試後集》。從內容上看，《嘗試後集》與《嘗試集》最大的不同，是抒寫個人化情懷詩作的大量入選。《嘗試集》中的詩作以表現反抗封建禮教、個性解放、積極進取精神、勞工神聖等主題爲多，而《嘗試後集》則大多是表現個人情趣的日常之作，表現社會交往的酬唱之作以及表現對大自然感受的作品。從主要表現時代精神到回歸日常生活，乃其內容上的一大轉變。尤其是那些私下遣懷之作，在《嘗試集》裏幾首表現個人情感的，都是圍繞與江冬秀從相識到新婚之作，但《嘗試後集》中表現私人情愛的作品就非常多了。對胡適婚外隱私的挖掘非本書旨要，筆者並不想考證其詩爲哪位女性而作，但就《嘗試集》、《嘗試後集》對比來看，後者確有許多情詩入選。如《秘魔崖月夜》的睹景思人；《小詩》的夢魂牽縈；《江城子》的自遣哀思；《多謝》中對山間神仙生活的難以忘懷；《也是微雲》中故時遊伴不在身邊，不敢出門望月以勾起相思之情的苦楚；《無心肝的月亮》中「跳不出他的軌道」的無奈；《扔了》中擔不了的相思情債……雖

然寫得含蓄隱秘，但確實已經不再是《應該》那種嘗試之作，而是個人私穩情感的宣泄與排遣。還有表現日常生活或者描繪自然之景的作品，如《大明湖》、《煙霞洞》、《舊夢》、《夜坐》、《十月九夜在西山》、《飛行小贊》、《從紐約省會回紐約市》……朋友間的酬唱之作或懷人之作，如《高夢旦先生六十歲生日》、《祝馬君武先生五十生日》、《寫在贈唐瑛女士的扇子上》、《戲和周啓明打油詩》、《寄給北平的一個朋友》、《素斐》、《獅子》、《大青山公墓碑》、《哭丁在君》、《追哭徐新六》……另一類詩作，如《努力歌》（1922 年 5 月 7日）、《後努力歌》（1922 年 5 月 25 日），沿襲《嘗試集》中《上山》、《四烈士冢上的沒字碑歌》等詩的風格，洋溢著樂觀熱烈的時代情緒：「不怕阻力！／不怕武力！／只怕不努力！／努力！努力！」（《努力歌》）「你沒有下手處嗎？／從下手處下手！／『幹』的一聲，連環謝了！」（《後努力歌》）表現作爲新文化運動領導人爲群眾指明道路，倡導人們奮力振作，從具體問題入手解決中國社會問題的激情。但此類詩作並未入選。

內容上的明顯變化可以看出，如果說胡適在最初與朋友的論爭中產生白話作詩的念頭，到親身實踐，到《嘗試集》的初版、再版及眾賢刪詩，是一個時代眾人參與的文化現象，尤其是其四版時遵循朋友意見對詩作進行增刪，可以說是「五四」時期所崇尙的科學民主、理性主義精神的體現；那麼，到了《嘗試後集》，新詩已經成立並沿著多元的軌道繼續向前發展，胡適也已不再是當初那個時代的文化先鋒，他不必再通過編選詩集苦心建構其新詩領袖形象，此時的胡適致力於整理國故等學術事業，新詩寫作更多地成爲了一種日常化的個人興趣。換句話說，《嘗試集》是一個時代的聲音，《嘗試後集》則是胡適個人的聲音。

胡適個人的聲音也代表著他歷經數十年後對新詩發展道路的一種思考。在《嘗試集》中，我們很明晰地看到胡適所建構的小腳不斷放大、從舊詩詞曲裏痛苦掙脫與蛻化而出的新詩形象。這個新詩形象是借鑒西洋詩的翻譯而建構成功的；也就是說，在《嘗試集》裏，胡適最初是在舊體詩詞裏進行放腳嘗試，但最終還是擇取了西化路徑才徹底擺脫傳統找到理想的白話自由新詩。然而，《嘗試後集》從形式上來看，並不是延續著《關不住了！》一路而來的味道。我們發現，胡適在宣佈「『新詩』成立的紀元」之後，並未沿著新詩西化的路徑走下去，而是一定程度地向傳統回歸了。這表現在《嘗試後集》所體現的藝術特色，及胡適編選《嘗試後集》所呈現出來的詩歌觀念上。

翻閱整部《嘗試後集》，很容易發現，相對於《嘗試集》裡長短不一的詩作，《嘗試後集》絕然以短詩為主。經統計，《嘗試後集》中所選詩作最短的只有 2 行，這樣的詩有 1 首；5 行的詩有 1 首；4 行的詩共 7 首，占《嘗試後集》編目的 9%。8 行的詩最多，共 19 首，占 44%，這類詩一般分為兩節，每節 4 行；10 行的詩有 3 首；12 行的詩有 8 首，占 19%，這類詩均分 3 節，每節 4 行；14 行的詩有 1 首；最長的詩有 16 行，一共 3 首，這類詩分為四節，每節四行。從 1922 年 3 月〔註3〕至 1952 年 9 月，胡適共作詩 114 首，選入《嘗試後集》的有 43 首，翻閱其間整體詩作，發現也是以短詩居多。除了最長的詩作《南高峰看日出》（1923 年 7 月 31 日）共 46 行，其次有《別賦》（（1923年 1 月 1 日）28 行，《努力歌》（1922 年 5 月 2 日）26 行，以後的詩作大多不出 20 行，絕大多數為 4 行、8 行的小詩。

按照對「胡適之體」的闡釋，胡適青睞短詩和小詩，是因為重視語言的清楚明白、材料的剪裁以及意境的含蓄。細讀其在《談談「胡適之體」的詩》中強調刪除一切「浮詞湊句」，用最簡練的語言表達最精彩的材料的例證，就是這首只有兩句的《小詩》，據胡適說，該詩在十幾年前的初稿是三段十二行，後來改削成兩段八行，後來又刪成一段四行：「放也放不下，／忘記也忘不了：——／剛忘了昨兒的夢：／又分明看見夢裏的一笑。」最後入選時把前兩行刪了，只留下最後兩行。如果說此詩的入選，是作為其「胡適之體」剪裁的佐證，那麼占整部詩集近一半的兩段八行的詩作，才是「胡適之體」最鮮明的代表。讓我們看一看引起「胡適之體」論爭的源頭《飛行小贊》這首詩：

> 看盡柳州山，
> 看遍桂林山水，
> 天上不須半日，
> 地上五千里。
>
> 古人辛苦學神仙，
> 要守百千戒。
> 看我不修不煉，
> 也騰雲無礙。

〔註3〕《嘗試集》增訂四版出版於 1922 年 10 月，但出版需要周期，此處以胡適作四版序言時間開始算起。

　　該詩描寫詩人乘飛機遊覽名勝的感受，語言淺白，言辭略帶幽默調侃，乃胡適一貫風格。這首作於 1935 年 1 月的詩作，確實明顯帶著詞調的味道，難怪引來詩壇批評之聲。批評大底蓋過稱贊，大多認爲這是新詩的「倒退」，在「舊詩詞的骨架中翻筋斗」，而陳子展以該詩作爲「胡適之體」的例子，其眼力著實過人。他指出：

　　　　像《飛行小贊》那樣的詩，似乎可説是一條新路。老路沒有脱去模仿舊詩詞的痕跡，眞是好像包細過的腳放大的。新路是只接受了舊詩詞的影響，或者説從詩詞蜕化出來，好像蠶子已經變成了蛾。即如《飛行小贊》一詩，它的音節好像辛稼軒的一闋小令，卻又不像是有意模仿出來的。

　　該詩確實是用「好事近」詞調寫成，不過，詞的規矩是上下兩節同韻，而胡適換了韻腳。詞起源於民間，是一種適合抒情的詩體，配合音樂可以歌唱。許多詩餘小令吸收了民歌藝術長處，寫得樸素自然，洋溢濃厚的生活氣息。雖然也有脂粉氣息濃烈而偏於濃辭豔句的詞體，但胡適所偏愛的「好事近」是雙調四十五字，前後闋各兩仄韻，一般是入聲韻，兩闋的結句都是上一、下四的句法。「好事近」的「近」本指舞曲前奏，屬於大曲中的一個曲調，因與詞相近比較短小，韻密而音長，當詞與音樂脱離之後，「近」就成爲了詞調名本身的組成部分。胡適指出愛用「好事近」詞調寫小詩，是因爲它句式不整齊，頗近於說話的自然；而且非常簡短，用它作詩，就必須語言簡練，不許有一點雜湊堆砌，所以是作詩的最好訓練。胡適並未在這些詩的題目上標明詞調〔註4〕，這意味著他認定這些創作是新詩而非舊詞；也就是說，胡適是通過對傳統詞體進行現代漢語的轉化來創作新詩。帶著這種觀念，《嘗試後集》近一半的詩作都是兩節八句，這與《嘗試集》尤其是《關不住了！》之後的詩作常常不分節，或者分三節及以上〔註5〕很不同。上下相對，句式相對整齊，句尾變換押韻，讀起來既有詞調的意味，又有著現代漢語的活力，與《嘗試集》裏那些語言白話化、詩體散文化，卻始終詩性不足的詩作比起來，這個時期的此類詩作反而更具極強的詩性特點，難怪被陳子展一眼看出「胡

〔註 4〕此期以詞調命名的有三首，分別爲：《江城子》（1924 年 1 月 27 日）、《鵲橋仙・七夕》（1924 年 8 月）、《水調歌頭》（1938 年），前兩首都入選了《嘗試後集》。

〔註 5〕《嘗試集》中《關不住了！》之後的詩作除了《小詩》、《湖上》比較短小外，其他都相對比較長，如《上山》有 9 節，《示威》有 7 節，《樂觀》、《一顆遭劫的星》有 5 節。

適之體」的特點來。作於 1924 年的《多謝》：

> 多謝你能來，
> 慰我山中寂寞，
> 伴我看山看月，
> 過神仙生活。
>
> 匆匆離別便經年，
> 夢裏總相憶。
> 人道應該忘了，
> 我如何忘得！

在字數、句法、上下兩闋結句都依循「好事近」詞調，採用入聲韻，音律諧婉，語言清新淺白，淡然中有一種哀婉的情思，非常切合詞調聲情，境界平淡，卻耐人尋味。

胡適在依循詞調作詩時並未嚴格按照詞調「填」詞，而是根據詩的語式、音節做出調整與創新。如作於 1927 年的《舊夢》：

> 山下綠叢中，
> 瞥見飛簷一角，
> 驚起當年舊夢，
> 淚向心頭落。
>
> 隔山遙唱舊時歌，
> 聲苦沒人懂。——
> 我不是高歌，
> 只是重溫舊夢。

此詩也是依「好事近」詞調所作，但押韻與末尾句式並不嚴格。上闋本應該二、四句押仄韻而改作一、三句押平韻，二、四句只是仄聲，並未押韻；下闋末尾兩句本應分別為六字、五字，詩中相反。儘管在押韻與句式上略作修改，但詞的意味還是依然濃厚。此詩大有英雄遲暮之感，想必此時，物是人非，當年意氣風發的新文化領軍者退守學術，難免遭受批判與責難，其心中的信念與理想無人能解，這種難以言傳的孤寂與淒涼，通過綠叢一角而偶然迸發，自是一番獨特滋味。再如《夜坐》：

夜坐聽潮聲，

天地一般昏黑。

只有潮頭打岸，

湧起一層銀白。

忽然海上放微光，

好像月衝雲破。

一點——兩點——三點——

是漁船燈火。

　　該詩描寫夜坐聽潮所見之景。仍然是依「好事近」詞調所作，但很明顯的是，上闋最後一節本應該為五字，詩中卻用六字，並未二、四句押仄韻；下闋依原調作，但第三句破折號的使用恰到好處，將漁船燈火一點、兩點、三點由少而多、由遠而近的動態變化過程表現出來，生動形象，顯得活潑可愛，結句仍為上一下四，讀起來韻味有佳。

　　除了依「好事近」詞調創作或改作，胡適還用詞體化用古詩來創作新詩。如《瓶花》（1925 年 6 月 6 日）：

不是怕風吹雨打，

不是羨燭照香薰。

只喜歡那折花的人，

高興和伊親近。

花瓣兒紛紛謝了，

勞伊親手收存，

寄與伊心上的人，

當一篇沒有字的書信。〔註6〕

　　詩以范成大《瓶花》二之一作為引子：「滿插瓶花罷出遊。莫將攀折為花愁。不知燭照香薰看，何似風吹雨打休？」范詩表達與其在風吹雨打中折損，不如滿插瓶花而在燭照香薰中供人賞玩。胡適卻反其意，用兩個「不是」否

〔註 6〕原詩在《現代評論》第 2 卷第 49 期上發表時，為：「不是怕風吹雨打，／不是羨燭照香薰：／只喜歡那折花的人，／高興和伊親近。／／花瓣兒紛紛謝了，／勞伊親手收儲，／寄與伊心上的人，／當一篇沒有字的情語。」

定范詩中的價值觀，認爲花瓣雖紛紛凋謝卻還可以成爲沒有字的書信寄給所
愛之人。

同樣明白地標示其詩學淵源的另一首《八月四夜》（1925 年 8 月 4 日）：

　　　　我指望一夜的大雨，

　　　　把天上的星和月都遮了；

　　　　我指望今夜喝的爛醉，

　　　　把記憶和相思都滅了。

　　　　人都靜了，

　　　　夜已深了，

　　　　雲也散乾淨了，——

　　　　仍舊是凄清的明月照我歸去，——

　　　　我的酒又早已全醒了。

　　　　　　酒已都醒，

　　　　　　如何消夜永？

　　　　　　　　——周邦彥

詩尾引周邦彥的《關河令》結句，進行「巧妙的文體挪用」。《關河令》
原詩爲：「秋陰時晴漸向暝，變一庭凄冷，佇聽寒聲，雲深無雁影。//更深人
去寂靜。但照壁、孤燈相映。酒已都醒，如何消夜永？」看上去似乎是胡適
對《關河令》的改寫，酒醉後醒來，春夢無痕，人在何處，不知如何度過凄
清無盡的寒夜，同樣孤單寂寞的韻味，胡適用白話改寫並不比原詩差。陳平
原在引述梁啓超欣賞胡適「依著詞家舊調譜下來的小令」所提及的「妙絕」
的兩詩時，也不忘稱讚兩詩是「以理智冷靜著稱的適之先生平生少有的好情
詩」。〔註 7〕但檢點詩作時，胡適選了前者而放棄後者，也許正是因爲兩詩同

〔註 7〕陳平原根據梁啓超 7 月 3 日覆胡適的信中所說「兩詩妙絕，可算『自由的詞』」，
　　　 判斷梁氏所說乃爲《瓶花》與《八月四夜》，讚同梁氏的審美眼光。筆者疑爲
　　　 有誤。《八月四夜》作於 8 月 4 日，而梁氏覆信爲 7 月 3 日，此時胡適還未作
　　　 此詩。此期梁啓超致胡適的信件中大談作白話詞，並用《沁園春》、《好事近》、
　　　 《西江月》、《鵲橋仙》、《浣溪沙》、《虞美人》等詞調創作，並選寄給胡適。
　　　 照梁氏所欣賞的胡適那些「依著詞家舊調譜下來的小令」，7 月 3 日覆信中高
　　　 度評價的兩首詩作，筆者認爲當指胡適 1924 年 1 月和 8 月所作兩首白話詞《江
　　　 城子》和《鵲橋仙‧七夕》。

樣化用古詩的情況下，前首詞調味道更為濃厚，而後者詩句更加散文化的緣故，特別是「了」字韻的反覆使用，乃其《嘗試集》所遺留的屢遭詬病之處。〔註8〕此可見胡適明顯從形式上更鍾情於兩節八行的詞調味小詩。

　　化用小令作短詩，可以使淺近明白的語言變為「詩的語言」，〔註9〕恰到好處地解決新詩解放後的散漫化問題，讀起來既有韻味，又利於傳達幽深微妙的意蘊。另一些兩節八句的短詩，並不是化用小令而來，但從語式與趣味上來看，仍然有詞的味道。如膾炙人口的《秘魔崖月夜》（1923 年 12 月）：

> 依舊是月圓時，
> 依舊是空山，靜夜；
> 我獨自月下歸來，——
> 這淒涼如何能解！
>
> 翠微山上的一陣松濤
> 驚破了空山的寂靜。
> 山風吹亂了窗紙上的松痕，
> 吹不散我心頭的人影。

　　此時胡適任職北大，月下獨遊秘魔崖，圓月、空山、靜夜，觸動了往昔的情懷，於是思念之情湧上心頭。這種思念用此種詞體的形式表達出來，使情感與形式很好的貼和在一起，從而使其真情真意之聲昇華為普遍性的共同情感經驗，顯得格外動人和刻骨銘心。1970 年代它曾被譜成曲，由臺灣民歌

〔註8〕批評胡適作詩愛用「了」字「韻尾」的大有其人。先有朱湘指出《嘗試集》裏的新詩「有一種特異的現象引起我們的注意」：「十七首詩裏面，竟用了三十三個『了』字的韻尾。（有一處是三個『了』字成一聯）不用說『了』字與另一字合成的組同一個同樣的組協韻時是多麼刺耳，就是退一步說，不刺耳；甚至再退一步說，好；但是同數用得這麼多，也未免令人發生一種作者藝術力的薄弱的感覺了。」（朱湘：《朱湘作品集》（1），河南大學出版社 2004 年版，第 166～167 頁）後有學者周策縱批評胡適「最大一個毛病或痼疾」：「就是用『了』字結句的停身韻太多了。」周氏對《嘗試集》和《嘗試後集》略加統計：「總計新體詩（舊體詩詞不算）共六十八題，有『了』字結的詩行共一百零一條好漢，平均幾乎每詩快到兩行，不為不多『了』。」（周策縱：《論胡適的詩》，唐德剛《胡適雜憶》，廣西師範大學出版社 2005 年版，第 229 頁）

〔註9〕後來的學者周策縱曾批評胡適立志寫「明白清楚的詩」是「走入了魔道」，認為「明白清楚的語言，卻不一定是明白清楚的詩」。（周策縱：《論胡適的詩》，唐德剛《胡適雜憶》，廣西師範大學出版社 2005 年版，第 222 頁）

歌手包美聖演唱，成為臺灣著名民謠之一。還曾有人將其改作舊體詩：

> 依舊月圓時，仍復空山夜。
>
> 踏月獨歸來，淒涼如何解？
>
> 松濤喧翠微，驚破空山寂，
>
> 窗上松影搖，心上人難滅。

可見胡適新詩之「新」與舊詩之「舊」之間，其實有著千絲萬縷的聯繫。另一首《從紐約省會回紐約市》（1938 年）：

> 四百里的赫貞旦，
>
> 從容的流下紐約灣，
>
> 恰像我的少年歲月，
>
> 一去了永不回還。
>
>
> 這江上曾有我的詩，
>
> 我的夢，我的工作，我的愛。
>
> 毀滅了的似綠水長流。
>
> 留住了的似青山還在。

1938 年胡適出任駐美大使，途經紐約州赫貞江，想起前塵往事，不禁一番感慨。此時的胡適已年近五旬，重遊故地，已經不再少年意氣，且時逢國家多事之秋，身負救國重任，自然多了一份中年的滄桑與沉重。但穿越時光的羽翼，那些少年歲月雖隨著時間的河流遠去，不變的真情卻永在心底。

《嘗試後集》裏的詩作越來越傾向短小精悍，語言省練，不用多餘之字，佈局上下對稱，平仄押韻比較隨意，但句式多化用詞調而來。這些詩作除以上幾首，還有《大明湖》（1922 年 10 月 15 日）、《也是微雲》（1925 年）、《生疏》（1927 年）、《高夢旦先生六十歲生日》（1929 年 3 月 16 日）、《寫在贈唐瑛女士的扇子上》（1930 年 10 月）、《獅子——悼志摩》（1931 年 12 月 4 日）、《扔了？》（1925 年）。未選入集中的還有《小詞》（《好事近》）（1929 年月 2 月 13 日）、《水仙》（1932 年 1 月 25 日）、《猜謎》（1932 年 2 月 13 日）、《無題》（1936 年 1 月 23 日）、《燕》（1936 年 7 月 22 日）。有些詩作形式上雖然極為散文化，但讀起來仍然有很強的詞韻味，但因為不夠精短而未入選，如下面這首《龍井》：

> 小小的一池泉水，

人道是／有名的龍井。

我來這裡兩回遊覽，

只看見／多少荒涼的前代繁榮遺影。

小樓一角，／可望見半個西湖。

想當年／是處有／畫閣飛簷，／行宮嚴整。

於今只見／一段段的斷碑鋪路，

石上依然還認得乾隆御印。

崢嶸的「一片雲」上，

風吹雨打，／蝕淨了皇帝的題詩，

只剩得／庚子紀年堪認。

斜陽影裏，／遊人踏遍了山後山前，

到處開著／鮮紅的龍爪花，

裝點著／那瓦礫成堆的荒徑。

乍看上去該詩完全是一首白話自由體新詩，沒有任何詩詞的痕跡。但細細讀來發現，大部分詩句都有領字格，這是詞體的重要特徵。詞中的領字格稱「逗」，一般分為一字逗、二字逗、三字逗，以一字逗最為常見。領字格一般置於詞句開頭，在語氣上起停頓作用，在詞意上起著轉折、遞進、促使上下句形成轉承過渡的聯結作用。不同的是，胡適將詞體中的領字格與現代漢語很好的結合起來，用「人道是」、「只看見」、「想當年」、「只剩得」等提領全句，使本來散漫無章的句式不顯呆板生硬，富於聲律感。

胡適依小令所作短小精悍的詞體味的小詩，代表了其個人興趣，而這種興趣無疑與中國傳統詩歌有著絲絲縷縷的聯繫。其實，在同一時期，胡適也創作有《關不住了！》一類「西化」的詩作。《嘗試後集》中收入四首譯作，分別是《譯白郎寧的〈清晨的分別〉》（1925 年 3 月）、《譯白郎寧的〈你總有愛我的一天〉》、《譯葛德的 Harfenspieler》、《一枝箭，一隻曲子》。四首詩都不長，以四句為主，如《清晨的分別》、《Harfenspieler》，其餘為十二行、十六行。在這些詩作中，胡適注重的還是音節與押韻。如《清晨的分別》：

Round the cape of a sudden came the sea,	剛轉個灣，忽然眼前就是海了，
And the sun look'd over the mountain's rim:	太陽光從山頭上射出去：
And straight was a path of gold for him,	他呢，前面一片黃金的大路，
And the need of a world of men for me.	我呢，只剩一個空洞洞的世界了。

　　原詩句末「sea」與「me」、「rim」與「him」分別押韻，為「abba」的抱韻，胡適翻譯時注意保留了這種形式：第一、四行押「了」字韻，第二、三行「去」與「路」押韻。為了突出這一特點，胡適還特別將二、三兩句縮後兩格，使句式參差，押韻清楚。再如譯葛德的《Harfenspieler》（《豎琴手》）

Who never ate his bread in sorrow,	誰不曾含著眼淚咽他的飯，
Who never spent the midnight hours	誰不曾中夜歎息，睡了又重起，
Wepping and waitng for the morrow,	淚汪汪地等候東方的復旦，——
He knows you not,ye heavenly powers.	偉大的神明呵，他不會認識你。

　　原詩句末「sorrow」與「morrow」、「hours」與「powers」分別押韻，為「abab」的交韻，胡適翻譯時保留了這種形式：第一、三行「飯」與「旦」押韻，第二、四行「起」與「你」押韻。《嘗試後集》在收錄此詩時，胡適還附上了徐志摩的兩次翻譯以示對比，其目的都是做新詩押韻的探討。新詩為了掙脫舊詩詞的束縛，努力向自由突破，但 1930 年代，朱自清卻強調新詩對押韻的繼承，認為新詩在「以解放相號召」中獨獨地接受了押韻這宗遺產，說到底，中國詩還是需要韻。〔註10〕但此時的新詩常常隔行押韻，或交替押韻，不再像舊體詩詞那樣逐行押韻，不能不說是受到現代生活和外國詩歌的影響。

　　其實，此期胡適也創作過特別散文化的白話詩。如《小詩兩首》其一：「開的花還不多，且把這一樹嫩黃的新葉，當作花看罷。」據胡適當天日記，稱這一首是從六年前在美國寫的一句詩「高楓葉細當花看」衍化而來，並稱當時是將這句詩硬湊成七絕：「當日若用『小詩』體，便不須那樣苦湊了。」〔註11〕但編選《嘗試後集》時，該詩並未能入選，大約因其過於散漫而無甚詩意的緣故。再如《送高夢旦先生詩為仲洽書扇》（1923 年 8 月 2 日）：「在我的老輩朋友之中，／高夢旦先生要算是最無可指謫的了。／他的福建官話，我只覺得嫵媚好聽；／他每夜大呼大喊地說夢話，／我覺得是他的特別風致。／甚至於他愛打馬將，我也覺得他格外近人情。／但是我有一件事不能不怨他：／他和仲洽在這裡山上的時候，／他們父子兩人時時對坐著，／用福州話背詩、背文章、作笑談，作長時間的深談，／像兩個最知心的小朋友一樣，——／全不管他們旁邊還有兩個從小沒有父親的人，／望著他們，

〔註10〕朱自清：《詩韻》，《新詩雜話》，廣西師範大學出版社 2004 年版，第 77 頁。
〔註11〕曹伯言整理：《胡適日記全編》（3），安徽教育出版社 2001 年版，第 613 頁。

妒在心頭，淚在眼裏！／──這一點不能不算是高夢旦先生的罪狀了！」則乾脆如說話一樣，簡直是「作詩如作文」了。《南高峰看日出》全詩四十行，為最長的詩，其中最長的一行竟有 21 字，整體看來幾乎就是一篇散文。那種未能擺脫詞調影響的味道，是胡適在《嘗試集》中反覆檢討的；而這些已經沒有任何傳統詞調影響的詩作，卻未能入選《嘗試後集》：這說明，《嘗試後集》所體現出的新詩觀念，已然不同於「嘗試」時期。

　　一方面，相對於《嘗試集》掙脫傳統、與傳統相決裂的強烈訴求，《嘗試後集》顯現出來的是一種兼收並蓄的包容；另一方面，《嘗試集》呈現從舊向新嬗變的痕跡，最終在西化中找到新詩的理想模式，但《嘗試後集》卻呈現出明顯向傳統回歸的傾向。胡適通過《嘗試集》的編選，著意建構了小腳不斷放大最終在西洋詩中成功放腳的進化過程，這個過程是要努力走出傳統，體現的不是胡適的個人旨趣，而是早期白話詩人對新詩的共同想像；等到編選《嘗試後集》時，新詩早已不是草創之初那個蹣跚學步的嬰孩形象。胡適當初也創作了許多舊詩，但未選入《嘗試集》，形成其編選與個人興趣愛好之間的裂縫，而當新詩已經成熟之後，胡適不再肩負開創新詩的重任，他不必再刻意通過詩集的編選來塑造某種公眾形象。這個時期他創作了更多的舊詩，也選進了《嘗試後集》，說明此時的胡適更加重視新詩的傳統血脈，這種觀念與當年胡懷琛終其一生追求與堅守的本土性詩學理想有著內在一致性。

　　編選《嘗試後集》時，胡適特別將《談談「胡適之體」的詩》附在集後，其意正是要強調該集所體現的詩學觀念。此時胡適所理解的「白話詩」仍然重在語言的「白話」，明白清楚乃其一生貫之的美學風格。即便是在流派紛起的 30 年代，新詩已經從草創期的蹣跚走向了成熟的書面語化和精緻化時期，胡適仍然強調清楚明白的「語言」的重要性。在他眼中，現代漢語雖然已經成立，「國語的文學，文學的國語」做為其構想的「中國的文藝復興」大工程之一部分卻遠遠未能完成。所以他指出，「現在有許多人，語言文字的工具還不會用，就要高談創作，我從來沒有這種大膽子」，「我們今日用活的語言作詩，若還叫人看不懂，豈不應該責備我們自己的技術太笨嗎」。但是，在總結並闡釋「胡適之體」的風格時，胡適指出這種境界並不是多數少年人能賞識的，他強調只做自己的詩，「不迎合別人的脾胃」，也不想勸別人做他的詩，不妄想別人喜歡他的詩。這樣謙遜的態度，已然不似當年那個意氣風發，在《嘗試集》各版序言、《談新詩》等有關「文學革命小史」的論述中對自己如

何冒眾人之大不韙，首開風氣，單槍匹馬闖蕩新文學領域的新詩領袖形象了。

　　將新詩創作只做為個人興味愛好，而不再是新文學衝鋒陷陣的旗號，並不應該如批評者所言胡適涉足廣泛但專研不深，或者不再寫詩、沒有什麼詩才等如此簡單的理解。我們看到，胡適一直在寫詩，且寫出了好詩。陳子展當年評價《嘗試集》的真價值，「不在建立新詩的軌範，不在與人以陶醉於其欣賞裏的快感，而在與人以放膽創作的勇氣」。〔註12〕胡適作為新詩領袖，不是因為其詩寫得有多大的審美價值，而是因為他首開風氣成為第一個吃螃蟹的人，並且經由他在各種著述中的反覆強調，其新詩領袖形象已經根深蒂固。到了 1930 年代，胡適經由整理國故對傳統文化的價值進行再審視、再發掘，雖然其中含有西方標準，但其對傳統的認同是非常明顯的。然而這種認同性在當時的新詩發展道路上，已然不可能成為主流，一如當年胡懷琛所身處的尷尬處境。

　　「五四」時期，新文化派是借助於西方思想來反叛傳統文化，但是在文學革命取得了勝利，打破了舊的價值系統之後，如何建設新文化，成為亟待解決的問題。打破舊傳統後，是否能簡單地移植和拼湊西方文化而不論其是否適宜中國土壤，答案是顯而易見的。當真正開始實踐「立新」時，再激進再極端的西化派也無法迴避傳統的巨大存在。新文化不得不建立在源遠流長的中國傳統血脈的基礎之上，因此，在歷經狂飆突進的徹底破壞之後，在實際的建設過程中，極端西化者最終也不得不走向中西融合，這是歷史必然的趨勢。胡適始終將「五四」新文化運動詮釋為一場文藝復興運動，他終其一生所堅守的是「中國的文藝復興」這個理想事業。那麼，在借助歐美資源復興中國傳統文化這個理想藍圖的設計中，整理國故成為其必不可少的重要環節。胡適在進行整理國故的工作之後，對傳統的態度發生了轉變。整理國故是對中國傳統文化的價值進行重估，雖然這種重估蘊含西方標準，但其過程畢竟有對傳統文化價值的重新發現與認同。如何將傳統文化轉化為現代性的有效資源，在新詩方面，胡適漸漸從「西化」的路徑又回歸到傳統詞體的現代漢語轉換這條路徑上來，便是很好的證明。

　　《談談「胡適之體」的詩》雖然只是在明白清楚的風格美學上作文章，但我們可以明顯地感覺到胡適對傳統的某種認同。在論述其「胡適之體」的美學主張時，他援引《嘗試集》中「不曾得著一般文藝批評家賞識」的《十

〔註12〕陳子展：《最近三十年中國文學史》，太平洋出版社 1930 年版，第 227 頁。

一月二十四夜》、《夢與詩》,而非《關不住了!》等「西化」一類的詩作。「胡適之體」其實來源於中國傳統詞曲體。中國正統的詩學觀念中,韻文用於抒情,散文用於敘事,所以中國古典詩詞少有敘事之作。我們知道,胡適也很少寫敘事詩,《嘗試集》中少有的如《人力車夫》這類敘事性的詩作,也尚屬古樂府的現代翻版,而樂府體本就來源於民間。胡適對中國文學的來源,非常認同民間資源,他對當時大規模的搜集民間歌謠故事很是讚同,認為其有益於幫助新文學的開拓。但胡適在實踐中並未走向民間,而還是回歸傳統詞曲體的道路。與此絕然不同的是,西方的敘事詩是文學正統,真正走「西化」道路的詩人常常寫很長的敘事詩,如郭沫若的新詩中就有很多戲劇化的敘事,而且篇幅很長。相比之下,胡適的詩歌都是短章,這與其詩才實無關聯,而是其對傳統的認同和對新詩發展道路的思考。在他的詩學觀念中,堅守傳統其實是一種潛在的影響和規範。

「胡適之體」代表胡適對新詩的理解一定程度上回歸傳統,在現代詩藝探索上側重於開掘豐富的傳統資源,這在新詩發展歷程中也有著一定的回響,但是這種回響已經不可能再度成為一個時代的主流。「胡適之體」凝定於1930 年代,其代表之作《飛行小贊》一經發表便引來爭議,其友陶行知和詩在上海某報刊發表戲作《兩個安徽佬》:「流盡工人汗,流盡工人血。天上不須半日,地上千萬滴。/ 辛苦造飛機,不能上天嬉。讓你看山看水,這事大希奇。」陶氏的思想明顯是左傾的,詩歌顯然表達對胡適那種悠閒自得的不滿。但胡適本人並不介意,晚年提及此事,還笑其友「一點幽默感也沒有」。〔註13〕事實上,當時的詩壇已經流派紛呈。一批在內容上追求時代主潮的左翼詩人,已經放棄對詩歌藝術的追求,主張詩歌成為救亡的工具;而另一批在形式和詩體上追求現代漢語書面語化的現代派詩人,重視詩歌的蘊藉、淡遠的朦朧性、多義性和曲折幽深之美。新詩的發展徹底走向多元化。這意味著新詩這個文類的體系已經分崩離析,不再有統一的規範。即便到六十年代時代文化氛圍及毛澤東的詩歌審美觀念而導致的回歸傳統,在特殊時期有了這種文化選擇的共同性,也只是高度統一的意識形態下的過眼煙雲。對於新詩如何發展的問題,已經不再有統一的認識,所以即便在當下這個倡導回歸傳統的時代,胡適的詩學方向仍然不可能再度成為時代主流。在這一點上,晚期胡適的詩學命運似乎與胡懷琛出現了驚人的一致。

〔註13〕胡明:《胡適傳論》(下),人民文學出版社 1996 年版,第 772 頁。

第二節　胡懷琛：以傳統爲本的新詩漢語詩性建構

　　殊途同歸的命運同樣發生在胡懷琛身上。僅管二胡最終在新詩領域都歸於沉寂，然而胡適畢竟是新詩史上繞不開的話題，他的「嘗試者」形象已經根深蒂固於新詩史的知識鏈條中，哪怕其晚年的回歸與轉向已無從被讀者閱讀與認可；可胡懷琛即便置身當初那個時代潮流場中時，也未曾被同等地對待，更遑論數十年後的現在。當年的胡懷琛並未將自己對漢語詩美的堅守上升到清晰的理論層面，更不用提其他人對他的理解了。他所提倡的「新派詩」，也並未引起多少關注。在《嘗試集》的批評討論中，胡懷琛就曾認眞地提出：「我現在主張，不是主張舊詩，也不是主張新詩，是主張另一種詩。」〔註14〕他懷著誠懇之心介紹自己的文章，期冀自己的詩學主張能夠引來共鳴。無奈，這個稱自己「當了衣服買詩集」、二十多年來「在詩裏討生活」的狂熱而固執的詩歌崇拜者，並未得到多少堅定的擁護者。胡適代表新文化陣營的略帶嘲諷的回敬，就從根本上否定了他所主張的「另一種詩」的性質，使之從一個漢語詩美的守護者變身成歷史塵澤中的守舊批評家——儘管胡懷琛曾再三澄清，自己談詩時喜歡引用舊詩，也是因爲想要追究源流，而不是叫人家拿舊詩做模範。〔註15〕

　　胡懷琛並非只在主張上倡導「新派」之詩，他還像胡適一樣拿出了實實在在的成果。《大江集》初版時，其副標題「模範的白話詩」著實刺激人的眼球。但如《長江黃河》那類令胡懷琛引以爲好的詩作，雖則朗朗上口，確乎能唱能吟，的確彰顯了漢語的聲韻之和諧，但類似歌謠，也可以說是歌詞。當時評此集的吳江散人稱其「最陋劣」：「吾人試任檢一種小學唱歌集，其有讚頌黃河揚子江者，無不比此高一籌也。」〔註16〕胡懷琛也承認其詩沒有什麼很深刻的含義，但好處在於對偶和押韻的地方，「完全是天生成的，沒一字是人工做成的」。〔註17〕同樣的指責也發生在文學泰斗魯迅那裏。1922年，魯迅在《晨報副刊》上署名「某生者」發表《兒歌的反動》一文，即針對胡懷琛詩歌的淺顯幼稚。胡懷琛有一首新詩《月亮》：「『月亮！月亮！／還有半個

〔註14〕　《胡懷琛給王崇植的信》，胡懷琛編《嘗試集批評與討論》，泰東圖書局1925年版，第27頁。
〔註15〕　胡懷琛：《詩與詩人》，《大江集》，崇文書局1933年版，第22頁。
〔註16〕　吳江散人：《評大江集》，《詩學討論集》，中山圖書公司1971年版，第103～104頁。
〔註17〕　胡懷琛：《答吳江散人》，《詩學討論集》，中山圖書公司1971年版，第112頁。

那裏去了？』／『被人家偷去了。』／『偷去做甚麼？』／『當鏡子照。』」魯迅以「小孩子」爲名以俗亂雅：「天上半個月亮／我道是『破鏡飛上天』，／原來卻是被人偷下地了。／有趣呀，有趣呀，成了鏡子了！／可是我見過圓的方的長方的八角六角的菱花式的寶相花式的鏡子矣，／沒有見過半月形的鏡子也。／我於是乎很不有趣也！」魯迅以「小孩子」的名義戲謔，似有意搗亂讓胡懷琛出醜，詩後一段評論：「謹案小孩子略受新潮，輒敢妄行詰難，人心不古，良足慨然！然拜讀原詩，亦存小失，倘能改第二句爲『兩半個都那裏去了』，即成全璧矣。胡先生夙擅改削，當不鄙言爲河漢也。」〔註18〕這「夙擅改削」四字即指胡懷琛爲胡適改詩一事。魯迅以彼之道還施彼身，也替其改詩以諷刺胡懷琛看似認真，卻不倫不類的「兒歌」。

當然，具體詩作的好壞，關乎著詩人的才情秉性，我們不能因此指責胡懷琛嘗試「新詩」的赤誠。實踐才力不逮，使其與所倡之詩學主張黯然失色。在新詩的建設上，《大江集》在願望上欲開闢漢語詩美的新路卻陷入到傳統歌謠的路徑，不被視爲眞正意義上的創新。《嘗試集批評與討論》雖則支持胡適的人較多，但胡懷琛所提出的「音節」問題卻是新詩成立之初直到現在都至關重要的。那些看似細枝末節的討論，其改與不改或怎麼改的內容本身也許不那麼重要，重要的是，它反映出當時的讀者對「新詩」及「新詩」音節的重視。其實這個問題至今也並未得到一勞永逸的解決。胡懷琛的立場乃出於維護漢語詩性之美，所以他再三強調兩點，一是其討論的重點不在文白，不在新舊，而在美不美；二是強調新詩的傳統血脈。從胡適宣佈《關不住了！》爲「『新詩』成立的紀元」之後，中國的新詩走向了西化的道路。雖然新詩發展道路上也有向民族化、傳統化回歸的階段，但建立在現代漢語基礎上的新詩，很長時間內、很大程度上隨著其語言中歐化要素的大量介入，而難以避免導致漢語詩美詩魂的迷失。

站在今天全球化所帶來的文化身份焦慮的新詩立足點上，回顧新詩上路之初圍繞《嘗試集》所引發的論爭及其牽扯出的胡懷琛的詩學觀念及創作所反映出的新詩另一種可能的走向，我們發現，與胡適並行不悖可以互補的這條路向，在最初就已被掩埋。很長一段時間裏，胡懷琛被視作「鴛鴦蝴蝶派」的舊派文人〔註19〕或「守舊的批評家」，人們不能理解也無法認同胡懷琛本人

〔註18〕魯迅：《兒歌的「反動」》，《魯迅全集》（1），人民文學出版社 1981 年版，第
　　　390～391 頁。
〔註19〕如人民文學出版社 1981 年版的《魯迅全集》中，《兒歌的「反動」》一文對胡

一向堅持以「新」派自許的立場。1920 年 5 月《小說月報》11 卷第 5 期發表
了胡懷琛的《燕子》、《明月》二詩，這期間胡懷琛正與論敵進行《嘗試集》
的激烈論爭。且看這兩首詩：

> 燕子
>
> 一絲絲的雨兒，一陣陣的風，
>
> 一個兩個燕子，飛到西，飛到東。
>
> 我怎不能變個燕子，自由自在的飛去？
>
> 燕子說：你自己束縛了自己，怎能望人家解放你？
>
> 明月
>
> 明月！明月！你為甚的圓了又缺？
>
> 月光露出半面，含笑向我說：
>
> 圓時借著日光，缺時乃被地球隔。
>
> 我本來不明，又何曾滅。
>
> 他人擾擾，同我無涉。

讀此兩詩，我們驚訝地發現，它們與胡適所倡「新體詩」實無二異，而
且在聲韻上頗顯成熟。在《燕子》的後面有一段按語：

> 案新體詩我本來懷疑，我早做過好幾篇文章說明了，但是我也
> 要親自做過，方知道他的內容是怎樣。原不敢毫無研究，一味亂說，

懷琛的注釋為「國學家」、「鴛鴦蝴蝶體」作家之一，他在一九二二年九月給
鄭振鐸信中曾攻擊新文學運動：「提倡新文學的人，意思要改造中國的文學；
但是這幾年來，不但沒有收效，而且有些反動。」1979 年，胡從經在《魯迅
與中國新詩運動》(《文藝論叢》第 6 輯，上海文藝出版社 1979 年版) 中有一
段提及胡懷琛的文字：「魯迅為維護新詩運動健康發展的戰鬥，可以追溯得更
早的則是對所謂『國學家』胡懷琛的批判。胡懷琛原是『鴛鴦蝴蝶派』中擅
寫『言情小說』的老手，搖身一變居然戴上『新派詩人』的桂冠。魯迅十分
憤慨他的卑劣行徑，揭露了這個善於投機的『拆白文豪』，是一條『擬態』的
『變色龍』。就是這樣一個封建文化的餘孽，在文學革命浪潮的拍擊下也『趨
時』起來，接連拋出了所謂新詩集《大江集》，以及《新詩概說》、《詩學討論
集》等，儼然以新詩人與詩學權威自居。他公然宣揚新詩必須『養成溫和和
敦厚的風教』，妄圖仍以孔家店的『詩教』來主宰詩壇，以達到其篡改新詩反
帝反封建方向的卑劣目的。這個骨子裏輕視新文化的封建文人，果然一當風
向有變就立即倒戈：一方面與文學裁倒的叛徒胡適互相唱和，編輯出版了《〈嘗
試集〉批評與討論》，一方面則攻擊新文學運動『不但沒有效，而且有些反動』。
魯迅遂作《兒歌的「反動」》，給予干擾、誣衊新詩運動的胡懷琛之流以有力
的回擊。」

這一首便是我試做的成績了。我做過之後，知道新體詩決不易做，不是脫不了詞曲的舊套，便是變了白話文。都不能叫新體詩，像我上面一首，前半段還是新體詩，後半段便是白話文了。再有天然音節，也是很難。譬如前面一首，第一行裏的一個「兒」字，似乎可以不要，豈知不要他便不諧。因爲「兒」字上的「雨」字，和「兒」字下的「一」字，同是一聲，讀快了便分不清，讀慢些又覺得吃力，所以用個「兒」字分開，讀了「雨」字之後，稍停的時候，順便讀個「兒」字，毫不費力，且覺得自然好聽，這也是天然音節的一斑，不懂這個，新體詩便做不好。」

《明月》詩後也有一段評價：

此詩音調急促，好像是詞中的「霜天曉角」「清商怨」。全不是曠達，乃是寂滅。第四行便是佛家不生不滅之理。所以無妨。至於爲甚麼急促，有兩個原因：一是押入聲韻，一是句子極短。這首詩雖然是新體詩，但是他的意思，也可用五言古詩寫出如下：明月復明月，如何圓又缺。月光露半面，含笑向我說。圓借日之光，缺被他所隔。我本不能明，我又何曾滅。他人徒擾擾，於我終無涉。兩詩相比，不知那首好。

原來，胡懷琛以身示範做此兩首詩，意在批評新體詩不夠「美」，這也回應了其所批評新體詩的「繁冗」、無音節美之弊。他所堅守的，仍然是新詩的漢語詩美問題。到了 1930 年代，新詩已經流派紛呈，相較於草創期的蹣跚學步的幼稚，此時的新詩已漸近成熟，但胡懷琛仍然堅持認爲，舊詩已被打倒，而新詩還沒有建設起來，新詩會產生這樣幾個疑問：一是新詩作不作得好的問題；二是新詩產生的時代還不久，有沒有成熟的問題，三是由於時代的關係，舊詩已成爲冢中枯骨，但舊詩自有其永遠不消滅的價值，是否應該和如何繼承其價值的問題。〔註20〕正是出於珍視傳統詩歌的價值，此時的胡懷琛以漢語詩性之美爲基準而對各種體裁的漢語詩歌採取了一種兼收並蓄的態度：詩的體裁有新舊，作詩的對象有新舊，而詩的原理無新舊。能合於原理的無論新舊都好，不合於原理的無論新舊都不好。於是，他將胡適的《希望》視爲舊式五言詩，將劉大白的《八月二十二日月下》視爲舊式七言絕詩，並說：「有人當他是新詩看，也可以；有人當他是舊詩看，也可以。這樣說來，

〔註20〕胡懷琛：《詩的做法》，世界書局 1932 年版，第 11～12 頁。

體裁的新舊是沒有多少的問題。」但他們共有的前提是「他們的詩不能說不是好詩」。〔註21〕對於「近於詞的新詩」（如劉大白的《秋意》）、「近於散文的新詩」（如修人的《聽高麗玄仁槿女士奏佳耶琴》）、劉大白、冰心等小詩，擬作的民歌等：「這種種的體例雖然各不相同，但我以為都是好詩。」〔註22〕時過境遷，胡懷琛無法不順應時代潮流，但是，他對新詩的想像自始至終都基於對漢語詩性之美的堅守上，這是無法被忽視的，雖然它曾一度被歷史湮沒過。

若干年後，茅盾在一段回憶《小說月報》革新的文章中提及上文胡懷琛在《小說月報》上發表的那兩首詩作及其詩論，有這樣一番感慨：

> 胡懷琛這番話，有積極意義。第一，他承認如要反對新體詩，必須自己做過新體詩；第二，自己做過以後，才知道新體詩決不易做，不是脫不了詞曲的舊套，便是變了白話文，都不叫新體詩。第三，他又提出天然音節問題，承認是「很難」。胡懷琛是做舊體詩詞的，在當時的舊體詩詞中，他的作品只能算是第二、三流。但我們不以人廢言，應該承認他在彼時彼地提出的對新詩三條意見，不但是當時新詩人所要解決的問題，甚至在六十年後的今日，也還沒有完全徹底解決。〔註23〕

站在今天的立場，我們很容易理解茅盾對胡懷琛這番話意義的肯定，因為直到百年後的今天，它一樣是新詩人沒有完全徹底解決的問題。不過，百年前的歷史現場，想必茅盾也會是毫不猶豫地將胡懷琛打入守舊的冷宮吧。這是時代使然。

傳統中國向現代轉型的過程中，建立在「進化論」基礎上的「時間神話」讓「新」獲得了不證自明的價值。胡適們孜孜以求擺脫落後現狀，邁向西方「先進」文明，欲使衰敗的中華民族重新崛起。「新紀元」、「新殖民地」種種類似的概念術語成為新一輪的時尚詞彙，表達出他們對於「新」的無限渴望。新舊問題的背後實乃中西問題，它成為了衡量一切事物好壞的標準。「新紀元」意識，是想要用一種「全新」的眼光來重估甚至創造新的歷史，與「過去」的一切徹底決裂。所以，「時間神話」裏的「新詩」重點在於「新」，有了「新」

〔註21〕胡懷琛：《詩的做法》，世界書局1932年版，第27頁。
〔註22〕胡懷琛：《詩的做法》，世界書局1932年版，第28～31頁。
〔註23〕茅盾：《革新〈小說月報〉的前後》，《我走過的道路》（上），人民文學出版社1997年版，第176頁。

質，既是合法的依據也是美的依據。這時的新詩美不美，全在於其不同於「舊」的「新」的內涵。難怪胡適譯出《關不住了！》後欣喜地宣佈「『新詩』成立的紀元」，翻譯《樂觀主義》時也稱開闢了譯界的「新殖民地」。在他們眼中，傳統詩詞寫得再美，也是半老徐娘的美，也因為「舊」而應該被丟棄；而「新詩」作為與傳統決裂後的戰利品，越能脫離傳統，才能越顯得富有新的活力與生命力。「新」的尺度就在於與傳統決裂的程度。胡懷琛在那樣一個進化論場域，在「時間神話」深入人心的時代，無意識地對此產生了深深的懷疑。他追求的不是「新詩」有多麼「新」，多麼不同於「傳統」，而是在意「新詩」有多少漢語詩性之「美」——超越「時間神話」的漢語固有的美，因而是與「傳統」不離不棄的美。在他那些不合流俗的批評中，他堅持的是在新詩中如何葆有漢語的詩性之美。儘管他沒有拿出能夠清晰地體現其詩學觀念並且獲得普遍認可的作品，但我們既然能夠對胡適在其詩學觀念主導下的作品的好壞優劣不作評判，而重視其作品呈現出來的歷史演變之文學史意義，那麼，我們為什麼又不能對新詩的另一路向的探索者胡懷琛給予平等的觀照呢？

當我們已經從胡適們的文化場抽身出來，站在這個「時間神話」座標之外時，新舊似乎變得不再那麼生死攸關。舊的文言詩詞曾經將中華民族語言之美發揮到極致，新詩能否傳承與弘揚漢語既有的詩性之美，這應該是漢語詩歌在新時代的重大課題吧。當年的胡懷琛引發《嘗試集》的討論，就是在這個層面提出了如何在新詩中葆有漢語之美的問題，這種超越「時間神話」的新詩觀念否定了「唯新是美」的主流，[註24] 它讓我們反省的是從進化論之西化向度之外的價值層面思考新詩的發展道路。即，如果我們不以西方詩體為標準，不通過譯詩開創「『新詩』成立的紀元」，我們能否建立起自己的與傳統詩歌有著深刻血脈聯繫的新詩？

在 1924 年出版的《小詩研究》中，胡懷琛更加明確地表明了自己對於傳統的態度。眾所周知，1920 年代初，冰心出版《春水》、《繁星》，繼而詩壇開始盛行「小詩」從而迎來「小詩的時代」，胡懷琛此後憑藉敏銳的眼光與嗅覺，出版了系統的學術專著《小詩研究》。當然，早在 1922 年周作人已在《晨報》

〔註24〕當年的胡懷琛並不可能有如此清晰的反「時間神話」的觀念，相反，身處那樣一個時代潮流之中的他，可能還是進化論的信奉者。不過，他在論爭中就曾指出，朱執信、劉大白之外的人「大抵是迷信著先生罷了」，他所指的就是當時青年讀者對胡適的盲從現象。胡適作為新文化運動領袖，其實代表的是一個時代的大方向，這個方向，就是西化。

副鐫發表《論小詩》一文，從小詩的定義、來源、特點等方面對小詩這一新興詩體進行批評，認為雖然小詩在中國文學裏「古已有之」，但「中國現代小詩的發達」，卻是受到外國文學的影響，尤其是日本文學的影響：「日本古代的歌原是長短不等，但近來流行的只是三十一音和十七音的這兩種，三十一音的名短歌，十七音的名俳句，還有一種川柳，是十七音的諷刺詩，因為不曾介紹過，所以在中國是毫無影響的。此外有子夜歌一流的小唄，多用二十六音，是民間的文學，其流佈比別的更為廣遠。這幾種的區別，短歌大抵是長於抒情，俳句是即景寄情，小唄也以寫情為主而更為質樸；至於簡潔含蓄則為一切的共同點。從這裡看來，日本的歌實在可以說是理想的小詩了。在中國新詩上他也略有影響。」〔註 25〕朱自清在《新文學大系‧詩集‧導言》中沿用周作人的說法，指出其受「外國影響」。〔註 26〕周、朱二人對小詩的論述，成為詩壇具有權威性質的評價，從而使得小詩來源於外國的這種說法凝定成一種文學史知識。在新詩批評史上，我們很難找到胡懷琛對於小詩的研究，也不會知道，胡懷琛與周、朱等主流看法不同的是，他認為現代小詩乃根植於中國傳統詩歌。

　　《小詩研究》出版於 1923 年，僅晚於周作人發表《論小詩》一年，該著分別從詩的內涵與外延、中國詩與外國詩的關係、新詩與舊詩的關係、小詩的內涵與來源、小詩與普通新詩的關係、小詩與中國舊詩的關係、小詩實質上的要素與形式上的條件、小詩的成績這些方面論述小詩，並做出詩學理念上的思考。與周作人的單篇論文相比，該著高屋建瓴，系統條理地研究了小詩這種在當日詩壇「流行」的體裁。他在《自序》中指出：「中國文學和西洋文學出發點不同；恰如中國畫和西洋畫一般。中國畫不能和西洋畫一例而論，知道的人已經很多了；中國文學不能和西洋文學一例而論，恐怕知道的人還少。」胡懷琛用一慣自傲的批評語氣來表達他對於中西文化的態度，繼而指出：「我以為欲研究中國文學，當然要拿中國文學做本位。西洋文學，固然要拿來參考；卻不可拿西洋文學做本位。倘用拿西洋文學的眼光，來評論中國文學；凡是中國文學和西洋文學不同的地方，便以為沒有價值，要把他根本取消了，我想是沒有這個道理的。」〔註 27〕胡懷琛這裡明確提出了他對於中

〔註 25〕　周作人：《論小詩》，趙家璧主編、郁達夫編《中國新文學大系‧散文二集》，良友圖書印刷公司 1935 年版，第 110～111 頁。
〔註 26〕　朱自清：《新文學大系‧詩集‧導言》，良友圖書印刷公司 1935 年版，第 4 頁。
〔註 27〕　胡懷琛：《小詩研究‧自序》，商務印書館 1927 年版。

西文化的態度。在當時的西化場域，胡懷琛提出「中國文化本位」的觀點，顯然是不合時宜的，他所反對的「拿西洋文學做本位」，「拿西洋文學的眼光」「評論中國文學」，並「取消」不符合「西洋文學」的「中國文學」，已然成為當時不證自明的標準。這決定了胡懷琛的言論在當時來說，只可能立於邊緣，絕無進入中心的可能。就著作而論，胡懷琛不僅表明了其對中西文化的根本態度，而且表面研究小詩，實則在倡導自己理想的「中國詩歌」模式：「本書對於中國詩的根本問題，差不多說得很詳細；雖則名叫小詩，其實所包括也很廣。讀者讀了這本書，至少可以知道中國的詩是甚麼。」也就是說，胡懷琛是站在一個頗高的視點，在中國詩歌的整體視野中來省視現代小詩這種新興詩體現象的。

首先，胡懷琛並不排斥外來詩歌，他認為中國詩經歷幾千年本來已經有了許多變化，還吸收了許多外來的分子，現在「加入歐洲輸進來的質實的思想，和熱烈的感情，乃是當然的事」。但他認為這種輸入不是簡單的相加，需要「一番融化的工夫，才能成熟」，而他本人並不樂觀，認為當時「離成熟的時期還遠得很，也許是永遠做不到」。〔註28〕這裡我們可以看到，胡懷琛由於「中國本位」的詩歌理念，始終對於歐化持謹慎而懷疑的態度。當然，對於新詩的成績，他從不諱言，認為新詩在形式上確實需要「解除一切的束縛」，但這種「解除」是需要加入「天然的音節」方能實現新詩的詩性，而將外國詩的優點融進新詩，絕非輕易之善舉。

其次，胡懷琛堅持融入外來詩歌元素時理應保存中國詩歌「溫柔敦厚」的傳統。他認為許多好的新詩實質上仍舊是「中國固有的實質」，或者「形式也是從固有的形式變出來的」，〔註29〕他舉例胡適的《希望》，雖然「蘭花草」喻指新文化，「山中」喻指美國，但其詩實質卻是「溫柔敦厚的感情」，其「形式也就是五言古詩」。〔註30〕同樣胡懷琛舉例指出吳芳吉的《湖船》來源於中國古代神話，其形式來自離騷；〔註31〕舉劉大白的《秋意》來源於佛學，是從「舊的詞裏變化出來」。〔註32〕胡懷琛也列舉了他自己的詩作，這首詩作並非其一貫引以為豪的五言「新派詩」，而是一首詩體上參差不齊的詩作：

〔註28〕 胡懷琛：《小詩研究》，商務印書館 1927 年版，第 19 頁。
〔註29〕 胡懷琛：《小詩研究》，商務印書館 1927 年版，第 24 頁。
〔註30〕 胡懷琛：《小詩研究》，商務印書館 1927 年版，第 24~25 頁。
〔註31〕 胡懷琛：《小詩研究》，商務印書館 1927 年版，第 25~27 頁。
〔註32〕 胡懷琛：《小詩研究》，商務印書館 1927 年版，第 27~28 頁。

芳草堆裏，一個孤墳。

連碑也斷了，哪知道墳裏睡的甚麼人。

種菜的老人向我說：

六十年前，這一帶都是華屋朱門。

我說：百二十年前是怎樣？恐怕又是滿地莉榛！

——《孤墳》〔註33〕

此詩看上去很像胡適的早期白話新詩，但胡懷琛自己解釋其思想是從老莊學說裏得來，且其「形式也是從舊的詞曲裏變化來」。〔註34〕難怪胡懷琛一直對《嘗試集》第一編稱好而否定第二編詩作的美感：胡適一直所糾結的新詩中無法擺脫的舊詩詞的魅影，正是胡懷琛孜孜以求的詩性來源。所以最後，胡懷琛總結：「較好的新詩，都是淵源於舊詩。其由西洋詩變化而來的，實在不多。」〔註35〕

在表達了對中西文化的根本態度後，胡懷琛闡發了理想的新詩模式，即淵源於舊詩的新詩，接下來才開始論述小詩。在描述了小詩的現象、釐定了小詩的概念、列舉了時興的小詩之後，胡懷琛用了三章篇幅細緻論析小詩的來源。一是介紹周作人於 1921 年《日本的詩歌》、1923 年《日本的小詩》相繼提出的小詩來源於日本之說，二是介紹當時流行的小詩來源於印度之說。在詳細介紹了已有的小詩來源之說後，胡懷琛提出自己的主張。他指出，在日本短歌及泰戈爾的詩輸入以前，中國的新詩壇上，已有這樣很短的小詩，並列舉了康白情的《疑問》、郭沫若的《鳴蟬》。他將這些小詩出現的原因解釋為：「從詩體解放以來，一切的束縛都沒有了，自由自在做詩；而一刹那間所得的零碎的感觸，三五句話便說完了，而在新詩裏，又不容說許多無謂的話；所以這三五句話寫了出來，自然而然成了一首小詩。」〔註36〕接下來，胡懷琛進一步說明這種小詩在外國也有，這樣，其話語縫隙所表現出來的意味是：小詩是中西同時都有的，並非中國學他國而成。不僅如此，胡懷琛還指出在英美流行的小詩實質上是「詩壇上的一種反動」，「英美各國的短詩；有人承認是受了英譯李白五言絕句的影響」。〔註37〕這樣，他將小詩的發源直

〔註33〕胡懷琛：《小詩研究》，商務印書館 1927 年版，第 28~29 頁。
〔註34〕胡懷琛：《小詩研究》，商務印書館 1927 年版，第 29 頁。
〔註35〕胡懷琛：《小詩研究》，商務印書館 1927 年版，第 29 頁。
〔註36〕胡懷琛：《小詩研究》，商務印書館 1927 年版，第 46 頁。
〔註37〕胡懷琛：《小詩研究》，商務印書館 1927 年版，第 46 頁。

接指向了中國本土。胡懷琛認爲舊詩要做得長一些,還可以拿詞采、聲調來幫助。詞采絢爛,聲調鏗鏘,內容雖然是空空的,卻還容易遮掩得過俗人的耳目;而新詩是赤裸裸地,詞采、聲調,都打掃得乾淨,倘然才力薄弱,而欲做長詩,那長詩一定無足觀,連俗人的耳目也不能遮掩了。〔註38〕所以,胡懷琛目光所及,新詩中的長詩非常少,因爲做長詩需要「氣魄雄厚」,他列舉了郭沫若的《梅花樹下的醉歌》一詩作爲「氣魄雄厚」的長詩代表。不過,在其詩學構想中,由於新詩沒有固定的形式,無論長短如何,讀起來要覺得很自然,再也不能加一字,這樣才能算完全好。所以,其衡量詩美的標準仍然爲語氣自然、音節和諧。

再者,胡懷琛堅持在歷史傳統中尋找小詩的根源:中國是先有小詩,後有長詩,比如古代歌謠都是非常短小的。《詩經》裏的詩,每篇都可分做許多章節,每章節可以很長,也可以很短,短的也就只不過三、四句,所以《詩經》裏不乏小詩存在。漢以後,純粹的五言、七言產生了,篇幅雖然逐漸增長,但仍可見短詩。儘管詩體不斷變化,格律開始主宰中國詩學,但三、五兩句的短詩一直並未消亡。他甚至指出:從唐朝一直到前清,這種小詩也常有人做。不過人家不大注意罷了:「這樣的小詩,形式上的拘束,比他種舊詩要少得多。也可以說是和新詩很接近的。」〔註39〕從新文化陣營的觀點來看,胡懷琛此處是在有意混淆新舊詩之別,忽略新詩從舊詩裏演變到在西詩中成立的曲折過程,而直接將新詩的產生植根於舊詩;他所謂傳統詩歌中的「小詩」當然非時下新興的「小詩」,或者說,兩種「小詩」有著質的區別。然而,我們確乎可以看到,胡懷琛的本意並非提倡舊詩,相反,他研究的乃是新詩中最新的現象「小詩」這種新詩體,但他堅持在古代詩體中尋找小詩的根源,所以,其詩學的根本是要爲新詩確證血脈,而非舊詩陣營中的反抗之聲。另一方面,胡懷琛還專門找到傳統詩歌中的「摘句」來印證小詩的中國血統。「摘句」是指「全首詩中,只有一二好句,而這一二好句,又可以獨立的,和全首可以脫離關係的;因此人家便把他摘了下來,叫做『摘句』。讀的人,也只管讀這一兩句,而不知道他前後是甚麼」。〔註40〕胡懷琛認爲古代經常有絕句和律詩中的摘句,即只用絕句的三四兩句湊成一首全詩,或只用律詩的一聯湊成全詩,這種摘出的獨立小詩如「寂寞空庭春欲晚,梨花滿地不開門」是

〔註38〕 胡懷琛:《小詩研究》,商務印書館 1927 年版,第 52 頁。

〔註39〕 胡懷琛:《小詩研究》,商務印書館 1927 年版,第 58 頁。

〔註40〕 胡懷琛:《小詩研究》,商務印書館 1927 年版,第 58 頁。

非常具有詩意美的，若改爲新詩也可：「寂寞空庭，／春光暮了；／滿地上堆著梨花，（梨花上或加落下來的四字）／門兒關得緊緊的。」這也算得一首「絕妙的小詩」。〔註41〕胡懷琛將摘句改寫成新詩，明顯是一種新舊的轉換與嘗試，要說明小詩這種新詩體裁來源於中國。再如他將「病多知藥性；客久見人心」這律詩的一律，分別改寫成了兩首小詩：「老生病的人，／漸漸的知道了藥性。」「久飄泊在天涯，／看透了人情世故。」〔註42〕胡懷琛雖極力贊成新詩，也曾表示絕不作律詩這等舊詩，但此時的他已不再完全否定律詩價值，他指出：「律詩也不是沒有價值。一首律詩往往包括二首或四首小詩。合起來看，全首不聯絡，因之大受人家的攻擊。豈知一分開來看，卻又顯出他的價值來麼？」他認爲這種價值就在於可以用來「摘句」。〔註43〕另外，胡懷琛也列舉了詞中的摘句，如「流光容易把人抛，紅了櫻桃，綠了芭蕉」等，他認爲這些詞的摘句也都是「獨立的小詩」。

在新舊詩轉換方面，胡懷琛不僅將傳統的「摘句」改寫爲現代小詩，也同時嘗試將現代小詩改寫爲「摘句」，因爲他認爲「前人所做的舊詩詞，固然可以改爲現在的流行的小詩；就是現在所流行的小詩，也可以改爲舊式的詩或詞」。在此方面，他列舉時下最爲流行的冰心的小詩《繁星》第 22 首「生離──／是朦朧的月日，／死別──／是憔悴的落花。」將之改寫爲：「憔悴落花成死別；／朦朧殘月是生離。」又將第 155 首「白的花勝似綠的葉；／濃的酒不如淡的菊。」改爲：「白花驕綠葉；／濃酒遜清茶。」〔註44〕接下來，胡懷琛指出：「小詩既然可以改爲一聯律詩，改爲半首絕詩；那麼改爲任何幾句詞，那更容易了。」〔註45〕在胡懷琛關於小詩體的詩學觀念裏，小詩來源於中國本土，那麼嘗試這種新舊體詩的轉換，從摘句中找尋小詩的前身，再將小詩轉換爲舊詩詞，在這種轉換遊戲中，胡懷琛不同於胡適及其整個新文化陣營的新詩立場就顯現出來了。胡懷琛還列舉其三年前所作小詩來進行新舊的轉換。如他將其詩《月兒》：「月兒！／你不要單照在我的頭上，／請你照我的心罷！」改爲：「寄言頭上團圓月，／願汝分光照我心。」又將《悲痛》：「說不出的蘊在心坎裏的悲痛，／卻能從眼淚中流出來。」改爲「胸中悲痛

〔註41〕 胡懷琛：《小詩研究》，商務印書館 1927 年版，第 60 頁。
〔註42〕 胡懷琛：《小詩研究》，商務印書館 1927 年版，第 61 頁。
〔註43〕 胡懷琛：《小詩研究》，商務印書館 1927 年版，第 61 頁。
〔註44〕 胡懷琛：《小詩研究》，商務印書館 1927 年版，第 62～63 頁。
〔註45〕 胡懷琛：《小詩研究》，商務印書館 1927 年版，第 63～64 頁。

無從說，／化作如珠眼淚流。」〔註46〕胡懷琛在總結時說，這些新舊詩的轉換是「兩樣的寫法，不過是形式上的不同；在實質上，毫無分別」，他指出，當小詩轉換為古詩詞時，「雖然是依著一定的規則，卻也不會因為受束縛而犧牲了實質」，所以他認為「各有各好處，正不必是此非彼」。〔註47〕當然，胡懷琛顯然意識到這種論調有可能不被趨新派所接受，他婉轉地道出自己並非提倡舊詩，並不是希望將小詩改寫為舊詩，而是想要「用研究的態度」去比較，在比較中，丈量新詩與舊詩和西詩的距離，孰遠孰近，孰親孰疏，孰本孰末。所以他還專門舉出一首不能改為舊詩的《孤飛的蝴蝶》之例：「孤飛的蝴蝶啊！／人家都雙雙的跳舞去了，／你？」他指出這首詩萬不能改為舊詩，因其好處全在「你」字以下，即下文沒有說出來的意味，如果說明了「你為什麼不去呢」，反而便丟掉了那份含蓄的美感；空白處的想像尤其因末尾一個新式標點——「？」增加了效果，這是舊詩絕不可能產生的。胡懷琛所論屬實，現代小詩並非每一首都能轉換為舊詩形式，他清醒地明白這一點，所以在他的「中國血緣」說裏，他一再強調自己的新詩立場，表明自己並不是希望將現在的小詩都改為舊詩，但他呼籲想做小詩的詩人，應該去讀舊詩，以獲益處。〔註48〕

由於小詩形式短小精悍，意蘊自然含蓄，有韻無韻皆可，按胡懷琛所說，「將一剎那間的感覺，用極自然的文字寫出來，而又不要一起說完，使得有言外餘意，弦外音」，〔註49〕這似乎非常符合中國傳統詩歌的固有特點。溫柔敦厚乃中國詩歌的本色，意豐詞約又乃中國文字的特長，所以「中國人用中國文字來寫小詩，自然是容易成，而且容易好」。〔註50〕這是胡懷琛將小詩來源定位於中國本土的根本原因。當然，來源屬來源，變化屬變化，小詩即便有著中國血統，也不能說便完全來自傳統。小詩時興於1920年代初，整個大的時代環境是西化的，胡懷琛努力在強大的西化氛圍中，力證小詩的中國血統，《小詩研究》這本專著正表明了他一以貫之的詩學主張。

過去，我們一直談「新詩」，既然「新詩」是用漢語所寫，那麼怎樣才能保留詩歌中的漢語之美，這個問題在當下這個全球化時代，顯得格外突出。

〔註46〕胡懷琛：《小詩研究》，商務印書館1927年版，第64～66頁。
〔註47〕胡懷琛：《小詩研究》，商務印書館1927年版，第67頁。
〔註48〕胡懷琛：《小詩研究》，商務印書館1927年版，第68頁。
〔註49〕胡懷琛：《小詩研究》，商務印書館1927年版，第74頁。
〔註50〕胡懷琛：《小詩研究》，商務印書館1927年版，第77頁。

站在新詩發展的路口，我們看到，新詩所面臨的身份焦慮和漢語詩性問題，與當年胡懷琛所面臨的焦慮，顯然存在著歷史的交集。這個時候，回顧胡懷琛所引發的《嘗試集》關於音節問題的批評與討論及其研究小詩的專著等，我們看到，在那些瑣屑的細枝末節的爭論背後，在那些新舊詩轉換的嘗試之後，隱藏的其實是關於新詩發展道路的宏大問題。歷史對他的忽略最終使我們回過來看到新詩的缺陷在最初胡懷琛引發的爭論中就已經顯露出蛛絲馬蹟。而胡適在《嘗試集》之後，也並未沿著他最初所津津樂道的「『新詩』成立的紀元」那個路向一路走下去。三十年後，當他檢點《嘗試集》之後的詩作編選《嘗試後集》時，他對新詩的想像與理解，已經發生天翻地覆的變化。當初回望自己帶著纏腳婦人血腥氣的詩作而慚愧的胡適，為在西洋詩中開創新詩紀元而欣喜的胡適，在《嘗試後集》中卻轉而創作與傳統血脈有著更加深刻聯繫的詩作，這種變化在一定程度上，或者也可以說是對當年胡懷琛的詩學主張所隱藏的新詩發展可能性的某種呼應吧。

結語　新時代語境中胡懷琛詩學之脈的重新發現

　　通過二胡在白話入詩、詩體嘗試、自然音節方面不同詩學探索脈絡的比較，我們發現：一方面，如果說胡適早年通過《嘗試集》為中國詩歌建立了一種新的價值邏輯，這種價值邏輯，以進化論為基石建構了舊／新、中／西、傳統／現代的二元對立，並以「新」「西」「現代」三位一體互證價值的邏輯開啓了新詩的歷史紀元，並很大程度上影響了百年中國現代詩歌發展史；那麼，從其詩學的整體之路來看，其晚年的《嘗試後集》所倡之來源於中國傳統詞曲體的「胡適之體」，這種側重於開掘豐富的傳統資源的詩體嘗試，哪怕比早年詩歌有著更精美的詩意，哪怕在新詩歷程中不時有著回響，卻已然成為邊緣的聲音，其早年所形塑的「嘗試者」形象已紮根於既有的新詩史，難以改變。另一方面，胡懷琛活躍於二三十年代的詩壇，為新詩著書立言，其孜孜不倦所倡之傳統詩體的現代漢語轉化之路，在當時的歷史語境中淪為邊緣，歷史的書寫也將之遮蔽，哪怕這種主張也在新詩發展的歷史中一直引起某種文化共同性選擇的呼應，包括當下所面臨的漢語新詩的詩性困惑諸種問題，其實都可以回溯到胡懷琛最初所倡導的詩學路徑。然而，與胡適截然不同的是，胡懷琛從當年到現在，一直是被壓抑的低音。在當下全球化的語境裏，反思歷史，我們可以從二胡兩條詩學流脈的比較中，重新發現胡懷琛詩學探索的重要價值。

　　胡懷琛 53 年的人生經歷可謂悲淒。他少時聰穎，7 歲能詩，10 歲應童子

試，不願作經書試題，於試紙上賦詩：「如此淪才亦可憐，高頭講章寫連篇；才如太白也遭譴，拂袖歸來抱膝眠。」其狂放不羈可見一斑。成年後的胡懷琛輾轉上海，賣文爲生，勤奮好學，著書百部。胡懷琛一生雖受褒貶不一，被認爲徘徊於新舊之間，但其實他早年就受新思潮影響，包括鼓吹革命，加入南社，與柳亞子交好，共編《警報》，先後在《太平洋報》、《中華民報》、商務印書館、《小說世界》、上海通志館工作，在新聞界頗享聲名；也在滬江大學、中國公學、持志大學、正風學院等任教，教授中國文學史、中國哲學史等課程。雖然胡懷琛並不像新文化陣營中的胡適們一樣擁有西學背景，但因爲這種編輯與教授的雙重身份，他其實一直身處新思潮的氛圍中，不會不受其影響。其一生勤學，在任教與編輯工作業餘進行選編、撰寫、著述，涉及文學史、哲學、經學、佛學、考據學、地方志、詩歌、小說、傳記、評論、雜記等，門類廣博，存目過百，約百萬餘字。但一生好學的胡懷琛，家境貧困，無恒產，卻又喜歡藏書，所謂「當了衣服買詩集」、二十多年來「在詩裏討生活」的詩人，在新詩壇裏未被認可不說，其當衣所買之藏書，因逢戰火，屢次遷居，盡數被毀。其初寓上海南市，後寓所遭戰火所焚，遷往福履里，兩次家毀後，藏書殆盡。後來又傾囊購買，藏書又達萬卷，可「八‧一三」後，居所遭遇炮襲，再次逢難。胡懷琛累遭戰火災禍，家難國仇，鬱憤深重，染疾不愈，終於在民國二十七年（1938），卒於寓所「波羅奢館」，終年 53 歲。

在現有的文獻裏，已經很難找到時人關於胡懷琛的記錄。1930 年代，有一位筆名蕙若的作者發表過《記胡懷琛》的文章，這是筆者能夠找到的胡懷琛在世時少有的評論之一。蕙若在文中描述胡懷琛「有一個印度人的棕色臉孔」：

> 短小身材，微有髭髮，頭髮已禿，牙齒半落，終年穿一件敝舊的長衫，挾著一個破皮包，一口安徽音的上海話，態度是溫和謙虛的。上課時，常常把左手反背著，一手執著書：聲音很低，常常喜歡說「以至於此」，「以至於此」。〔註1〕

這個蕙若大約是胡懷琛的弟子，據其所說，胡氏在正風文學院、持志學院等校教書，俸祿不足一家開支，經濟困頓，就連子女的教育費也無著落：「去年他的女兒考進了某女中，臥火車軌道自殺，聞因爲學費無法籌得之故。」〔註2〕

〔註 1〕蕙若：《記胡懷琛》，《十日談》1934 年第 32 期。
〔註 2〕蕙若：《記胡懷琛》，《十日談》1934 年第 32 期。

事情原委不可考，據柳亞子之說，其女「性耿介，好讀書，先君歿四載。其死也，以應試某學校弗錄自殺，年僅二十有一歲，君蓋痛惜之云」。〔註3〕兩者之說有差異，或許蕙若聽聞有誤，但胡懷琛家境之貧寒可見一斑。蕙若評價胡懷琛：

　　胡先生對於國學，頗有研究，著作也不少，關於他的著作，世人對之毀譽參半。〔註4〕

此句評價雖簡略，卻足以想見當初時人對於胡懷琛的關注並不是完全沒有，能被「毀譽參半」的不止胡適之這類的風雲人物獨享。據鄭逸梅回憶，胡懷琛在通志館工作時，貢獻不小：「爲搜考有關上海文獻的典籍，由司鐸徐宗澤的介紹，住宿徐家匯藏書樓累月，編成《上海的書目提要》，爲通志館叢書之一。在此之前，任廣益書局編輯，刊印了蘇曼殊的作品。又任商務印書館編輯，繼葉勁風之後，主編《小說世界》，風行一時。」〔註5〕可見，胡懷琛身前並不似想像地那麼冷清。鄭氏回憶，上海滬江大學是美國教會所辦，寄塵執教鞭期間，開中國詩歌史課。滬江大學校長美國人魏馥蘭，雅好中國古詩，曾英譯唐詩名篇，由上海商務印書館出版。寄塵用古詩體裁，譯英國著名詩人《哀希臘詩》爲中文，受魏氏讚歎，寄塵輯其詩及譯詩爲一編，題爲《胡懷琛詩歌叢稿》，也由商務印書館出版，魏氏以英文爲寫前言。〔註6〕

雖然魏校長非常器重胡懷琛，當胡懷琛由於住家偏遠，體素羸弱，又有胃疾，校長未免其上下班疲於奔命，想要給他一宿舍，讓其家遷住，但條件是要求他信仰基督，以教友身份，才能享受優待，胡懷琛對此嚴加拒絕，遂辭職離開。當時王雲五任商務印書館編譯所所長，便安排胡氏進了商務，主編《小說世界》。鄭逸梅回憶其「在南社席上與他晤敍數次，他沉默寡言，貌端肅而瘦瘁」，〔註7〕大約也是其性格獨異及長期清貧身體羸弱之故。

胡懷琛生前紀事不多，死後也比較冷清，文壇沒有多少紀念性的文章。

〔註 3〕柳亞子：《柳亞子自述‧續編‧1887～1958》，人民日報出版社 2012 年版，第 176 頁。

〔註 4〕蕙若：《記胡懷琛》，《十日談》1934 年第 32 期。

〔註 5〕鄭逸梅：《執教和編書的胡寄塵》，《清末民初文壇軼事》，中華書局 2005 年版，第 208 頁。

〔註 6〕鄭逸梅：《執教和編書的胡寄塵》，《清末民初文壇軼事》，中華書局 2005 年版，第 208～209 頁。

〔註 7〕鄭逸梅：《執教和編書的胡寄塵》，《清末民初文壇軼事》，中華書局 2005 年版，第 209 頁。

1939 年，胡懷琛死後一段時間，柳亞子在《亡友胡寄塵傳》中寫道：「君好爲深湛之思，議論間熹特異，弗肯徇眾，嘗以墨翟爲印度人，點竄柳文字句。胡適之剏語體詩，著《嘗試集》，君撰文往復，復自著《大江集》行世，不知者以君爲怪誕，亦有疑頑舊者。」「後居海上，值世界局勢急轉直下，世事千變萬化，其個人之思想亦千變萬化，自信非頑舊也」，「君晨夕伏案纂勤苦，嘗登樓而傷其足，明日蹩臕至。君素博洽，有所詢，輒詳疏源委以告」，「君體羸善病，八·一三戰事起迄淞滬淪陷，君居福履理路，逼近市南，烽煙彌望頗驚悸，且慮念國事，期望匡復，憂心良苦，明歲競得疾逝」。〔註 8〕柳亞子是胡懷琛生前好友，兩人交淺情深，常有詩文相互唱和，此說無甚虛言，無論是對其性格還是思想的評價，都相對比較中允。

　　除了柳亞子的這篇悼文，在 1940 年代，有一位筆名戈予的作者居然時隔數年發表了一篇《記胡懷琛》的長文。在文中，戈予同樣如此描述胡懷琛：

> 他瘦削的面龐，矮小的個子，隨時從和藹的舉止間映出書生風度，眞爲青年學生愛護的人物。
>
> ……
>
> 民國元年，即遷居上海，而他卻不會説純然的滬語，假如讀慣他充實的文章驟聆他生硬低弱的講述，誰也會暗自驚異吧！要是你幾次和他接觸，才漸漸知道他如何的引人親近。

　　這段事隔多年的講述，道出了當初胡懷琛在學校受青年學生愛戴的眞相，以及其平易近人的性格，同時也隱隱透露出一個皖籍文人在滬上討生活的不易。接下來戈予談到胡懷琛在新文學方面的造詣和貢獻：

> 僅南洋中學畢業的資歷，而對新舊文學的造詣頗深，胡適提倡白話文之時，他正是一位讚助的健將。試觀泰東圖書局出版之《嘗試集之討論》，便已開闢了中國文學批評的新路；同時，從他完成舊詩的結集《大江集》——《懷琛詩歌叢稿》（商務版），正表示一種洗練的優異的推陳出新的創制白話文詩的精神。
>
> ……
>
> 胡氏對舊文學既多擅長，懷舊的情緒相當濃厚，如《憶故鄉》云：「窗前明月，屋角斜陽，至今可是仍無恙？」曾由李叔同譜入歌

〔註 8〕柳亞子：《柳亞子自述·續編·1887～1958》，人民日報出版社 2012 年版，第 175～176 頁。

曲，當時頗獲讀者的讚同，縱然後來以新詩為主的胡懷琛詩歌稿內，一併附入早期的舊詩，他彷彿極欲依戀過去的精華來創造未來文學。

胡氏的作風，屬於深入淺出的平淡一路，絕無絢爛的詞藻……任何讀者對於他的文字，總能一覽無餘，富有深高明白曉暢之感，也許有人以為太不會含蓄，豈知這正是他的特色。

胡氏賦性孤獨，處世澹泊，體格孱弱，雖兼任教職，還是很安貧的。當胡樸安出任江蘇民政廳長時，人家猜想他總可幸獲肥缺，擺脫筆墨生涯，事實上，他依然繼續教書賣文的職業。

……

總之，胡氏著作極豐，對新文學的功績不可湮沒，在一般人健忘之際，殊有審慎回溯的價值。〔註9〕

這篇回憶性文章已然有著評論的學理意味。戈予將胡懷琛視為代表新文學的一個人物，認為他是胡適所倡白話文的助將：《嘗試集批評與討論》開闢中國文學批評的新路；其作《大江集》、《胡懷琛詩歌叢稿》風格洗練，是「優異的推陳出新的創制白話文詩的精神」。言簡意賅從批評與創作兩個方面肯定了胡懷琛的新文學立場，並且認定胡懷琛在批評與創作上的推陳出新是新文學框架內的舉措，既肯定其「新」的精神本質，又表示其與一般的「新」有所不同，是想要從另一條新路上開闢白話詩文。應該來說，站在今天的角度來閱讀這段評論，不可不謂公允而深刻。在接下來的論述中，作者從文化資源的角度談及胡懷琛的新詩創作。首先稱讚其詩曾被譜曲，廣受好評；其次論及其新詩集裏也編選有早期舊詩，說明其利用傳統精華來創造新文學的理念，還總結其詩風乃平淡曉暢。最後，作者又跳出學理，走向生活，談及胡懷琛的個人性格、處事作風，以及孱弱的身體、貧寒的家境，這些並沒有讓他失去一個學者應有的清高與傲氣，當他的兄長胡樸安任江蘇民政廳長時，他並未按人們想像的那樣「幸獲肥缺」，而是依然繼續教書賣文。最後，文章肯定胡氏的豐厚的著作，對新文學功不可沒，不應該被人遺忘，應該審慎回溯其價值。這正是在新的時期重新發掘胡懷琛價值的呼聲。

然而，這種呼聲是微弱的，在歷史的書寫中，它與胡懷琛本人一樣沒能留下任何痕跡。胡懷琛的獨特身份使得他與新派舊派均有來往，他們的詩學觀念有共鳴之處，又有絕然的不同。然而，當時新舊二派涇渭分明的對立背

〔註9〕戈予：《記胡懷琛》，《文友》1944年第3卷第9期。

景，使得胡懷琛既很難被舊派接受，又很難為新派所容。舊派嫌其太新，新派嫌其太舊。這樣，胡懷琛就總是處於一種被排斥的狀態，難怪其詩作中常露孤獨之感，想正是因為缺乏知音之故。胡懷琛生前也許並不乏讀者的熱情支持，但整個新文化陣營的集體漠視，主宰了其生前的聲名，決定了其幾乎沒有被批評家關注的命運；而死後冷清，少有人作傳紀念，使得其名字消沒在歷史的煙塵中。

如果說胡懷琛的被排斥與不受重視還只是文化派系之間權力場的作用之故，那麼文學史對作家作品的塑造與改寫，則加固了胡懷琛的悲劇命運。文學史家作為特殊的讀者，其「評」對作品的「經典化」和詩人公眾形象的塑造起著至關重要的作用，也很能反映出不同歷史語境下史家對新詩的不同想像和對詩學的理解。在民國時期的諸種文學史著中，大多未見敘述胡懷琛的文字，即便有少數提及，所呈現的敘述形態也各不相同，甚至同一史家在不同時期著作中有所涉及時，其評價也時有截然相反。

最早在文學史著中論述胡懷琛的是譚正璧。在《中國文學史大綱》（泰東圖書局，1925）「胡適之與陳獨秀」一節中，譚氏略帶輕蔑之意地提到：

> 又有舊小說家胡懷琛（寄塵），亦曾一度為新文學盡力，他又反對胡適之的自由體白話詩，而創新體詩，就是用五七言的體例作白話詩；但是現在又軟化了，自己作的詩，也都不用五七言。在另一方面，又大作起舊體的小說來，完全與所謂新文學脫離了關係。這大概為了經濟關係，文人都是窮困的，不能說他是變節。況且在現在新文壇上，沒有人和你相標榜，莫想有人請教你；這一來，迫他不得不回到舊路上去，用他舊小說家的名望來賺錢了，然而這是多麼可悲之事！〔註10〕

這一評價已讓胡懷琛的地位於新舊之間模糊不定，為後來文學史的忽略以及對其否定性批評埋下了鋪墊。四年之後，譚正璧在其出版的《中國文學進化史》（光明書局）中，大談「鳥瞰中的新文學」就隻字未再提及胡懷琛，無論是他卷起的聲勢浩大的《嘗試集》的批評與討論，還是其所謂「新派詩」，均已不再論述。然而，在討論學術著作時，除了魯迅的《中國小說史略》等重要著作，胡懷琛的《中國小說研究》、《中國民歌研究》及《小詩研究》卻赫然在列。尤其值得一提的是，譚氏在這本史著中專門論及中國文學史的編著，認為近十餘

〔註10〕譚正璧：《中國文學史大綱》，泰東圖書局 1925 年版，第 151～152 頁。

年的文學史編著頗有成績，在列舉的數種史著中，就有胡懷琛的《中國文學史略》。雖然對其評價爲「有人認之爲賬簿式的中國史」，〔註11〕但畢竟在不多的史著中，專門列出，可見史家的重視。由此可見，在 1929 年的文學史家譚正璧眼中，胡懷琛是一位批評家、文學史家，而非新詩人。胡懷琛在 1920 年代初期新詩壇上的種種事件均在文學史中被抹除，而以學者的身份佔據了文學史一席之地。

當然，一個文學史家在不同時期受到不同史觀影響，所編纂的文學史著對同一作家評價有所變化，自是常事。1930 年代的文壇更加多元化，這使得胡懷琛在不同傾向的文學史著中呈現出不同的面貌，即便在同一史家譚氏那裏，胡懷琛的形象也有所變化。

在 1935 年的《新編中國文學史》中，譚正璧重提胡懷琛的詩作，甚至將其《大江集》與胡適《嘗試集》並列爲早期「未脫舊詩詞的氣息」、「所謂好像纏足婦人放大的腳，無論怎樣總帶些不自然的扭捏的姿態」的代表。〔註12〕有意味的是，能與胡適之《嘗試集》並列，且論述內容出現在第七編「現代文學」中的「詩歌」這一章節，可見譚氏顯然將《大江集》視爲新詩集的成員。當然，譚氏具體論述時仍然持批評態度：「《嘗試集》出版後不久，有胡懷琛出來和作者討論詩中的『雙聲疊韻』問題，參加者有朱執信、朱僑、劉伯棠、胡澳、王崇植、吳天放、井湄、伯子等，一時頗爲熱鬧。懷琛自己著有《大江集》，係用白話做的舊體詩集。」〔註13〕不論譚氏意褒意貶，就與胡懷琛相關的事件轟動程度足以載入史冊這一點來說，譚氏著作與今天的文學史著有很大不同，這也證明當時文學史記錄時代事件的現場感，隱約體現後來文學史著在意識形態影響下大浪淘沙後的壓制與遮蔽。這種態勢，在譚氏1940 年編著《中國文學史大綱》（光明書局）中有一段流露。在論及新文學將來的趨勢時，譚氏指出「無名作家的悲哀」：

> 譬如在新文化運動開始的幾年，爲了要對付頑固不化的舊勢
> 力，新作家結了團體一致的去和他們鬥爭，這是理所當然。可是在
> 舊勢力既倒之後，他們再用同樣的手段去對付其他的新的團體或個
> 人，那就不應該了。現在的青年都在悲哀地說，在從前最會反抗舊

〔註11〕譚正璧：《中國文學進化史》，光明書局 1929 年版，第 386 頁。
〔註12〕譚正璧：《新編中國文學史》，光明書局 1935 年版，第 433 頁。
〔註13〕譚正璧：《新編中國文學史》，光明書局 1935 年版，第 434 頁。

勢力的青年們，現在都已做了師長或父親，卻也在拼命地壓迫他的子弟，好像恐怕世界上停止了鬥爭似的。這個現象在文壇上也是如此。從前因爲他自己潦倒時受了有地位的著作家或出版家的白眼或剝削而發出他憤怒的呼聲的作家，現在自己開了書店，居然也不顧輿論，儘量壓迫或剝削無名作家了。如果你是一個孤獨的無名作者，沒有加入什麼團體（不一定有形式），那麼不但不會有人介紹你的著作，恐怕有人來冷嘲熱諷的罵你一頓，已算是他們的看得起你了。

〔註14〕

這段話前面大半部分涉及文壇場域的紛爭，道出新文化派戰勝舊派的實質，以及後來新文學派系分歧的權力壓制，早在1940年代譚氏就意識到這個問題並在著作中呈現，實屬不易，這當是文學史研究範疇的另一個重要問題；後半部分提到「孤獨的無名作者」的落寞，不由讓人想起胡懷琛的命運。胡懷琛未加入任何團體，確實也無人推介其著作，如若不是其商務印書館的編輯身份，恐怕出書立著也得自己掏錢，對於貧困的他來說，更會艱難許多。時人冷嘲熱諷罵一頓，也是看得起的表現，也難怪胡懷琛一再在著作中表示希望有人來批評和加入討論，即便是像吳江散人那種對其《大江集》全盤否定之聲，或者《嘗試集批評與討論》中壓倒其本人的擁護胡適的喧譁眾聲，胡懷琛似乎也視若珍寶。原來這正是這個孤獨的新詩倡導者在強大的新詩場域裏想要發出聲音的渴望，也是獨自掙扎在漢語詩性之美的新詩道路上孤獨寂寞、沒有戰友同聲喝彩的悲哀，這是與胡適完完全全相反的文學史形象。

儘管如此，注重文學史編纂與研究的譚正璧並沒有忽視胡懷琛在文學史著這方面的貢獻。他發現當時編著的文學史雖多，但均不令人滿意，認爲皆因作者對於文學的本身是什麼不很明晰，所以注重的是學術文及學術思想，以致文學史寫作成爲一種學術史而非文學史。接著他指出胡懷琛《中國文學史略》「已將此關打破」，認爲其「重時代的大勢」，但並不注意「個人的思想和性情」。〔註15〕

1930年代乃造史高潮時期，在多元化的文化語境中，史家各自著述，有的人云亦云，有的自成一說。譚正璧在當時是頗爲活躍的文學史家，對各種文學現象都有比較客觀的記載，比如他就特別注意女性作家群體，當然這與

〔註14〕譚正璧：《中國文學史大綱》，光明書局1940年版，第166~167頁。
〔註15〕譚正璧：《中國文學史大綱》，光明書局1940年版，第176頁。

其自身的學術研究相關。我們看到不同時期的文學史著中，他對胡懷琛的評價有所不同，這自當與其所處時代的意識形態和文學場域相關。這種變化，可以讓我們一瞥時人對於胡懷琛的看法，也讓我們對胡懷琛在後來撲天蓋地的文學史著中消迹的命運感到不足為怪。

　　同樣是 1930 年代，胡雲翼在《新著中國文學史》（北新書局，1932）自序中批評胡懷琛的《中國文學史略》「簡直是一本流水賬簿，皆有不可掩護的缺點」，這個評價當是承他人之說，因為譚正璧之前也有引用過此種說法。該著指出過去的文學史多偏重於死板板的靜物敘述，只知記述作家的身世，批評其作品；至於各個時代的文學思潮的起伏，各種文體的淵源流變，及關於各種的背景及原因的分析，皆非其所熟知。如胡懷琛的《中國文學史略》，竟是一部名詞目錄，真是可笑。〔註 16〕貶低他人著作用來抬高自己，此種做法在多元化的三十年代當也無異議，不過該著在其所謂的文學思潮、各種文體等論述中，隻字未提胡懷琛，想來也屬當時文學史的主流看法，胡懷琛在其同時代的文學史書寫中就已漸被擦除。

　　王哲甫的《中國新文學運動史》（傑成印書局，1933）是較為人知的新文學史著。在「整理國故」一章，王氏論及當時的作家作品研究時提到胡懷琛的《中國八大詩人》；在論及學術著作時，除了提到眾人皆曉的魯迅《中國小說史略》「將許多埋沒在古書堆中有價值的小說，重為人們所賞識」，也提到胡懷琛的《中國小說研究》一書，認為其「使舊小說增加價值不少」。〔註 17〕在對文學史的評價中，他還肯定胡懷琛的《中國文學史略》等一批在今天看來名不見經傳的史著「各有所長，各有所短」，認為他們「應該提到」。〔註 18〕但同樣在文學作品及作家論中也隻字未提胡懷琛。

　　值得一提的是，張振鏞在《中國文學史分論》（商務印書館，1934）中論述了胡懷琛：「而涇縣胡懷琛亦言新詩之短。謂『詩為最簡之文字。今新詩既犯繁冗，即與此原則相反。詩為文字中之尤整齊者，新詩之格式，來自歐美，故多參差不齊。殊不知歐洲文字不能整齊，中國文字能整齊。正是彼此優劣之分。今奈何自棄吾長而學其短耶。詩之所以能感人者，全在音節。新詩不講音節，讀之不能上口。聽之不能入耳，何能感人。』（新派詩說）」〔註 19〕

〔註 16〕胡雲翼：《新著中國文學史·自序》，北新書局 1932 年版。
〔註 17〕王哲甫：《中國新文學運動史》，傑成印書局 1933 年版，第 285 頁。
〔註 18〕王哲甫：《中國新文學運動史》，傑成印書局 1933 年版，第 286 頁。
〔註 19〕張振鏞：《中國文學史分論》（1），商務印書館 1934 年版，第 264 頁。

能援引胡懷琛的詩學著作《新派詩說》，足見張氏對其極為看重。張振鏞的詩學態度與胡懷琛頗有相似，在其論及新詩的誕生時，他這樣說：「學者多譯歐美人之詩而覺其明白如話，返視中國之詩近體則格律嚴密，古體則高深沉博。非求解放不得通俗，於是績溪胡適始為新詩之提倡。」〔註20〕「自適倡此說，從而和之者甚眾。稍解把筆者，皆不恥鄙俚，自居於詩人之列。而詩無可誦者矣。惟吳芳吉之白屋吳生詩及李思純諸人之作，非淺學之士所能及。而適之友人南昌胡先驌步曾亦不然其說。」〔註21〕言辭中並不看好新詩人，反而讚賞學衡派詩人吳芳吉以及現在並沒有太多人知曉其詩作的歷史學家李思純的作品。張振鏞也有認可的新詩，如胡適的《鴿子》、《一顆星兒》，他覺得兩詩「清寫白描，情景逼真，音節亦高亢瀏亮。非其他新詩人所能及」〔註22〕，這種評價的標準顯然來自傳統詩學。

　　總的說來，胡懷琛在民國時期文學史著中出現的頻率不高，即便偶有文學史著敘述之，也多以學者而非詩人身份出現；史家對其「詩人」、「新詩人」的身份始終持懷疑、否定甚至漠視的態度。新中國成立之後的文學史著，更沒有再提此人。

　　胡懷琛與胡適在白話基礎上同時起步，在詩體、音節等方面分道揚鑣，開創了兩條不同的詩學路徑。胡適以西化為標準的新詩路向主宰了百年新詩發展的主流，儘管胡適晚年有所變化，但它所開創的這條詩學流脈已然生生不息流傳下來。胡懷琛最初似以多元化的道路嘗試新詩，但在其越往後的嘗試與研究中，他所倡導的新詩路向越來越明晰，這就是傳統詩體的現代漢語轉化，即以白話，或者說，以現代漢語的語言屬性來解放進而轉化誕生於文言屬性的傳統詩體。兩條流脈背後所糾纏在一起的實質是新詩之「新」與「美」的矛盾問題。

　　「新」與「美」的矛盾是新詩從誕生至今懸而未決的難題。當胡適在西化的路徑中完成對新詩想像的圖景後，象徵派詩人穆木天將胡適視為新詩運動「最大的罪人」〔註23〕，其理由就是因為《嘗試集》背棄了詩性美的原則，

〔註20〕張振鏞：《中國文學史分論》（1），商務印書館 1934 年版，第 262 頁。
〔註21〕張振鏞：《中國文學史分論》（1），商務印書館 1934 年版，第 262 頁。
〔註22〕張振鏞：《中國文學史分論》（1），商務印書館 1934 年版，第 265 頁。
〔註23〕穆木天：《譚詩——寄郭沫若的一封信》，陳惇、劉象愚編《穆木天文學評論選集》，北京師範大學出版社 2000 年版，第 140 頁。

這是對以「新」為「美」觀念的質疑。後起的新月派則對以胡適為首的初期白話詩語言散漫的特點進行校正，提倡新格律詩，系統地提出音樂美、繪畫美、建築美的「三美」原則，這是對新詩割斷傳統血脈，走向散漫無拘的自由體的一種否定與校正。而戴望舒等現代派詩人又批評新格律詩為「豆腐塊」，則是出於想為新詩在內容與形式上確立新的審美規範，這時的現代漢語已經邁入成熟而精緻的書面化時期，「文言語詞入詩」成為現代派相當引人注目的語言現象，其對「詩的音樂性」又提出挑戰，重新舉起了「詩的散文化」的旗幟。四十年代艾青和九葉派詩人進一步豐富與發展了新詩藝術，對「新詩現代化」的追求，也就是對「新傳統的尋求」，強調「詩的思維與語言的根本改造」所體現出來的反叛性與異質性，正是對以《嘗試集》為代表的早期白話詩的價值觀的遙相呼應。〔註24〕五十年代，毛澤東倡導在民間與古典中尋求詩歌發展出路，走完全民族化、中化的道路。以《文藝報》、中國作家協會創作委員會詩歌組、《光明日報》、《文學評論》為中心的幾次關於詩歌形式的詩學討論，便是響應這種號召。在關於詩歌發展道路的討論中，對「五四」建立起來的新詩傳統的質疑，也就是對新詩合法性的質疑，這時主張在「新民歌」中尋求詩歌發展道路，重視民族形式。我們從這種向民族與民間的回歸中聽到的竟然是胡懷琛詩學主張及胡適《嘗試後集》的歷史遺響。1979 年末發起的朦朧詩論爭，表面是對「新的美學原則」的論爭，實則是新一輪的新詩之「新」的論爭。「新」在朦朧詩這裡，再次借鑒了西方。朦朧詩「衰減」後，「第三代」詩人喊出「打倒北島」、「Pass 舒婷」的口號，主張「回到」詩歌「自身」，「回到」語言，回到個體的「生命意識」，成為「新詩潮」在這一時期的「新的支撐點」。〔註25〕倘若回望一下 80 年代詩歌流派的命名特徵——「新詩潮／後新詩潮」、「朦朧詩／後朦朧詩」、「朦朧詩／第三代詩」、「現代主義詩歌／後現代主義詩歌」、「第三代詩歌／90 年代詩歌」、「青春期寫作／中年寫作」……〔註26〕不難發現，這種起源於《嘗試集》的線性的求「新」的進化論的「時間神話」一直支配著新詩的發展。1990 年代末，「知識分子寫

〔註24〕 參見錢理群等：《中國現代文學三十年》（修訂本），北京大學出版社 1998 年版，第 585 頁。
〔註25〕 參見洪子誠、劉登翰：《中國當代新詩史》，北京大學出版社 2005 年版，第 209 頁。
〔註26〕 參見洪子誠、劉登翰：《中國當代新詩史》，北京大學出版社 2005 年版，第 274 頁。

作」與「民間寫作」的詩界論爭，其中涉及漢語寫作與全球化語境、文學經典與文化傳統等問題，「民間派」提出詩歌要世俗化、語言要口語化的主張……諸種現象、諸種問題，無疑都是新詩之「新」與「美」衝突的體現。

胡懷琛所倡導的傳統詩體的現代漢語轉化這條詩學路徑，在歷史的後視鏡中，我們可以清晰地梳理出新詩發展的這個隱在流脈。從晚清黃遵憲等的「詩界革命」，到「五四」時期胡懷琛所倡導的「新派詩」，以及胡適的那些「放腳」白話詩，到新中國時期毛澤東的新詩道路論，以及郭小川的「新辭賦體」，直至今天一些人倡導和實踐借助古典詩詞資源重鑄漢語詩性魅力，均可謂是傳統詩體的現代漢語轉化這條路徑上一脈相承的一些聯結點。1940 年代以後，文學朝向民族形式與大眾化方向發展，直到新中國成立，文化的走向是回歸傳統成爲主流。特別是 1950 年代末，受毛澤東詩學觀念的影響，新詩的發展路向，強調從古典詩詞與民歌中吸取養料。這時的新詩創作，尤其是郭小川的「新辭賦體」，實際上是沿著毛澤東倡導的新詩道路在有限的程度上走通了傳統詩體的現代漢語轉化這條道路。在新中國時期的詩歌創作實踐上，1959 年至 1960 年代初期，郭小川的一些詩作、嚴陣的詩集《江南曲》（1961）、陸棨的詩集《燈的河》（1961）、沙白的《水鄉行》（1962）、張志民的詩集《西行剪影》（1963），皆以古典詩詞，尤其是宋元小令作爲新詩創新的形式資源。在 1959 年一篇評價郭小川的文章中有這樣一段：「在繼承古典詩歌一些形式上的優點時，我們不應當忽略了宋以後在詞的基礎上發展起來的散曲，小令。這種形式在格律上並沒有嚴格的限制。雖然有詞牌，但那詞牌的樣式多到你信手寫來也容易合拍的地步。散曲，小令都起源於民間，接近口語，它有明快、簡練、纖細、音樂性強等優點。這種形式在宋以後流行了五、六百年，在元代並成爲詩歌的主要形式，並不是偶然的。它是古典詩詞發展趨於衝破格律限制，向自然的口語的方向前進的結果。」〔註27〕

在當下這個全球化的時代語境中，站在百年新詩發展的路口，漢語詩歌如何在現代漢語階段釋放漢語的詩性之美成爲一個亟待解決的時代性難題，倡導和實踐借助古典詩詞重鑄漢語詩性魅力的呼聲越來越高。回顧二胡兩條詩學探索之脈，我們可以看到，重新發現胡懷琛在新詩史上的地位這個問題，變得尤爲重要。當年，錢仲聯先生在《南社吟壇點將錄》中曾這樣歌詠胡懷

〔註27〕宋遂良：《創造性的探索——從郭小川同志三首長詩談詩歌的民族形式問題》，《詩刊》1959 年第 5 期。

琛：「《大江集》與《江村集》，舊體新裁合一家。筆戰何妨到《嘗試》，妙蓮開山筆端花。」〔註28〕當新與舊、傳統與現代不再成為涇渭分明、二元對立的問題時，胡懷琛所倡導的傳統詩體的現代漢語轉化這條路徑，是應該值得我們發現、反思、吸取並且繼承的。

〔註28〕錢仲聯：《南社吟壇點將錄》，馬以君主編《南社研究》(6)，中山大學出版社1994年版，第9頁。

參考文獻

一、著作類

1. 胡適：《嘗試集》，亞東圖書館 1920 年版。
2. 胡適：《五十年來之中國文學》，申報館 1924 年版。
3. 胡適：《胡適文存》，亞東圖書館 1935 年版。
4. 胡適：《胡適論學近著》，商務印書館 1935 年版。
5. 胡適：《胡適之先生詩歌手跡》，臺灣商務印書館 1964 年版。
6. 胡適：《白話文學史》（上），嶽麓書社 1986 年版。
7. 中國社會科學院近代史研究所中華民國史組編：《胡適來往書信選》（上、中、下），中華書局 1979 年版。
8. 胡頌平編：《胡適之先生年譜長編初稿》，聯經出版事業公司 1984 年版。
9. 胡頌平編：《胡適之先生晚年談話錄》，聯經出版事業公司 1984 年版。
10. 耿雲志編：《胡適年譜：1891～1962》，中華書局香港分局 1986 年版。
11. 胡明編注：《胡適詩存》，人民文學出版社 1989 年版。
12. 姜義華主編：《胡適學術文集》中華書局 1993 年版。
13. 耿雲志主編：《胡適遺稿及秘藏書信》（全 42 冊），黃山書社 1994 年版。
14. 歐陽哲生主編：《胡適文集》（全 12 冊），北京大學出版社 1998 年版。
15. 胡適：《胡適留學日記》（上、下），安徽教育出版社 1999 年版。
16. 陳平原導讀：《嘗試集‧嘗試後集》，貴州教育出版社 2001 年版。
17. 季羨林編：《胡適全集》（全 44 卷），安徽教育出版社 2003 年版。
18. 北京大學圖書館編：《北京大學圖書館藏胡適未刊書信日記》，清華大學出版社 2003 年版。

19. 胡懷琛：《大江集》，崇文書局 1921 年版。

20. 胡懷琛：《白話文談及白話詩談》，廣益書局 1921 年版。

21. 胡懷琛：《新文學淺說》，泰東圖書局 1921 年版。

22. 胡懷琛：《嘗試集批評與討論》，泰東圖書局 1923 年版。

23. 胡懷琛：《新詩概說》，商務印書館 1923 年版。

24. 胡懷琛：《小詩研究》，商務印書館 1924 年版。

25. 胡懷琛：《文學短論》，梁溪圖書館 1926 年版。

26. 胡懷琛：《中國文學史略》，梁溪圖書館 1926 年版。

27. 胡懷琛：《胡懷琛詩歌叢稿》，商務印書館 1926 年版。

28. 胡懷琛：《作文研究》，商務印書館 1927 年版。

29. 胡懷琛：《中國八大詩人》，商務印書館 1927 年版。

30. 胡懷琛：《中國文學辯證》，商務印書館 1927 年版。

31. 胡懷琛：《簡易字說》，商務印書館 1928 年版。

32. 胡懷琛：《詩歌學 ABC》，世界書局 1929 年版。

33. 胡懷琛：《陸放翁生活》，世界書局 1930 年版。

34. 胡懷琛：《中國文學評價》，華通書局 1930 年版。

35. 胡懷琛：《抒情文做法》，世界書局 1931 年版。

36. 胡懷琛：《中國文的過去與未來》，世界書局 1931 年版。

37. 胡懷琛：《詩人生活》，世界書局 1932 年版。

38. 胡懷琛：《詩的做法》，世界書局 1932 年版。

39. 胡懷琛：《中國先賢學說》，正中書局 1935 年版。

40. 胡懷琛：《中國民歌研究》，商務印書館 1935 年版。

41. 胡懷琛：《薩坡賽路雜記》，廣益書局 1937 年版。

42. 胡懷琛：《民歌選》，商務印書館 1938 年版。

43. 胡懷琛：《海天詩話》，上海書店影印本 1984 年版。

44. 胡樸安：《樸學齋叢書》，鉛印本 1940 年版。

45. 田壽昌、宗白華、郭沫若：《三葉集》，亞東圖書館 1923 年版。

46. 吳興、沈熔：《近世文選》，大東書局 1933 年版。

47. 趙家璧主編：《中國新文學大系》，良友圖書公司 1935 年版。

48. 譚正璧：《中國文學史大綱》，泰東圖書局 1925 年版。

49. 譚正璧：《中國文學進化史》，光明書局 1929 年版。

50. 譚正璧：《新編中國文學史》，光明書局 1935 年版。

51. 譚正璧：《中國文學史大綱》，光明書局 1940 年版。

52. 王哲甫：《中國新文學運動史》，傑成印書局 1933 年版。

53. 張振鏞：《中國文學史分論》（1），商務印書館 1934 年版。

54. 洪球：《現代詩歌論文選》（上），傲古書店 1935 年版。

55. 梁啓超：《飲冰室詩話》，人民文學出版社 1959 年版。

56. 魯迅：《魯迅書信集》，人民文學出版社 1976 年版。

57. 夏曉虹編：《梁啓超文選》，中國廣播電視出版社 1992 年版。

58. 賀遠明等選編：《吳芳吉集》，巴蜀書社 1994 年版。

59. 朱湘：《朱湘作品集》（1），河南大學出版社 2004 年版。

60. 卞之琳：《卞之琳文集》（中），安徽教育出版社 2002 年版。

61. 陳子善編：《葉公超批評文集》，珠海出版社 1998 年版。

62. 茅盾：《我走過的道路》（上），人民文學出版社 1997 年版。

63. 俞平伯：《俞平伯全集》（3），花山文藝出版社 1997 年版。

64. 陳子善編：《葉公超批評文集》，珠海出版社 1998 年版。

65. 楊揚編：《周作人批評文集》，珠海出版社 1998 年版。

66. 鍾叔河編：《周作人散文全集》（7），廣西師範大學出版社 2009 年版。

67. 錢玄同：《錢玄同文集》（1），中國人民大學出版社 1999 年版。

68. 馬海甸編：《梁宗岱文集》，中央編譯出版社 2003 年版。

69. 羅尉宣編：《朱光潛集》，花城出版社 2009 年版。

70. 趙景深：《我與文壇》，上海古籍出版社 1999 年版。

71. 吳泰瑛：《白屋詩人吳芳吉》，巴蜀書社 2006 年版。

72. 柳亞子：《柳亞子文集·南社紀略》，上海人民出版社 1983 年版。

73. 柳亞子：《柳亞子自述·續編·1887～1958》，人民日報出版社 2012 年版。

74. 鄭逸梅：《南社叢談》，上海人民出版社 1981 年版。

75. 鄭逸梅：《清末民初文壇軼事》，中華書局 2005 年版。

76. 楊天石：《南社史長編》，中國人民大學出版社 1995 年版。

77. 馬以君：《南社研究》（第 1 輯～第 6 輯），中山大學出版社 1991～1994 年版。

78. 孫之梅：《南社研究》，人民文學出版社 2003 年版。

79. 邵迎武：《南社人物吟評》，社會科學文獻出版社 1994 年版。

80. 盧文芸：《中國近代文化變革與南社》，社會科學文獻出版社 2008 年版。

81. 朱自清：《新詩雜話》，廣西師範大學出版社 2004 年版。

82. 艾青：《詩論》，人民文學出版社 1980 年版。

83. 聞一多：《聞一多論新詩》，武漢大學出版社 1985 年版。

84. 馮文炳：《談新詩》，人民文學出版社 1984 年版。

85. 朱光潛：《詩論》，安徽教育出版社 2006 年版。

86. 梁宗岱：《詩與真》，中央編譯出版社 2006 年版。

87. 梁宗岱：《詩與真續編》，中央編譯出版社 2006 年版。

88. 劉匡漢、劉福春：《中國現代詩論》（上、下），花城出版社 1985、1986 年版。

89. 〔美〕喬納森・卡勒：《結構主義詩學》，盛寧譯，中國社會科學出版 1991 年版。

90. 〔瑞士〕皮亞傑：《發生認識論原理》，商務印書館 1996 年版。

91. 〔法〕布迪厄：《實踐與反思：反思社會學導引》，李猛、李康譯，中央編譯出版社 1998 年版。

92. 〔法〕米歇爾・福柯：《知識考古學》（第 3 版），生活・讀書・新知三聯書店 2007 年版。

93. 〔美〕林毓生：《中國意識的危機——「五四」時期激烈的反傳統主義》，穆善培譯，貴州人民出版社 1988 年版。

94. 〔美〕格里德：《胡適與中國的文藝復興：中國革命中的自由主義：1917～1937》，魯奇譯，江蘇人民出版社 1996 年版。

95. 〔美〕賈祖麟：《胡適之評傳》，張振玉譯，南海出版公司 1992 年版。

96. 〔美〕周明之：《胡適與中國現代知識分子的選擇》，雷頤譯，廣西師範大學出版社 2005 年版。

97. 王汎森：《執拗的低音：一些歷史思考方式的反思》，生活・讀書・新知三聯書店 2014 年版。

98. 余英時等：《胡適與中西文化》，水牛圖書出版事業有限公司 1984 年版。

99. 余英時：《中國近代思想史上的胡適》，聯經出版事業公司 1984 年版。

100. 余英時：《重尋胡適歷程：胡適生平與思想再認識》，聯經出版公司 2004 年版。

101. 耿雲志：《胡適研究論稿》，四川人民出版社 1985 年版。

102. 耿雲志：《胡適年譜》，四川人民出版社 1989 年版。

103. 耿雲志：《現代學術史上的胡適》，生活・讀書・新知三聯書店 1993 年版。

104. 耿雲志：《胡適新論》，湖南出版社 1996 年版。

105. 耿雲志：《胡適論爭集》，中國社會科學出版社 1998 年版。

106. 石原皋：《閒話胡適》，安徽人民出版社 1985 年版。

107. 張忠棟：《胡適五論》，允晨文化實業股份有限公司 1987 年版。

108. 周質平：《胡適與魯迅》，時報文化出版企業有限公司 1988 年版。

109. 周質平：《胡適叢論》，三民書局股份有限公司 1992 年版。

110. 周質平：《胡適與中國現代思潮》，南京大學出版社 2002 年版。

111. 易竹賢：《胡適傳》，湖北人民出版社 1987 年版。

112. 易竹賢：《胡適與現代中國文化》，武漢大學出版社 1993 年版。

113. 易竹賢：《新文學天穹兩巨星：魯迅與胡適》，武漢大學出版社 2005 年版。

114. 唐德剛：《胡適雜憶》，華文出版社 1990 年版。

115. 唐德剛：《胡適口述自傳》，華東師範大學出版社 1993 年版。

116. 歐陽哲生：《自由主義之累：胡適思想的現代闡釋》，上海人民出版社 1993 年版。

117. 沈衛威：《胡適傳》，河南大學出版社 1990 年版。

118. 周策縱：《胡適與近代中國》，時報文化出版企業公司 1991 年版。

119. 朱文華：《胡適——開風氣的嘗試者》，復旦大學出版社 1992 年版。

120. 劉青峰：《胡適與現代中國文化轉型》，香港中文大學出版社 1994 年版。

121. 沈衛威：《傳統與現代之間：尋找胡適》，河南大學出版社 1994 年版。

122. 沈衛威：《自由守望：胡適派文人引論》，上海文藝出版社 1997 年版。

123. 譚宇權：《胡適思想評論》，文津出版社 1996 年版。

124. 李敖：《胡適評傳》，中國友誼出版公司 2000 年版。

125. 李敖：《胡適研究》，中國友誼出版公司 2006 年版。

126. 子通：《胡適評說八十年》，中國華僑出版社 2003 年版。

127. 謝泳：《胡適還是魯迅》，中國工人出版社 2003 年版。

128. 胡明：《胡適傳論》，人民文學出版社 1996 年版。

129. 胡明：《胡適思想與中國文化》，廣西師範大學出版社 2005 年版。

130. 廖七一：《胡適詩歌翻譯研究》，清華大學出版社 2006 年版。

131. 施議對：《胡適詞點評》（增訂本），中華書局 2006 年版。

132. 羅志田：《再造文明的嘗試：胡適傳（1891～1929）》，中華書局 2006 年版。

133. 劉東方：《「五四」時期胡適的文體理論》，齊魯書社 2007 年版。

134. 白吉庵：《胡適傳》，紅旗出版社 2009 年版。

135. 湯景泰：《寧鳴而生，不默而死：胡適的言論寫作研究》，巴蜀書社 2010 年版。

136. 陳金淦：《胡適研究資料》，知識產權出版社 2010 年版。

137. 鍾軍紅：《胡適新詩理論批評》，人民文學出版社 2004 年版。

138. 李澤厚：《中國現代思想史論》，東方出版社 1987 年版。

139. 王永生編:《中國現代文論選》,貴州人民出版社 1982 年版。

140. 文振庭編:《文藝大眾問題討論資料》,上海文藝出版社 1987 年版。

141. 袁可嘉:《論新詩現代化》,生活・讀書・新知三聯書店 1988 年版。

142. 周曉明:《多源與多元:從中國留學族到新月派》,華中師範大學出版社 2001 年版。

143. 《建國以來毛澤東文稿》(7),中央文獻出版社 1992 年版。

144. 於可訓:《新詩體藝術論》,武漢大學出版社 1995 年版。

145. 於可訓:《當代詩學》,湖南人民出版社 2000 年版。

146. 王澤龍:《中國現代主義詩潮論》,華中師範大學出版社 1995 年版。

147. 陳平原:《中國現代學術之建立——以章太炎、胡適爲中心》,北京大學出版社 1998 年版。

148. 黃修己:《中國新文學史編纂史》,北京大學出版社 2007 年版。

149. 陸耀東:《中國新詩史 1916～1949》(第一卷),長江文藝出版社 2005 年版。

150. 葉維廉:《中國詩學》,人民文學出版社 2006 年版。

151. 林庚:《新詩格律與語言的詩化》,經濟日報出版社 2000 年版。

152. 錢理群等:《中國現代文學三十年》(修訂本),北京大學出版社 1998 年版。

153. 洪子誠、劉登翰:《中國當代新詩史》(修訂版),北京大學出版社 2005 年版。

154. 龍泉明:《中國新詩流變論 1917～1949》,人民文學出版社 1999 年版。

155. 龍泉明、鄒建軍:《現代詩學》,湖南人民出版社 2000 年版。

156. 龍泉明:《中國新詩的現代性》,武漢大學出版社 2005 年版。

157. 孫玉石:《中國現代主義詩潮史論》,北京大學出版社 1999 年版。

158. 李怡:《中國現代新詩與古典詩歌傳統》,北京大學出版社 2008 年版。

159. 藍棣之:《現代詩的情感與形式》,人民文學出版社 2002 年版。

160. 王光明:《現代漢詩的百年演變》,河北人民出版社 2003 年版。

161. 周昌龍:《超越西潮:胡適與中國傳統》,臺灣學生書局 2001 年版。

162. 羅振亞:《中國現代主義詩歌史論》,社會科學文獻出版社 2002 年版。

163. 羅振亞:《朦朧詩後先鋒詩歌研究》,中國社會科學出版社 2005 年版。

164. 鄭敏:《思維・文化・詩學》,河南人民出版社 2004 年版。

165. 韓立群:《中國語文革命——現代語文觀及其實踐》,中央編譯出版社 2003 年版。

166. 鄧程:《論新詩的出路》,中國社會科學出版社 2004 年版。

167. 夏曉虹、王風:《文學語言與文章體式——從晚清到「五四」》,安徽教育

出版社 2005 年版。

168. 張桃洲：《現代漢語的詩性空間——新詩話語研究》，北京大學出版社 2005 年版。

169. 姜濤：《「新詩集」與中國新詩的發生》，北京大學出版社 2005 年版。

170. 劉現強：《現代漢語節奏研究》，北京大學出版社 2007 年版。

171. 劉保昌：《洶湧的潛流——傳統文化與現代文學》，湖北人民出版社 2010 年版。

172. 方長安：《新詩傳播與構建》，中國社會科學出版社 2012 年版。

173. 王桂妹：《五四文化激進主義與中國文學現代轉型》，北嶽文藝出版社 2007 年版。

174. 任淑坤：《五四時期外國文學翻譯研究》，人民出版社 2009 年版。

175. 錢理群、袁本良：《二十世紀詩詞注評》，廣西師範大學出版社 2005 年版。

176. 高玉：《現代漢語與中國現代文學》，中國社會科學出版社 2003 年版。

177. 潘頌德：《中國現代詩論 40 家》，重慶出版社 1991 年版。

178. 潘頌德：《中國現代新詩理論批評史》，學林出版社 2002 年版。

179. 趙金鐘：《中國新詩的現代性與民間性》，寧夏人民出版社 2007 年版。

180. 戴燕：《文學史的權力》，北京大學出版社 2002 年版。

二、論文類

1. 隋樹桂：《讀胡懷琛小詩的成績》，《學生文藝叢刊》1925 年第 8 期。

2. 蕙若：《記胡懷琛》，《十日談》1934 年第 32 期。

3. 戈子：《記胡懷琛》，《文友》1944 年第 3 卷第 9 期。

4. 徐重慶：《胡懷琛與新詩》，《文教科學》1986 年第 3～4 期。

5. 胡道靜：《我的父親胡懷琛與商務印書館》，《出版史料》1991 年第 1 期。

6. 胡安定：《跨越新舊的「第三文學空間」——論新文學發生初期的「蝙蝠派」》，《中國現代文學研究叢刊》2012 年第 6 期。

7. 陳福康：《胡懷琛論譯詩》，《中國翻譯》1991 年第 5 期。

8. 黃德生：《給胡適改詩的筆墨官司》，《讀書》2001 年第 2 期。

9. 姜濤：《「爲胡適改詩」與新詩發生的內在張力——胡懷琛對〈嘗試集〉的批評研究》，《北京大學學報》（哲學社會科學版）2003 年第 6 期。

10. 劉東方：《胡懷琛、周作人現代小詩研究之比較》，《齊魯學刊》2008 年第 5 期。

11. 周興陸：《胡懷琛的「新派詩」理論》，《漢語言文學研究》2013 年第 4 卷第 2 期。

12. 趙黎明、朱曉梅：《「詩辨」意識與古典主義「新詩」觀念的建立——胡懷琛關於新詩文體理念的另一種探索》，《上海交通大學學報》（哲學社會科學版）2013 年第 1 期。

13. 趙黎明：《胡懷琛與民國之初的新文學教育》，《中國文學研究》2011 年第 4 期。

14. 盧永和：《胡懷琛與新舊融合的新詩文體觀》，《中國文學研究》2014 年第 3 期。

15. 盧永和：《現代「小詩」文化身份的鑒識——論胡懷琛的〈小詩研究〉》，《肇慶學院學報》2012 年第 6 期。

16. 盧永和：《胡懷琛與吳芳吉：超越新舊詩之爭的第三種聲音》，《社會科學輯刊》2014 年第 5 期。

17. 陳平原：《經典是怎樣形成的——周氏兄弟等爲胡適刪詩考》（一、二），《魯迅研究月刊》2001 年第 4、5 期。

18. 葛兆光：《漢字與漢詩——一種天然的詩歌質料》，《漢字的魔方——中國古典詩歌語言學的札記》，香港中華書局 1989 年版。

19. 錢理群：《論現代新詩與現代舊體詩的關係》，《詩探索》1999 年第 2 期。

20. 唐曉渡：《時間神話的終結》，《文藝爭鳴》1995 年第 2 期。

21. 唐曉渡：《五四新詩的「現代性」問題》，《文藝爭鳴》1997 年第 2 期。

22. 陳友康：《二十世紀中國舊體詩詞的合法性和現代性》，《中國社會科學》2002 年第 6 期。

23. 秦弓：《「五四」時期文壇上的新與舊》，《文藝爭鳴》2007 年第 5 期。

24. 周揚：《新文學運動史講義提綱》，《文學評論》1986 年第 2 期。

25. 宋遂良：《創造性的探索——從郭小川同志三首長詩談詩歌的民族形式問題》，《詩刊》1959 年第 5 期。

26. 藍棣之：《中國新詩的開步——重評胡適的〈嘗試集〉和他的詩論》，《四川大學學報》（社會科學版）1979 年第 2 期。

27. 易竹賢：《評「五四」文學革命中的胡適》，《新文學論叢》1979 年第 2 期。

28. 易竹賢：《胡適其人及胡適研究述評》，《江漢論壇》2005 年第 3 期。

29. 秦家琪：《重評胡適〈嘗試集〉》，《南京師範大學學報》（社會科學版）1979 年第 3 期。

30. 龔濟民：《評胡適的〈嘗試集〉》，《遼寧大學學報》（哲學社會科學版）1979 年第 3 期。

31. 亦堅：《從魯迅爲胡適刪詩說起》，《上海師範大學學報》（哲學社會科學版）1979 年第 2 期。

32. 文振庭：《胡適〈嘗試集〉重議》，《江漢論壇》1979 年第 3 期。

33. 耿雲志：《胡適與「五四」時期的新文化運動》，《歷史研究》1979 年第 5 期。

34. 朱德發：《論胡適早期的白話詩主張與創作》，《山東師院學報》（哲學社會科學版）1979 年第 5 期。

35. 朱德發：《胡適白話詩學的現代闡釋》，《西南師範大學學報》（人文社會科學版）2005 年第 6 期。

36. 周曉明：《重新評價胡適〈嘗試集〉》，《破與立》1979 年第 6 期。

37. 朱文華：《試論胡適在「五四」新文化運動中的作用和地位》，《復旦學報》1979 年第 3 期。

38. 朱文華：《開風氣的嘗試──評〈嘗試集〉》，《「再造文明」的奠基石──「五四」新文化運動三大思想家散論》，上海世紀出版集團、上海教育出版社 2000 年版。

39. 章明：《令人氣悶的「朦朧」》，《詩刊》1980 年第 8 期。

40. 秦亢宗、蔣成瑀：《「五四」時期寫實派白話詩述評》，《杭州大學學報》1982 年第 3 期。

41. 林植漢：《〈嘗試集〉不是第一部新詩集》，《黃石師院學報》（哲學社會科學版）1983 年第 2 期。

42. 韋學賢：《胡適早期的新詩理論和實踐》，《廣西民族學院學報》（哲學社會科學版）1983 年第 3 期。

43. 唐祈：《論中國新詩的發展及其傳統》，《河北師院學報》1984 年第 3 期。

44. 文萬荃：《中國現代文學史上第一部新詩集辯白》，《四川學院學報》（社會科學版）1984 年第 1 期。

45. 吳奔星：《〈嘗試集〉新論》，《社會科學戰線》1985 年第 3 期。

46. 吳奔星：《論初期白話詩派──紀念文學革命七十週年》，《中國文學研究》1987 年第 2 期。

47. 陳金淦：《胡適詩歌評價的歷史回顧》，《徐州師範學院學報》1985 年第 1 期。

48. 周質平：《胡適文學理論探源》，《中國現代文學研究叢刊》1986 年第 4 期。

49. 吳定宇：《論〈女神〉與〈嘗試集〉的歷史地位》，《阜陽師範學院學報》（社會科學版）1986 年第 3 期。

50. 吳定宇：《中西文化交融的最初碩果──〈女神〉與〈嘗試集〉文化價值比較》，《郭沫若學刊》1990 年第 3 期。

51. 閻煥東：《新詩的基石與豐碑──〈嘗試集〉與〈女神〉比較研究》，《北京社會科學》1987 年第 2 期。

52. 黃維樑：《五四新詩所受的英美影響》，《北京大學學報》（哲學社會科學版）

1988 年第 5 期。

53. 胡明：《關於胡適中西文化觀的評價》，《文學評論》1988 年第 6 期。

54. 胡明：《胡適與中國文學的現代轉型》，《學術月刊》1994 年第 3 期。

55. 胡明：《論胡適的中西文化觀》，《中國文化研究》1996 年春之卷。

56. 宋劍華：《論胡適新詩創作的藝術追求》，《阜陽師範學院學報》1989 年第 1 期。

57. 許霆：《聞一多、胡適詩論的藝術思維比較——新詩發展第一、二階段的基本特徵論》，《南京師大學報》（社會科學版）1989 年第 3 期。

58. 許霆：《胡適「詩體解放」論的文學史意義》，《文藝理論研究》1996 年第 3 期。

59. 高逾：《胡適談新詩論析——新詩的自然音節是什麼》，《福建論壇》1989 年第 4 期。

60. 康林：《〈嘗試集〉的藝術史價值》，《文學評論》1990 年第 4 期。

61. 董炳月：《中間物：胡適新詩理論的歷史特徵》，《中國現代文學研究叢刊》1990 年第 2 期。

62. 李怡：《中國現代新詩的進程》，《文學評論》1990 年第 1 期。

63. 李怡：《重審中國新詩發展的啓端——初期白話詩研究綜述》，《中國現代文學研究叢刊》1996 年第 2 期。

64. 李怡：《20 世紀 50 年代與「二元對立思維」——中國新詩世紀回顧的一個重要問題》，《中國現代文學研究叢刊》2005 年第 5 期。

65. 張新：《五四時期新詩與宋詩的文化氛圍》，《中州學刊》1990 年第 6 期。

66. 朱曉進：《從語言角度談新詩的評價問題》，《文學評論》1992 年第 3 期。

67. 楊國榮：《中國近代文化史上的胡適》，《學術界》1992 年第 5 期。

68. 鄭敏：《世界末的回顧：漢語語言變革與中國新詩創作》，《文學評論》1993 年第 3 期。

69. 鄭敏：《中國詩歌的古典與現代》，《文學評論》1995 年第 6 期。

70. 鄭敏：《語言觀念必須革新——重新認識漢語的審美與詩意價值》，《文學評論》1996 年第 4 期。

71. 鄭敏：《試論漢詩的傳統藝術特點——新詩能向古典詩歌學些什麼？》，《文藝研究》1998 年第 4 期。

72. 鄭敏：《新詩百年探索與後新詩潮》，《文學評論》1998 年第 4 期。

73. 范欽林：《如何評價「五四」白話文運動——與鄭敏先生商榷》，《文學評論》1994 年第 2 期。

74. 張目：《「前空千古，下開百世」的「嘗試」——胡適的詩學及其藝術實驗》，《社會科學戰線》1994 年第 6 期。

75. 龍泉明：《「五四」白話新詩的「非詩化」傾向與歷史局限》，《文學評論》1995 年第 1 期。

76. 龍泉明：《中國新詩流變略論》，《江漢論壇》1995 年第 2 期。

77. 龍泉明：《傳統文學、西方文學與中國文學的現代化轉換》，《學術月刊》1998 年第 8 期。

78. 龍泉明：《傳統與現代的歷史聯結點——論「五四」白話新詩的艱難突圍》，《學術月刊》2000 年第 7 期。

79. 謝昭新：《胡適〈嘗試集〉對新詩的貢獻》，《安徽師大學報》（哲學社會科學版）1996 年第 1 期。

80. 馬以鑫：《「白話文運動」歷史軌跡的重新考察》，《華東師範大學學報》1996 年第 2 期。

81. 步大唐：《論胡適詩派》，《四川大學學報》（哲學社會科學版）1996 年第 4 期。

82. 步大唐：《評胡適的〈嘗試後集〉》，《西南師範大學學報》（哲學社會科學版）1998 年第 3 期。

83. 張全之：《平行與互補：中國新詩兩大源頭——重評〈女神〉與〈嘗試集〉在文學史上的地位》，《郭沫若學刊》1997 年第 1 期。

84. 鈴木義昭：《聞一多與胡適「八不主義」——以意象主義爲中介》，《徐州師範大學學報》1997 年第 2 期。

85. 童煒鋼：《收斂和放縱——論胡適與「意象詩派」之關係》，《上海師範大學學報》（哲學社會科學版）1997 年第 4 期。

86. 周曉風：《早期白話詩與「胡適之體」》，《重慶師院學報》（哲學社會科學版）1997 年第 4 期。

87. 王光明：《中國新詩的本體反思》，《中國社會科學》1998 年第 4 期。

88. 王光明：《自由詩與中國新詩》，《中國社會科學》2004 年第 4 期。

89. 王珂：《文體自發與文體自覺的對抗與和解——20 世紀漢語詩歌的文體演變透析》，《社會科學輯刊》1998 年第 5 期。

90. 王珂：《論白話詩運動對新詩的文體生成與文體形態的影響》，《理論與創作》2006 年第 3 期。

91. 王珂：《胡適沒有受到意象派的真正影響——兼談胡適提出「作詩如作文」的原因》，《中州學刊》2007 年第 2 期。

92. 韓立群：《論胡適對中國新文學文體建設的貢獻》，《齊魯學刊》1998 年第 5 期。

93. 劉保昌：《既捨棄也難歸依——中國新詩與傳統文化》，《學術交流》1999 年第 4 期。

94. 曠新年:《文學革命:進化文學史觀》,《涪陵師專學報》1999 年第 4 期。

95. 曠新年:《論胡適的白話文學觀》,《婁底師專學報》1999 年第 2 期。

96. 曠新年:《中國現代思想史上的胡適》,《讀書》2002 年第 9 期。

97. 曠新年:《「五四」白話文運動:一種話語的考察》,《文藝理論與批評》2009 年第 3 期。

98. 曠新年:《胡適與新文化運動》,《杭州師範學院學報》(人文社會科學版) 2001 年第 5 期。

99. 曠新年:《胡適與意象派》,《中國文化研究》1999 年秋之卷。

100. 溫儒敏:《文學史觀的建構與對話──圍繞初期新文學的評價》,《北京大學學報》2000 年第 4 期。

101. 高玉:《胡適白話文學理論檢討》,《湖北大學學報》(哲學社會科學版) 2000 年第 2 期。

102. 高玉:《語言運動與思想革命──五四新文學的理論與現實》,《文學評論》2002 年第 5 期。

103. 章永林:《嘗試期的新詩與「胡適之體」》,《通化師範學院學報》2001 年第 1 期。

104. 陳學祖:《透明的限度:胡適派詩學對中西美學、詩學的偏取及其得失》,《思想戰線》2002 年第 6 期。

105. 楊四平:《春天的火焰:胡適作爲中國新詩先驅者的詩學意義》,《黃山學院學報》2003 年第 1 期。

106. 姜濤:《「起點」的駁議:新詩史上的〈嘗試集〉與〈女神〉》,《文學評論》2003 年第 6 期。

107. 黃德生:《給胡適改詩的筆墨官司》,《讀書》2001 年第 2 期。

108. 徐改平:《聖人的事業,凡人的情懷──〈嘗試後集〉與胡適的情感世界》,《齊魯學刊》2001 年第 6 期。

109. 羅志田:《文學史上白話的地位和新文學中白話的走向──後五四時期提倡新文學者的內部論爭》,《近代史研究》2002 年第 2 期。

110. 夏志清:《文學革命》,《文學的前途》,三聯書店 2002 年版。

111. 逄增玉、胡玉偉:《進化論的理論預設與胡適的文學史重述》,《東北師大學學報》2002 年第 1 期。

112. 吳思敬:《二十世紀新詩理論的幾個焦點問題》,《文學評論》2002 年第 6 期。

113. 廖七一:《論胡適詩歌翻譯的轉型》,《中國翻譯》2003 年第 5 期。

114. 廖七一:《龐德與胡適:詩歌翻譯的文化思考》,《外國語》2003 年第 6 期。

115. 廖七一:《胡適的白話譯詩與中國文藝復興》,《四川外語學院學報》2005

年第 5 期。

116. 廖七一：《胡適譯詩與新詩體的建構》，《四川外語學院學報》2005 年第 6 期。

117. 曹而雲：《胡適白話詩論的意義及盲點》，《福建師範大學學報》2004 年第 5 期。

118. 曹而雲：《翻譯實踐與現代白話文運動》，《福建論壇》2004 年第 8 期。

119. 曹而雲：《論胡適的白話文理論與語言問題》，《廣西社會科學》2005 年第 2 期。

120. 文雁、莫海斌：《胡適與美國意象派：被敘述出來的影響》，《暨南學報》（人文科學與社會科學版）2004 年第 2 期。

121. 馬蕭：《胡適的文學翻譯與文學創作》，《江漢論壇》2005 年第 12 期。

122. 方長安：《傳播與新詩現代性的發生》，《學術月刊》2006 年第 2 期。

123. 方長安：《譯詩與中國詩歌轉型》，《學習與探索》2007 年第 5 期。

124. 謝泳：《胡適思想批判與〈胡適思想批判參考資料〉》，《開放時代》2006 年第 6 期。

125. 李丹：《胡適：漢英詩互譯、英語詩與白話詩的寫作》，《文學評論》2006 年第 4 期。

126. 王澤龍：《「新詩散文化」的詩學內蘊與意義》，《中國社會科學》2007 年第 5 期。

127. 王澤龍：《現代漢語虛詞與新詩形式變革》，《中國社會科學》2014 年第 9 期。

128. 鄧程：《困境與出路：對當前新詩的思考》，《文學評論》2007 年第 3 期。

129. 錢曉宇：《文言與白話之爭的當代反思——以五四白話文運動為中心探討語言革新的複雜性》，《江西社會科學》2007 年第 5 期。

130. 〔加〕米列娜：《文化記憶的建構——早期文學史的編纂與胡適的〈白話文學史〉》，《當代作家評論》2009 年第 4 期。

131. 陳子善：《新發現的胡適〈嘗試集〉第二編自序》，《東方早報》2011 年 12 月 18 日。

132. 劉納：《新文學何以為「新」——兼談新文學的開端》，《中國現代文學研究叢刊》2012 年第 5 期。

133. 賀瑩：《南社文學活動與新文學發生研究》，河北大學博士學位論文 2010 年。

134. 潘建偉：《對立與互通：新舊詩壇關係之研究（1912～1937）》，浙江大學博士學位論文 2012 年。

135. 曠新年：《胡適文學思想研究》，北京大學博士學位論文 1996 年。

136. 徐改平：《胡適——新文學的開拓者》，北京師範大學博士學位論文 2005 年。

137. 劉東方：《「五四」時期胡適的文體理論》，山東師範大學博士學位論文 2006 年。

138. 王光和：《西方文化影響下的胡適文學思想》，首都師範大學博士學位論文 2009 年。

重要期刊：《南社》、《新民叢報》、《申報》、《神州日報》、《新青年》、《新潮》、《星期評論》、《時事新報·學燈》、《晨報·副刊》、《文學旬刊》、《學衡》、《小說月報》、《新月》、《詩刊》、《文學》、《現代》、《文學雜誌》、《文藝報》、《詩刊》、《文學評論》等。